KB271617

만보산사건과 한국근대문학

식민주의와 문화 총서 13

만보산사건과 한국근대문학

김재용 편

역락

머리말

　중국 동북 지역에 살고 있던 중국 농민과 이주한 조선 농민 사이의 물싸움이라는 당시 만주 지역에서 흔히 볼 수 있었던 갈등이 일본 제국의 개입으로 동북아시아 전체의 긴장으로 확산되었던 만보산사건은 비단 만주 지역뿐만 아니라 평양을 비롯한 조선 내의 중국인 살인으로 이어지는 비극을 낳기도 하였다. 당시 조선의 지식인들에 의해 '민족의식의 과잉'이라는 우려를 자아내기도 했던 이 참극은 눈먼 민족의식이 제국주의에 의해 어떻게 이용될 수 있는가 하는 점을 극적으로 보여주었다. 서양의 제국주의를 모방한 일본제국의 영향력 하에 있었던 동북아시아의 이 비극적인 사건은 동북아시아의 공존과 미래를 위해서는 반드시 짚고 넘어가야 할, 단순히 개별 국민국가의 틀에 얽매여서는 이해할 수 없는 사안이다. 만보산사건 직후에 조선 중국 그리고 일본의 지식인들이 자신들의 처지와 입장에 기반하여 다양한 장르의 글을 통해 예민한 반응을 보였던 것은 이 사건이 단순히 한 나라의 문제가 아니라 동북아시아 전체에 걸쳐 중요한 역사적 문제임을 잘 말해주고 있다.

　한국의 작가들은 사건 직후보다는 충격이 어느 정도 가신 후인 1930년대 말부터 이 사건을 소재로 하여 작품을 쓰기 시작하였다. 이태준의 단편소설 「농군」, 안수길의 단편소설 「벼」 그리고 장혁주의 장편소설 『개간』은 만보산사건과 관련된 작품들이다. 따라서 이 세 작품에 대한 개별적 이해는 물론이고 작품들 간의 비교는 매우 중요하다. 장영우의 「「농군」과 만보산 사건」, 이현정의 「잃어버린 민족을 만주에서 상상하다」, 김학동의 「張赫宙의 『開墾』과 萬寶山사건」 그리고 이상경의 「이태준의 「농군」과 장혁주의 『개간』을 통해서 본 일제 말기 작품의 독법과 검열」은 모두 이 방면의 주목할 연구 논문들이다. 이들 작품들이 정작 만보산사건 직후보다는 1930년대 말에 이르러 나온 것은 역사적 사건의 충격이 어느 정도 가신 이후에 소설적 대상이 된다는 일반적인 의미만으로는 이해하기 어렵다. 중일전쟁 이후 일본의 동북아시아 지배라는 큰 틀이 나오면서 만주와 '만주국'을 동북아시아 전체 구도 속에서 다시 바라보아야 할 필요성이 제기된 정황과 깊은 관련이 있다. 이것에 대한 이해가 없으면 한국 작가들이 만보산사건을 다룬 방식을 제대로 포착하기 어려운 것이다. 따라서 일제 말 한국 작가들의 만주 인식 전반에 대한 이해가 필요하다. 김재용의 「일제 말 한국인의 만주 인식」과 「'내선일체'의 연장으로서의 '만주국' 인식」은 이러한 접근을 위한 글이다. 또한 만보산사건을 다룬 한국 작가들의 문제의식을 깊이 이해하기 위해서는 당시 일본과 중국의 작가들의 작품과의 비교가 필수적이다. 김호웅의 「만보산사건을 다룬 동아시아 3국 소설 비교」와 장영우의 「만보산 사건과 한·일 소설의 대응」은 이러한 취지를 충분히 담고 있는 논문들이다.

이 책에 실린 이상의 논문을 통하여 한국근대문학에 대한 더 깊은 이해는 물론이고 동북아시아 상호 이해의 통로가 한층 더 열릴 수 있기를 기대한다. 이러한 취지에 동의하여 논문 수록을 허락해주신 필자분들에게 깊은 감사를 드린다.

2010. 7.

편자 씀

차례

일제 말 한국인의 만주 인식

김재용

1. '동아신질서', '동아공영권' 그리고 만주열

1938년 10월 무한 삼진의 함락 이후 널리 유포된 '동아신질서'를 계기로 하여 만주와 '만주국'에 대한 문학적 관심이 높아지기 시작하였다. 그 이전에도 만주와 '만주국'에 대한 문학적 재현은 끊어지지 않고 이어졌으나 이 무렵처럼 그 열기가 강한 적은 없었다. 그럴 수밖에 없었던 것은 당시 조선인들에게 '동아신질서'라는 것은 만주 및 '만주국'과 관련을 가질 때만이 그 실감을 얻을 수 있었기 때문이다. 물론 '동아신질서'라는 것은 '日滿支'를 대상으로 하는 것이기 때문에 비단 '만주국'에 국한될 일은 아니었다. 하지만 당시 많은 조선인들이 '만주국'에 살고 있었기 때문에 조선인들은 자연스럽게 '만주국'의 표상을 통하여 '동아신질서'에 다가갈 수 있었던 것이다. 그렇기 때문에 '동아신질서'를 계기로 만주와 '만주국'에 대한 문학적 재현이 전과는 비교가 되지 않을 정도로 많이 나오게 된다.

1940년 6월 파리 함락 이후 '동아신질서'는 '동아공영권'으로 확대되었다. '日滿支'라는 동북아 지역에 그쳤던 '동아신질서'는 동남아 지역을 포함하는 '동아공영권'으로 확대되었다. 일본이 베트남에 진주하는 사건은 이러한 '동아공영권'의 첫 산물이었다. 이후 미국과의 전쟁을 계기로 '동아공영권'은 싱가포르를 비롯한 동남아 전역에 걸쳐 팽창되었다. 이러한 확대에 발맞추어 '남양'에 대한 지대한 관심이 조선 지식인과 문학인 내부에서 일어났지만 실감을 동반하기 어려웠다.1) '남양' 지역에 이주해 살고 있는 조선인들이 너무나 적었기 때문에 조선 내에서 살고 있는 조선인들이 이를 관념이 아닌 현실에서 실감하기 어려웠던 것이다. 그렇기 때문에 여전히 만주와 '만주국'이 이전과 마찬가지로 '동아공영권'의 핵심적 표상으로 다가올 수밖에 없었다. 단지 차이가 있다면 만주와 '만주국'이 이제 '북방'이란 이름으로 불리기 시작했다는 점이다. '대동아공영권론'이 확립되기 시작하면서 동남아 지역이 '남방'으로 불리기 시작하자 이와 짝을 이루어 만주와 '만주국'이 '북방'이란 이름으로 대비되어 호명되었다. 이전에는 '동아진실서'의 틀 속에 한정되어 있었던 반면 이제 '남방'과 '북방'을 아우르는 '대동아공영권'의 틀 속에서 만주와 '만주국'이 받아들여지기 시작하였다. 이러한 점들 때문에 만주와 '만주국'에 대한 문학적 재현의 열기는 계속 이어졌다.

한국의 작가들은 '동아신질서'가 유포되기 시작할 무렵부터 만주를 다룬 작품을 한국어와 일본어로 집중적으로 발표하게 된다. 이태준의

---

1) '남양'과 '남방'에 대한 문학자들의 관심이 가장 고조되었던 것은 1942년 2월 15일 일본군의 싱가포르 점령 무렵이다. 당시 많은 문학인들은 시·소설 정론 등을 통하여 영국 제국주의의 축출이 갖는 의미에 대해서 썼다. 하지만 이것들은 실감을 동반하기 어려운 대단히 관념적인 것이었다. 이 점은 '남방'의 등장과 더불어 새롭게 '북방'으로 불리기 시작하였던 만주와 '만주국' 지역과 대비되었다.

「농군」(1939, 단편소설, 한국어), 이기영의 『대지의 아들』(1939, 장편소설, 한국어), 한설야의 『대륙』(1939, 장편소설, 일본어) 등이 그 대표적인 작품이다. 이러한 추세는 '동아공영권'이 들어선 이후에도 여전히 지속되었고 장혁주의 『행복한 사람들』(1943, 장편소설, 일본어), 『개간』(1943, 장편소설, 일본어), 유치진의 『대추나무』(1942, 장막극, 한국어) 그리고 이기영의 『처녀지』(1944, 장편소설, 한국어) 등은 바로 이러한 정황 속에서 나온 작품들이라고 할 수 있다.

작가들의 만주열에 강한 영향을 미친 또 다른 요인으로 조선인들의 만주 이주에 대한 일본 제국의 정책이 일원화된 점을 들 수 있다. 1936년에 만선척식회사가 만들어져 집단이민을 관리하였다. 조선인 이주에 대한 일본, 조선총독부 그리고 관동군 상이한 견해로 말미암아 조선이주민에 대한 통제 기구의 설립이 지연되다가 1936년에 이르러 비로소 정식 기구가 만들어진 것이다.[2] 하지만 여전히 존재하는 의견의 상이로 말미암아 조선인 이주정책은 일본인의 그것과는 다른 차원에서 진행되어 일원화에 이르지는 못하였다. 일본 제국은 관동군 및 만주국과의 본격적인 협의를 거쳐 1938년 12월 이주정책을 재검토하였다. 1939년 5월에는 조선인 이주를 일본인의 그것과 동일한 차원에서 대우하는 새로운 이주 정책이 만들어졌고 그해 12월에 「개척정책 기본요강」이 발표되기도 하였다. 이 기본요강에서 시작된 통합논의가 활발하게 이루어져 그동안 조선인 이주 정책을 관할하던 만선척식회사가 1941년에 만주척식공사로 통합되어 명실상부하게 일본 제국 내의 모든 지역의 만주 이주 정책이 일원화되었다.[3] 조선인의 만주 이주가 일본의 국책

---

2) 김기훈, 「일제하 '만주국'의 이민 정책 연구시론」, 『아시아문화』 18호, 한림대학교 아시아문화연구소, 2002.
3) 손춘일, 『'만주국' 시기 조선개척민 연구』, 연변대학출판사, 2003.

으로 통합되는 것을 계기로 조선인의 만주 이주 문제는 비단 조선에 그 치는 것이 아니고 조선과 '만주국'을 위시한 일본 제국 전반에 그치는 문제로 부각되었다. 이러한 현실 역시 당시 문학인들에게 만주와 '만주 국'을 재현하는 문학을 낳는 데 일정한 몫을 했을 것임에 틀림없다.

일제 말에 이르러 '만주열'과 그 문학적 재현이 그 이전에 비해 비교 가 되지 않을 정도로 강해지면서 내부적으로 이를 바라보는 입장에 따 라 편차가 벌어졌다. 일제 말 만주 재현 문학의 전체상에 도달하기 위 해서는 그 내부적 차이를 읽어야 하는데 그러기 위해서는 일제 말 조선 인 문학의 일반적인 양상을 먼저 이해할 필요가 있다. 특히 협력과 저 항으로 양극화되어가는 양상에 대한 이해가 전제되어야 한다.

2. 일제 말 문학의 양극화

한국근대문학사에서 일제 말은 1938년 무한 삼진 함락 이후부터 1945년까지의 시기를 일컫는다. 이 무렵은 이전과 다른 양상을 보여주 었는데 일제 총독부의 적극적 개입과 동원정책이 이 시기 문학계의 큰 특징 중의 하나이다. 일제 총독부는 그동안 작가들이 체제에 위협이 될 만한 것을 쓰지 않도록 하는 데에 모든 검열 역량을 쏟았지만 이 시기 에 이르러서는 작가들이 국책을 적극적으로 받들어 반영할 것을 요구 하였다. 그렇지 않을 경우에 '비국민'으로 규정하고 여러 차원에서 작 가들을 괴롭혔다. 이런 상황이었기 때문에 작가들은 과거처럼 저항적인 작품을 쓴다는 것은 생각할 수도 없었다. 작가들은 이전과 달라진 검열 의 정황 속에서 우회적으로만 자신의 뜻을 펼칠 수밖에 없었다. 그렇기 때문에 일제 식민지라고 해서, 시기적 특성을 고려하지 않고, 일괄적으로 문학 작품을 이해하는 것은 비역사적 작품 해석이 된다. 우회적인 글쓰기를 통하여 저항을 할 수 없다고 할 때 작가들이 선택할 수 있는 방법은 침묵이다. 일제하에서 작가들의 침묵이 항상 저항의 의미를 갖는 것은 아니다. 일제 말의 상황에서 갑자기 침묵을 하는 경우 그것은 저항의 한 수단으로 이해할 수 있을 것이다. 일제 말 문학의 특징 중 다른 하나는 협력과 저항의 양극화이다. 일제의 식민주의적 동원정책은 단순한 물리적 폭력에 기반한 것만은 아니었다. 물리적 억압을 행하면서 다른 한편으로는 헤게모니적 지배를 강화하였다. 이러한 지배 정책은 일제 말의 시기에도 그대로 이어졌다. 단지 물리적 억압에 기초한 강제적 지배가 이전에 비해 한층 강화되었지만 그렇다고 해서 헤게모니적 지배가 사라진 것은 아니었다. '내선일체'를 통한 차별 극복이라든가 서양에 맞선 동양의 일체화와 같은 것은 이 시기에 이르러 새롭게 제공된 설득 기제였다. 이러한 것이 무한 삼진 함락 이후의 변화된 현실에서 이루어진 새로운 식민주의의 지배 논리임을 간과한 이들은 이러한 논리를 비판 없이 받아들이고 때로는 이것을 해방의 논리로 받아들이기도 하면서 적극적으로 참여하였다. 그리하여 이 시기의 문학계는 협력과 저항으로 양극화되었다. 이 시기의 저항 지식인이 내부적으로 겪고 있던 위기의식을 가장 잘 표현한 것 중의 하나가 이육사의 <절정>이다.

매운 계절의 채찍에 갈겨
마침내 북방으로 휩슬려오다

하늘도 그만 지쳐 끝난 고원
서리빨 칼날진 그 위에 서다

어데다 무릎을 꿇어야 하나
한발 재겨 디딜 곳조차 없다.

이러매 눈감아 생각해볼 밖에
겨울은 강철로 된 무지갠가 보다

1940년 1월 『문장』에 발표된 이 시는 당대의 저항 지식인의 내면을 아주 잘 보여주고 있다. 일제 강점하에서 끊이지 않고 저항을 했던 이육사이지만 이 무렵에 그가 겪는 일제의 탄압이란 것은 그 이전과는 비교가 되지 않을 정도이다. '한발 재겨 디딜 곳조차 없다'라고 하는 부분은 일제 말의 시대적 정황을 가장 절절하게 표현한 것으로 앞에서 말한 협력과 저항으로 양극화된 당시의 문학계 내에서 저항의 입장에 섰던 문학인들의 심정을 대변하는 것이라 할 수 있다.

협력과 저항이라는 일제 말 문학의 양극화는 만주와 '만주국'을 재현하는 당대 조선인 문학에도 그대로 이어졌다. 그리하여 이 시기에 발표된 만주 재현의 문학도 크게 두 차원으로 나누어진다. 하나는 일본 제국의 식민주의적 논리에 포섭되지 않은 것이며, 다른 하나는 일본 제국의 식민주의적 논리에 포섭된 경우이다. 만주 열기를 낳게 했던 '동아신질서'와 '동아공영권'이라는 동아시아 지역 공동체에 대한 논의와 조선인의 만주 이주가 일본의 국책으로 통합되어 조선인의 만주 이주문제가 조선을 넘어 일본 제국 전체의 문제로 부각되는 일련의 상황이 바로 만주 재현 문학에서 협력과 저항의 양극화가 이루어지는 구체적 계기로 작용하였다. 만주를 재현한 문학 중에서 일본 식민주의에 협력하는 이들의 경우 조선인의 만주 이주를 '개척'이란 차원에서 이해하였고 일본 식민주의에 협력하지 않은 문학인들은 조선인의 만주 이주를 생존권이 달린 '이민'이란 차원에서만 이해하였다.

3. 개척의 시각과 일본 국민국가의 확장으로서의 동아시아

개척의 시각에서 만주를 재현한 작품으로 장혁주의 『개척』, 『행복한 백성』과 유치진의 『대추나무』를 들 수 있다. 이들 작품들은 일본 제국의 식민주의적 논리에 포섭되어 만주를 다루었다는 공통성을 갖고 있지만 내부적 시선에 있어서는 일정한 차이를 보여주고 있다. 장혁주의 경우 일본과의 관계 속에서만 조선의 만주 이주를 보고 있는 반면, 유치진은 일본 제국의 큰 틀 속에서 조선인의 만주 이주를 보고 있기 때문에 그 내부적 시선에 있어서는 일정한 차이가 존재한다. 전자의 경우 일본의 식민주의적 침략 논리인 '내선일체'를 그대로 따르는 반면, 후자의 경우 일본 제국의 한 지역적 구성원으로서의 자기인식, 즉 지방성을 내세우고 있다.

1) 장혁주와 '내선일체'의 연장으로서의 만주 인식

장혁주는 1939년 '만주국'을 처음으로 방문한 이후 여러 차례 만주를 방문하면서 많은 작품을 발표하였다. 첫 번째 방문은 1939년 6월에 이루어졌다. 1939년 2월 일본에서 '대륙개척간화회'가 발족되었는데 장혁주는 이 모임의 회원으로 가입하였다. 이 무렵은 중일 전쟁 이후 특히 무한 삼진의 함락 이후 일본 내에서 중국 대륙을 여행하고 기록을 남기는 일이 하나의 유행이 될 정도였다. 이러한 분위기 속에서 만들어진 '대륙개척간화회'에 그가 참여했다는 것은 일본의 식민주의에 대해서 협력하기 시작했다는 것을 의미한다. 장혁주는 원래 프롤레타리아 문학을 통하여 일본 문단 내에서 인정을 받고 있던 문학인이다. 식민지 조선의 출신으로서 프롤레타리아 문학을 창작하였기 때문에 당시 일본 내에서 각광을 받았다. 이러한 영향은 비단 일본 내에 그치는 것이 아니고 일본 제국의 식민지였던 대만과 조선에도 강한 인상을 남겼다. 대만 출신으로 일본 문학계에 작품을 발표하여 주목을 받았던 양규(揚逵)도 이러한 정황을 빼고는 생각하기 어려울 정도이다. 조선인 출신으로 이후 일본에서 소설을 창작하여 이후 일본 문학계 내에서도 이름을 떨쳤던 김사량 역시 장혁주를 자신의 모델로 삼고 등장할 정도였다. 이처럼 일본 문학계 내에서 식민지 출신의 작가로 이름이 높았던 장혁주가 '대륙개척간화회'에 참가하기 시작했다는 것은 무한 삼진 이후 일본 제국이 동아시아를 독주하는 것을 목격하면서 조선의 독립이라든가 일본 내의 혁명 같은 것은 가능성이 없는 무모한 일로 보기 시작했다는 것을 의미한다. 그동안 자신이 닦아온 프롤레타리아 국제주의를 한층 확대하여 일본 주도의 동아시아 신질서를 만드는 것이 국민국가의 틀을 넘어서는 일이라고 생각하였던 것으로 보인다. 두 번째 방문은 1942년 5월에 이루어진다. 조선총독부 척무과의 후원으로 유치진, 정인택 그리고 재조 일본인 작가였던 유아사(湯淺克衛)와 더불어 만주 개척촌을 방문하고 이를 바탕으로 작품을 썼다. 이 답사를 하고 난 다음 『매일신보』에 "방면은 다르지만 소화 14년에 갔다 온 일이 있는데 그때는 개척이 시작된 시초인만치 모든 것이 정간되어 보이질 않았는데 이번에 축설기(築設期)라는 감이 깊더군요"[4]라고 쓸 정도로 일본 국책에 의해 조선인 개척이 본격화되고 있는 현장을 직접 보았던 것이다. 세 번째 방문은 1943년 9월이다. 이 방문 역시 만주의 개척민을 직접 취재하기 위한 것이다. 네 번째는 좀 특별하다. 1945년 5월 만선문화사의 초청으로 신경으로 가서 조선인 간도조선인 특설부대를 취재하였다. 당시 간도조선인

---

4) 『매일신보』, 1942. 6. 24.

특설부대를 영화화하기 위한 것의 일환인 것으로 보이는 이 방문에서 식민주의에 대한 그의 태도를 확연하게 읽을 수 있다.

여러 차례의 방문은 그 자체로 끝나지 않고 작품 창작으로 이어졌다. 그리하여 당시 조선인 작가 중에서 만주를 배경으로 한 작품을 가장 많이 창작했다고 할 정도로 여러 편을 남기고 있다. 그 많은 작품들에서 공통적으로 드러나고 있는 것은 '내선일체'의 시선이다. 이러한 시선은 만주를 다룬 두 편의 장편소설 『개척』과 『행복한 백성』에서 공통적으로 확인할 수 있다. 장혁주는 '오족협화'보다는 '내선일체'라는 안경을 통해 만주와 '만주국'을 보았는데 1942년의 방문 후 신문에서 한 다음의 말은 그가 '만주국'에서 보고자 하는 것은 동아신질서 속의 만주가 아니라 어디까지나 일본인과 더불어 하나 되어 살고 있는 조선인들의 모습뿐인 것이다.

> 회덕의 교장은 본촌이라는 반도출신이었습니다. 그런데 제가 이 교육 문제에 대하여 느낀 것은 개척지의 학교는 만주국의 경영으로 되어 있다는 사실이었습니다. 그러니까 근본적으로 반도인으로서 내선일체의 정신 하에서 교육 방침을 세워야 하겠는데 학교 자체가 만주국의 경영이니까 이 교육 정신의 통일 문제가 대단히 곤란한 문제였습니다.[5]

장혁주가 문제 삼고 있는 것은 재만 조선인 교육행정이 '만주국'으로 넘어간 후 '내선일체'와 '오족협화' 사이의 갈등으로 인해 '내선일체'의 정신이 제대로 관철되지 않고 있는 것에 대한 것이다. 1942년이면 치외법권 철폐 이후 재만 조선인의 교육행정권이 만주국에 이관된 후 상당한 시간이 지났을 무렵인 것을 감안하면 장혁주의 이러한 불만은 당시

---

5) 『매일신보』, 1942. 6. 27.

'내선일체'의 틀 속에서 만주를 보려고 하는 사람들이 공통적으로 갖고 있는 것에 틀림없다.

'오족협화'와 '내선일체' 모두 일본 제국주의의 지배 이데올로기였지만 이 둘 사이에는 일정한 긴장이 존재하였다. '만주국' 내에 살고 있는 조선인들은 한편으로는 일본 제국의 신민이고 다른 한편으로는 '만주국'의 국민인 것이다. 이러한 모순6) 때문에 많은 조선의 지식인들은 이 둘 사이에서 선택할 수밖에 없었다. 일본 식민주의에 협력하는 사람들은 자신을 일본 제국의 신민으로 자처하고 싶었고 이를 자신의 생활 발판으로 삼고 싶었다. 이에 반해 일본의 식민주의에 대해서 거리를 두려고 하는 사람들은 '만주국'의 국민을 원하였던 것이다. 조선에서 살 때 일본 제국의 신민으로서의 위치를 강요받았던 경험이 있기 때문에 '만주국'의 국민이 되는 것은 최소한 이것으로부터 벗어나는 것이었기 때문이다. 염상섭 같은 이들이 '만주국'하에서 일본 제국의 신민으로보다는 '만주국'의 국민으로서 '오족협화'를 강조한 것은 바로 이러한 이유 때문이다. 장혁주는 만주와 '만주국'을 바라볼 때 바로 '내선일체'의 시각에서 입각해 있었다.

장편소설 『개척』에서 이러한 내선일체적 시선은 어렵지 않게 확인할 수 있다. 삼성을 비롯한 마을 주민들이 만보산에 들어올 때 일본인 영사관의 지휘를 받고 있는 조선인 민회의 도움을 받는 것으로 그리고 있다. 또한 중국인들과 분쟁이 일어났을 때 조선 이주 농민들은 별 다른 고민 없이 일본 영사관에 연락하여 자신을 보호해 줄 것을 요청한다. 물론 중국인들의 힘 앞에서 무력한 자신들의 보호하기 위하여 일본 영사관의 도움을 받는 것으로 이해할 수 있다. 하지만 이 작품에서는 이

---

6) 田中隆一, 「滿洲國民の 創出と 在滿朝鮮人 問題」, 『東アシア近代史』, 2003. 3.

러한 과정이 아주 잘 준비된 상태에서 이루어지기 때문에 단순한 자기 방어라고 볼 수 없는 소지가 많다. 조선인 이주 농민들이 자기방어의 단순한 차원에서 일본 영사관의 도움을 받는 것으로 설정한 안수길의 「벼」와는 분명하게 차이가 나는 대목이다. 같은 만보산사건을 다루면서도 일본인과 무관하게 움직이는 조선 이주 농민들의 삶을 그린 이태준의 방식과는 더욱더 다른 것이다. 그런 점에서 이 작품에서 내선일체의 시선을 쉽게 확인할 수 있다.

이러한 점은 그의 다른 장편소설 『행복한 백성』에서도 쉽게 확인할 수 있다. 이 작품에서 조선인 마을의 대표적인 인물 이와무라와 일본인 마을의 대표적 인물인 우시지마가 친형제처럼 사이좋게 지내고 문제를 풀어나가는 방식을 강조하고 있는데 이 역시 작가의 내선일체적 시선의 반영이다. 일본인들을 제외하고 새끼꼬기를 하자고 하는 조선인 마을 사람들의 의견을 물리치고 우시지마를 비롯한 일본인들에게 이를 가르쳐주는 이와무라의 태도, 조선인 이와무라가 부녀자 유괴혐의로 경찰서에 잡혀 갔을 때 이를 구해주는 우시지마의 태도에서 내선일체에 대한 작가의 확고한 시각을 확인할 수 있다.

이 작품에 등장하는 일본인 하라다가 조선인들을 모아놓고 하는 다음의 연설은 작가 장혁주의 '내선일체'에 대한 지지를 가장 극적으로 보여주고 있는 대목이다.

우리들은 일본에서도 동해에 면한 마을에서 왔습니다. 그곳은 고래부터 조선과의 관계가 밀접한 곳이라 들었습니다. 특히 남부 조선과 동부 조선의 사람들과는 지금도 같은 피가 흐르고 있다고 합니다. 우리가 마을을 떠날 때에 단지 우리들의 마을에 대해서만 생각했기에 이곳에 와서 여러분들과 같은 지역에 살게 되었다고 들었을 때는 솔직히 말씀드려 조금 복잡한 것 같다는 생각고 들었습니다. 그러나 지금은

100배 200배 희망으로 빛나고 있습니다. 마을을 떠날 때의 외로움 따위는 한꺼번에 날아가 버렸습니다. 하나로 힘을 합쳐 이상적인 마을을 만들지 않겠습니까?

장혁주는 당시 널리 유포되었던 '동아신질서'를 모를 리가 없었을 것이다. 더구나 당시 만주국은 '오족협화'를 표면적으로 그 명분으로 내세우고 있는 국가였기 때문에 여러 차례 이 지역을 방문한 그가 이것이 의미하는 바를 모를 리 없었을 것이다. 그럼에도 불구하고 이처럼 철저하게 '내선일체'의 시선에서만 만주를 보려고 하는 것이다. 그가 왜 이렇게 '내선일체'의 시선 내에 갇혀 있었을까? 필자가 보기에 일본에서 활동하던 그가 가장 바라던 것은 조선인으로서의 자신이 일본 사회 내에서 차별받지 않고 살아가는 것이고 그러기 위해서는 조선인이 일본인과 하나라는 의식이 중요하였기 때문에 이것 이상을 보려고 하지 않았던 것이라고 생각한다. 그렇기 때문에 당시에 널리 퍼졌던 '동아신질서'와 같은 것에 거의 관여하지 않고 오로지 만주와 '만주국'에서 '내선일체'의 정신적 흔적만을 확인하고 이를 재현하고자 하는 것에 모든 것을 쏟아 부었던 것이다.

2) 유치진과 동아블록으로서의 만주인식

유치진의 『대추나무』는 장혁주와 달리 '내선일체'에 갇혀 있지 않다. 그는 일본 제국의 한 지역적 구성원으로서의 자기의식을 분명하게 가지고 있으며 나아가 지방성을 중요한 버팀목으로 지니고 있다. 그렇기 때문에 일본 제국이 표방한 '동아신질서'와 '동아공영권'이 갖는 의미를 나름대로 파악하고 이에 충실하려고 하였다. 그 과정에서 내선일체가 문제가 될 경우 이에 대해서는 거리를 둘 정도로 확고하게 일본 주도의 동아시아 질서에 큰 기대를 가졌던 것으로 보인다. 일본이란 국민국가의 확장에 지나지 않는 변형된 제국을 새로운 지역공동체로서의 가능태로 오인하였다. 그런 점에서 그의 시선은 철저하게 일본 제국 내의 지방성에 입각하여 있다.

이러한 점은 희곡 『대추나무』에서 잘 드러나고 있다. 유치진은 1940년 6월 '동아공영권'이 유포되면서부터 일제에 협력하기 시작한 사람 중의 하나이다. 그는 '동아공영권'을 새로운 역사적 창조의 계기로 간주하면서 이를 위해 문학이 복무하여야 한다고 주장하였다. '동아공영권'과 '신체제론'이 등장한 직후 나온 그의 글 중에서 다음 대목은 그가 '내선일체'에 대해서는 다소 비판적 거리를 두고 있다가 '동아공영권'이 나오면서 적극적으로 협력했음을 아주 잘 보여주고 있다.

> 우리는 유사이래의 커다란 국민적인 과제에 부딪쳤다. 즉 동아공영권 확립이 그것이다. 이에 대해서 국민총동원의 정신이 발동되자 예술도 전면 일선에 등장하여 정치의 신체제에 익찬하게 되었다. (…중략…, 인용자) 요즘 항간에는 신체제하의 연극이라면 무대에 나와서 국기를 내두르고 군가나 합창하면 괜찮은 줄 알고 있다. 그러나 기실은 그들의 무대에서 국기를 내두르는 것은 그들이 상연하는 퇴폐적인 상연물의 內宿을 하기 위해서다. 국기만 내두르고 군가만 부르면 타락한 연극이라도 상연할 수 있다면 이는 진실로 한심한 노릇이다. 이 현상은 오히려 국민의 악감을 사고 드디어 국민문화의 저하를 초래할 뿐인 것이다.[7]

'동아공영권론'이나 '신체제론'에 대한 이해 없이 그냥 '내선일체론'에 파묻혀 행세하는 문학인들에 대한 유치진의 비판은 그가 당시 일본

---

7) 유치진, 「국민연극 수립에 대한 제언」, 『매일신보』, 1941. 1. 3.

제국에 의해 주도되고 있는 동아시아론에 대해서 깊은 이해를 가지고 있으면 그러한 확신 속에서 움직이고 있었음을 또한 잘 말해주고 있다.

유치진의 『대추나무』는 만주 개척을 독려하는 일반적인 작품으로 읽을 수 있다. 이 작품에 등장하는 면서기 등이 농민들에게 분촌운동을 설명하면서 개척을 권장하는 대목 등을 보면 이 시기에 나온 여타의 작품의 별반 다르지 않다는 인상을 갖게 된다. 하지만 이 작품이 다른 작품들과 다른 것 중의 하나는 이 마을의 지주가 농민들의 개척 이주를 방해하고 다닌다는 점이다. 물설고 산설은 낯선 타향으로 떠나는 것을 싫어하는 농민들의 모습도 등장하고 있으나 이는 다른 작품에서도 흔히 볼 수 있는 정경이다. 하지만 지주가 농민들을 선동하여 개척이주를 반대하는 것을 설정한 것은 이 작품에서만 볼 수 있는 매우 독특한 점이라 할 수 있다. 그런 측면에서 지주가 선견대로 파견되어 개척생활을 하다가 도망나온 길수를 꼬드겨 일반 농민들이 개척 이주를 떠나지 말 것을 종용하는 다음 대목은 매우 흥미롭다.

만준 너같이 집두 절두 없구 부모처자두 없는 놈한테는 좋을지 몰라. 하지만 그나마 제 집칸이래도 쓰고 사는 놈한테야 손톱만큼두 졸린 없어. 설사 만주가 좋대두 너같이 너두 나두 하구 뿔뿔이 이 도화동을 떠나봐. 여기가 어떻게 돼, 대관절 어느 눔이 농사 짓느냐 말야. 작년에 선견대가 뭐로 80여 명이나 젊은 눔이 여길 떠났지. 그 덕으로 여긴 일꾼이 없어서 집집마다 실농을 했어. 나두 300여 석이나 받는 추수를 시절이 좋지 못한 탓두 있지만 200석두 못했어. 군청서 떠드는 분촌이란 건 난 절대 반대야. 어떻게 해서라두 이걸 못하게 해야지, 우물쭈물하고 있다간 이 도화동이 쑥밭이 되고야 말걸[8]

---

8) 『신시대』, 1942년 10월호, 139면.

유치진이 지주를 등장시켜 분촌운동을 반대하고 개척이주를 비판하게 한 것은 동아경제블록이란 일본 제국의 전체적인 틀을 강조하기 위한 것이다. 일본 식민주의에 반대하는 것은 결코 아니지만 동아경제블록이란 전체적 틀에 대한 이해가 없기 때문에 결과적으로 국책과는 거리가 있는 발언을 지주가 하게 되는 것이다. 지주는 '내선일체'에 대해서는 결코 비판적인 인물이 아니다. '내선일체'의 국책을 따른다고 해서 그에게 손해가 가는 것은 없기 때문이다. 하지만 '동아신질서'와 '동아공영권'에 바탕을 두고 있는 일본 제국의 경제 블록에 대해서는 자신의 이해와 맞지 않기 때문에 숨어서 반대하는 것이다. 여기서 분명한 것은 유치진은 만주를 포함한 일본 제국의 경제 블록의 차원에서 '동아공영권'의 전망을 유독 강조하고 있다는 점이다.

이러한 것은 이 작품의 공간 설정에서도 잘 드러난다. 이 작품의 무대는 만주가 아니라 조선이다. 잘 알려져 있는 것처럼 만주에 대하여 지대한 관심을 갖고 있었기에 직접 방문하여 현지 체험을 했을 뿐만 아니라 동생 유치환을 시켜 북만의 농촌을 개척하도록 종용할 정도의 인물이다. 그렇기 때문에 그는 만주에 대해서 당시 그 어떤 작가들보다도 잘 알고 있다고 말해도 좋을 터이다. 그런 그가 만주 개척이주를 독려하는 작품을 창작하면서 무대를 만주가 아닌 조선을 선택했다는 것도 매우 흥미롭다. 개척 이주민들이 만주에서 '오족협화'의 틀 안에서 간난신고를 헤쳐 나가면서 살아나가는 모습을 그리는 여타의 작품과는 매우 다른 것이다. 이러한 무대 선택은 '만선일여'의 효과를 통하여 일본 제국의 경제 블록을 보여주기 위한 것으로 보인다. 조선 개척이주민들이 만주에서 생활하는 것만을 보여주었을 때는 '만선일여'의 상징적 효과가 두드러지게 드러나지 않을 것이고 그렇게 될 경우 결국 '동아공영권'이라는 제국 일본의 경제블록이 선명하게 부각되지 않을 것이기 때문이다. 이 작품이 발표될 무렵이 조선인의 만주 이주가 일본 제국의 만주 개척 프로그램과 통합되어 일원화되어 움직이던 때임을 기억할 때 유치진의 이러한 전망은 제국 일본의 '동아공영권'과 분리시켜 이해하기 어려울 것이다.

유치진은 '동아공영권'이란 제국의 이상이 일본이란 국민국가의 확충에 지나지 않는다는 것을 깨닫지 못하였기 때문에 이것에 큰 기대를 걸었던 것으로 보인다. '내선일체'론에 대해서 거리를 두던 그가 이렇게 '동아공영권'에 급속하게 함몰한 것은 제국 일본의 실상에 대한 불충분한 이해에서 비롯되었음을 확인할 수 있다.

4. 이민의 시각과 반식민주의적 동아시아의 전망

이민의 시각에 입각하여 만주를 재현한 작품으로 이태준의 「농군」, 이기영의 『대지의 아들』, 그리고 한설야의 『대륙』을 들 수 있다. 이들 작품들은 일본 제국의 식민주의적 논리에 포섭되지 않은 상태에서 만주를 다루었다는 공통성을 갖고 있지만 그 내부적 시선에 있어서는 일정한 차이를 보여주고 있다. 이태준과 이기영의 경우 일본과의 관계 속에서만 조선의 만주 이주를 보고 있는 반면, 한설야의 경우 일본과 중국과의 관계라는 큰 틀 속에서 조선인의 만주 이주를 보고 있기 때문에 그 내부적 시선에 있어서는 일정한 차이가 존재한다. 전자의 경우 일본의 식민주의적 침략 논리인 '내선일체'에 대해서 비판적 거리를 갖는 반면, 후자의 경우 일본 제국의 새로운 통합 원리인 동아신질서에 대해서 비판적 거리를 갖는다. 그런 점에서 이 둘은 각각 다른 방식으로 만주를 재현하며 또한 그 강조하는 바도 다르다고 할 수 있다.

1) 이태준과 이기영 그리고 조선 농민의 생활기반으로서의 만주

'내선일체'를 의식하면서 만주를 재현하고 있는 이태준과 이기영의 작품에서는 조선인 이주민이 중심을 차지한다. 이태준의 「농군」에서 유창권(柳昌權) 일가족이 고향을 등지고 만주로 떠나는 이유는 이주를 권장하는 국책 때문도 아니고 만주에서 새로운 삶을 시작하려는 정신적 갱생의 문제도 아닌 어디까지나 생활난 때문이다. 차 안에서 일본 경찰이 유창권을 심문하면서 집도 있고 밭도 있는데 왜 고향을 떠나느냐고 물었을 때 그는 소작을 하여도 땅이 나쁜 경우 품값도 벌기 어렵기 때문에 어쩔 수 없이 고향을 떠나 만주로 간다고 말하고 있다. 이 작품이 발표된 1939년 무렵이면 이전에 비해 검열이 훨씬 강화되었던 시기이라 동양척식주식회사를 비롯한 일본의 식민지 침탈로 인하여 고향에서 농사를 지을 수 없기 때문이라고 말하기 어려운 사정을 감안할 때 일제 경찰의 심문에 대한 대답이라는 간접적인 방법을 통하여 소작생활도 할 수 없어 어쩔 수 없이 만주로 갈 수밖에 없는 현실을 간접적으로 이야기하고 있는 것이다. 작가는 이러한 분위기를 한층 강화하기 위하여 열차 칸에서 일본의 경찰이 감시의 눈초리를 조금도 늦추지 않고 감시하는 정형을 묘사하고 있다. 이런 점은 이주의 원인을 단순히 개인적인 낭비벽이나 소비욕 혹은 정신적 갱생 등에서 찾는 것과는 근본적으로 다르다. 일본의 식민지적 침탈로 인하여 조선인 하층민들이 농촌에서 살 수 없어 결국 자기 고향을 버리고 만주로 이주하는 것으로 그려져 있다는 것은 작가가 일본 식민주의 정책 특히 '내선일체'라는 미명으로 조선을 동화하려고 하는 것이 갖는 허구를 직접적으로 비판하는 것이라고 볼 수 있다.

이러한 점은 이 작품에 등장하는 조선인 이주민들의 정체성 문제에서도 그대로 드러난다. 이들이 수로 문제로 인하여 중국인과 심각한 갈등을 겪게 되었을 때 자신을 보호하기 위한 방어책으로 일본 영사관을 찾을 법한데 결코 작가는 그렇게 설정하지 않는다. 이 작품에서는 조선인 농민들이 끝까지 힘을 합쳐 중국인들과 싸우는 것으로 그려져 있을 뿐 일본인 영사관의 도움을 받아 문제를 해결하려고 하지 않는다. 이것은 작가가 자신은 결코 일본인일 수 없다는 것을 강력하게 주장하는 것이며 궁극적으로 당시 일본이 내세웠던 '내선일체'론에 동의하지 않았다는 것을 의미한다. 이로써 분명한 그는 조선인 만주 이민을 통하여 일본의 식민주의적 정책 특히 '내선일체론'의 허구에 대해 강하게 비판하고 있다는 점이다.

이태준의 이러한 시선과 비슷한 것으로 이기영의 『대지의 아들』을 들 수 있다. 이 작품은 이주한 조선 농민들이 만주지역에서 겪는 간난신고의 과정을 담고 있다. 조선 농민들의 생존권 투쟁으로서의 만주의 재현은 이러한 삶의 처지를 가능하게 했던 일본 제국주의에 대한 강한 반발과 분리시켜 이해할 수 없다. 이 점은 앞서 이태준이 이주 농민들의 생존권의 문제를 일본 제국주의의 식민주의적 침략과 분리시켜 이해하지 않는 것과 일맥상통한다고 할 수 있다.

이주한 조선 농민들이 겪는 것 중에서 가장 큰 어려움은 역시 '비적'과 '물싸움'이다. '비적'들이 마을을 습격하여 석룡이네를 털고 그 다음으로는 석룡이를 앞장세워 부락장 집을 약탈하게 된다. 토벌대의 도움을 받아 황건오를 비롯한 마을 농민들은 비적들을 소탕하게 된다. 석룡이는 '비적'들의 짐을 지고 나르는 임무를 받고 산으로 올라갔다가 나중에 집으로 돌아오지만 이 일로 인해 부락장집에 손해를 끼친 것을 보상하기 위하여 자신의 딸 귀순을 본인의 의사와 무관하게 부락장 집의 아들과 혼인시키려고 하는 시도를 하게 된다. 귀순은 결국 부모의 강요를 피해 달아났다가 나중에 자신과 뜻이 맞는 황건오의 아들 황덕성과 결혼하게 된다. 이주한 이 마을 농민들의 평화로운 삶을 훼방하는 존재로서의 '비적'에 대한 작가의 비판은 이 작품 전체를 통해서 강하게 나타난다. 이 작품에 등장하는 비적은 '공비'나 '반만항일비'가 아니라 단순한 '마적'이다. 잘 알려져 있는 것처럼 당시 관동군과 '만주국'은 '항일빨치산'과 '반만항일비' 그리고 '마적'을 구분하지 않고 전부 '비적'이라 불렀다. 이들이 하나같이 만주국의 질서와 안녕을 해친다고 비판하였다. 하지만 작가 이기영은 이러한 선전에 속지 않았기에 단지 '마적'만을 등장시키고 이들이 행하는 행패에 대해 비판할 뿐이다. 결코 일제의 선전에 현혹되지 않았던 것이다.

 '비적' 못지않게 이주 농민들의 삶을 힘들게 만드는 것은 '물싸움'이다. 가뭄이 들어 강물이 말라가는 것을 보고 마을 농민들은 조선인 만주인 할 것 없이 모두 하늘에 기우제 지내는 것을 최선이라고 생각한다. 하지만 '대지의 아들'인 황건오는 아무리 가뭄이 들어도 이렇게 갑자기 강물의 바닥물이 마르는 것은 천재가 아닌 인재라고 생각하고 그 원인을 찾으러 상류로 거슬러 올라간다. 사람들의 비난을 무릅쓰고 올라가서 상류에 살고 있는 조선 농민들이 물을 막은 것을 확인하다. 물 문제를 해결하기 위하여 현청을 방문하지만 만주국 관료들의 무능과 안이함 때문에 논에 물을 대야 하는 결정적 시기를 놓칠 위험에 부닥친다. 관료들에게 더 이상 기대한 것이 판단한 그들은 동네 사람들을 동원하여 상류마을로 찾아가 직접 따지게 되고 막았던 물을 터지게 하는 데 성공하게 된다. 이 과정에서 행여나 사후에 져야 할 위험부담을 줄이기 위하여 순사의 묵인을 얻어내는 슬기를 발휘한다. 이 물싸움에서도 조선인과 일본인이 한 편이 되어 만주인을 해치는 그러한 설정 대신에 조선인과 만주인이 하나가 되어 다른 조선인을 설득하는 것으로 그린 것 역시 만보산사건을 비롯한 당시 만주에서 일어난 많은 물싸움이 그러하듯이 조선인과 만주인이 일본 제국에 이용당하는 것을 피해가고자 하는 작가의 배려에서 나온 것임을 알 수 있다.

이 작품에 등장하는 '만주국'을 옹호하는 발언 때문에 이 작품에 대해서 의혹의 눈길을 보낼 수도 있다. 하지만 이 작품을 잘 분석하여 보면 그러한 발언은 두 번에 걸쳐 나오는데 모두 지문이 아니라 대사에 국한되고 있다는 사실을 어렵지 않게 확인할 수 있다. 또한 그 대사 역시 이 작품에서 '대지의 아들'로 그려지고 있는 황건오의 입을 통해서가 아니라는 점도 분명하게 확인할 수 있다. 오히려 이 작품이 이전의 이기영의 작품과 다른 것은 근대 극복에 치중해 있던 그 이전과 다르게 근대의 중요성을 이야기하고 있다는 점이다. 이기영은 프로문학 작가 중에서 유난히 전근대적 질곡을 자주 그린 작가이다. 가난 때문에 딸을 팔아먹는 것을 비롯하여 조혼 등의 폐습이 얼마나 인간을 억압하고 있는가 하는 것을 그린 작가이다. 그렇기 때문에 근대 극복의 사회주의적 전망을 그릴 때에도 항상 근대적인 합리성으로 무장한 인물이 갖는 부분적 진보성을 설정하고 이를 초극하는 것으로 설정한곤 하였다. 그러던 그가 이 작품을 계기로 사회주의적 전망 대신에 근대적 과정이 갖는 인간해방적 측면을 유독 강하게 다루기 시작하였다는 점이다. 이러한 점이 이전의 작품경향과 다른 것이라 할 수 있다. 그렇지만 이러한 경향도 근대의 인간해방적 측면을 일본의 식민주의 지배의 산물로 보지 않는다는 점은 또한 분명하다. 그렇기 때문에 이 작품은 줄곧 일본의 식민주의에 포섭되지 않는 것이다. 일제 말까지 한 번도 일본어로 된 작품을 발표하지 않았다는 사실에서도 이런 점을 확인할 수 있다. 이러한 점은 1944년에 출판된 장편소설 『처녀지』에서도 확인할 수 있다.

2) 한설야와 동아시아 민중의 생활기반으로서의 만주

이태준과 이기영이 농민의 생존권을 통하여 일본 식민주의에 대해서 비판적 거리를 가졌다면 한설야는 이와 다른 시선을 가졌다. 이태준과 이기영이 일본이 내세운 것이 '내선일체'를 기반으로 하는 일본의 식민주의적 동화에 대한 반발이라면, 한설야는 일본 제국이 내세운 '동아협동체론'에 입각한 '동아신질서'에 대한 비판이다.

잘 알려져 있는 것처럼 '동아협동체론'은 무한 삼진 함락 이후 한편으로는 일본이 중국의 거점 도시를 점령하여 일본의 승세가 확정적인 것처럼 보이고, 다른 한편으로는 중경과 연안에서의 중국의 항일이 지치지 않고 계속 이어지는 상황에서 고노에 내각의 브레인 중 혁신적 인사들이 중일전쟁의 해결책으로 내놓은 것이다. '동아협동체론'은 발표되자마자 조선 내 지식인과 문학인에도 강한 영향을 미쳤는데 특히 과거 좌파에 관여하였던 이들은 깊은 관심을 갖고 추이를 지켜보았다. 김기진이 한 좌담회9)에서 향후 '동아협동체론'의 추이에 따라 지식인과 문학인의 노선이 정해질 것이라고 이야기할 정도로 그 여파가 널리 미쳤다. '동아협동체론'을 문자 그대로 해석하여 접수하는 층이 있는가 하면 이것에 대해 조건부 지지를 표명하면서 비판적으로 대한 이들도 있었다. 서인식은 후자의 대표적인 인물 중의 한 사람이다. 그는 「문화에 있어서의 전체와 개인」10)에서 '동아협동체론'이 이루어지기 위해서는 우선 일본 내에서 자본주의의 극복이 이루어져 한다고 보았다. 그렇지 못할 경우 그것은 한낱 추상에 불과하다고 보고 있다.

---

9) 『삼천리』, 1939년 1월호.
10) 『인문평론』, 1939년 10월호.

현대는 정히 역사가 한 개의 세계 구조 안에서 다른 세계 구조로 전환하지 않으면 안될 계단이다. 그리고 새로운 세계 구조의 창조 문제는 이른바 캐피탈리즘의 문제로서 세계 제 국민의 앞에 현대의 세계사적 과제로서 제기된 지 오래이다. 그리고 현대 일본의 과제를 말하는 사람들도 모든 문제를 세계사적 견지에서 제기한다. 그리고 그들도 한결같이 현대 일본의 세계사적 사명을 봉건적인 동양적 세계와 근대적인 서양적 세계를 다함께 초월한 제3의 '세계성의 세계'를 건설하는 데 있다 한다. (…중략…, 인용자) 문제는 오로지 오늘날의 일본의 세계성의 세계를 창조할 정열과 역량을 가졌는가 하는 데에 달렸다.

중일전쟁을 해결하고 동북아에서 새로운 지역적 공동체를 만드는 것에 대해서는 찬성하지만 그것이 일본의 근대 국민국가의 연장 혹은 확장에 지나지 않는다면 이는 결국 또 다른 식민주의에 지나지 않는다고 보는 것이다. 그가 내세우는 것은 일본 내에서 일정한 혁신 세력이 실질적으로 등장하여 내부의 개혁 즉 자본주의를 극복하여야 비로소 '동아협동체'에 대한 논의가 가능하다는 것이다.

한설야는 서인식보다 한층 강력한 조건을 '동아협동체'의 전제로서 요구한다. 그것은 일본 내에서 근대 자본주의를 떠받쳐 주었던 자본가와 군부의 근절이다. 이들이 일본 사회와 동북아 지역 전체에서 무력화되었을 때 비로소 '동아협동체'를 말할 수 있다는 것이다. 그렇기 때문에 이 작품에서는 만주지역에서의 종족간 공존을 방해하는 일본 자본가와 군부에 대해 강하게 비판하고 있다.

한설야가 가장 비중을 두어 비판하는 것은 일본 군부와 이들이 장악하고 있는 국가이다. 당시 일본의 국가는 잘 알려져 있는 것처럼 군부가 장악하고 있었다. 이들의 목표는 일본 제국의 확장이었기 때문에 이것을 가능하게 하는 모든 방법을 동원하였다. '동아연맹'과 같은 이상을 내세우기도 하였지만 실제적인 목표는 일본 제국의 확장과 건설이었다. 이들이 존재하는 한 그 어떤 동아신질서라는 것도 일본 식민주의의 변형태에 지나지 않는다는 것을 한설야는 잘 알고 있었다. 그렇기 때문에 이들에 대해 강한 비판을 가하고 있고 이들이 없어져야만 동아시아 지역의 평화와 공동체에 대한 논의가 가능하다고 보고 있는 것이다. 그리하여 이 작품에서는 관동군 소속 군인에 대한 비판을 통하여 일본 군부와 권력을 비판하고 있다. 관동군 소속으로 장학량 군대를 격파하면서 신경을 점령하는 데 혁혁한 공을 세웠던 침략의 전위인 오야마 요시오 대위에 대한 작품 속 비판이 이에 해당한다. 자본가 오야마 겐지의 큰아들이기도 한 오야마 요시오에게 만주는 일본이 팽창해 나갈 대상지역일 뿐이다. 자신의 임무는 자본가들이 안전하게 경제활동을 할 수 있는 여건을 마련해주는 것이다. 그러한 의식의 소유자이기 때문에 만주인을 비롯한 조선인들에게는 그 어떤 관심도 보이지 않는다. 관심을 가진다고 할 때 그것은 철저하게 일본 우월의식에 입각하여 그들을 하대하고 멸시한다. 동생 오야마 히로시가 만주 여자 조마려와 결혼하려는 것을 좀체 이해하지 못하는 것 역시 이러한 멸시감에서 나온 것이다. 이런 군인들이 존재하는 한 동아의 협동이란 것은 허울 좋은 구실에 지나지 않게 되는 것이다. 그렇기 때문에 한설야는 이런 인물과는 정반대에 놓인 청년들을 통하여 군부와 이들이 장악하고 있는 현재의 국가 권력에 대해 비판하고 있는 것이다. 오야마 히로시와 같이 만주에서 일을 하고자 하는 하야시가 만주의 민간 유력자인 조집오와 나누는 다음 대화에서 이러한 점들을 확인할 수 있다.

　　하야시는 자기도 모르게 강하게 말을 했다. 그리고 말을 계속 이었다. "아시는 바와 같이 지금은 일만(日滿) 양국간에 국가적 차원에서 대륙 경제를 세우고 있습니다만 그런 사업을 국가 차원에만 맡기고 싶지 않습니다. 그런 건 좋은 것을 얻을 수 있는 성질의 것이 아니고 대륙 경제에는 우리 민간의 자각이 토대가 되지 않으면 안된다고 생각합니다." 그 동안 오야마는 하야시의 유창한 중국말을 경청하고 있었다. 물론 내용은 알 수 없었지만 외국어가 그를 긴장시켰다. "쉽게 말해서 우리들은 군대나 권력에 의존하는 이민이 되고 싶지 않습니다. 우리 자신의 힘으로 일어설 수 있는 새로운 토지를 만들고 싶습니다. 먼저 이 대륙의 일각에서 시작하려고 합니다. 토산자라는 오지를 가장 먼저 물색한 것도 이런 이유에서입니다.[11]

하야시가 군대와 권력에 의해 이루어지고 있는 대륙 개척이 아닌 민간 주도의 방식을 강조하고 이에 대해 조집오가 어느 정도 공감하고 있는 위의 대목을 통해 한설야가 당시 일본 제국의 집권자에 대한 비판과 이를 넘어서서 동아시아가 협력할 수 있는 가능성을 내다보고 있음을 알 수 있다.

한설야가 말하는 민간적인 방식이라고 해서 그것이 자본가에 의해 이루어지는 것은 물론 아니다. 국가가 뒷받침해주고 있는 일본 자본가들은 그런 의미에서 결코 민간적이고 평민적인 방식이라고 할 수 없는 것이다. 그렇기 때문에 한설야는 일본인 군인과 위정자와 더불어 국가의 힘을 업고 만주에서 돈을 벌려고 하는 일본 자본가에 대해서도 강한 비판을 하는 것이다. 만몽모직회사의 사장으로 있는 고토와 만몽모직회사의 이사장으로 있는 오야마 겐지와 같은 인물이다. 그들에게 만주는 새로운 이익을 창출할 수 있는 자본 투자지일 뿐이다. 따라서 만주 지역에 살고 있는 만주족을 비롯한 중국인들은 자신의 그러한 목적을 달성하기 위한 도구에 지나지 않는 것이다. 이들에 의해서 이루어지는 일본과 '만주국'의 협력이라는 것은 철저하게 자본가들의 이익을 위한 것에 지나지 않는 것이다. 작가는 이러한 방식으로 이루어지는 동아신질서에 대해서 강

---

11) 한설야, 『대륙』, 김재용 편, 『식민주의와 비협력의 저항』, 역락, 2003, 21~22면.

하게 비판하는 것이다. 자본가 중심으로 이루어지고 있는 동아신질서 하에서 아무리 '동아협동체'를 이야기한다 하더라도 그것은 한낱 신기루에 지나지 않는 것이라고 보는 것이다. 동아시아의 민중이 철저하게 배제되어 있는 이러한 협동체는 아무리 문명사적 의미를 부여한다 하더라도 허위에 지나지 않는다는 것이 한설야의 생각이다. 따라서 작가는 이런 방식이 아닌 다른 방식의 협동을 추구하려고 하였다. 하야시를 비롯한 새로운 방식의 협동을 추구하는 이들이 만주인 조집오의 마음을 얻게 된 것은 바로 이러한 우려를 씻고 난 다음에 가능한 것이었다.

> "알고계시지만 금 매장량이 무진장하다는 송화강 일대는 이미 일본의 대재벌이 만주국 정부와 같이 운영하고 있다는 소문입니다. 그리고 길림성도…" 하야시는 열을 띠고 점점 더 연설조가 되었다. "그렇습니다. 그건 저도 들었습니다. 길림성의 천보산과 백초구 광구는 대개 만주국 대관의 소유가 되었다고 들었습니다. 세상 많이 변했어요 명리에 둔한 사람은 조롱을 당하고 요즘에는 정신이상자로까지 보니 말입니다. 주위에서 그렇게 보니 저 스스로를 의심하게 됩니다. 후후…"조 노인은 처음으로 편하게 웃음을 보였다. 오야마는 하야시의 열변이 공을 거둔 거라는 생각이 들었다. "그러니 대재벌이나 이권을 쫓는 사람들에게 맡겨 보십시오. 그들은 국가 권력까지 이용하여 있는 대로 사욕을 채웁니다. 거기에 비하면 저희들의 일은 정말 평민적이지요 어디까지나 공존공영입니다. 저희들은 선생님의 힘을 빌리기 위한 방편이 아니라 만천하의 감시하에 스스로를 내놓을 각오를 하고 있습니다."12)

조집오가 하야시에 공감하게 된 것은 군인과 자본가가 아닌 사람들이 손을 잡고 일을 할 때 비로소 '공존공영'할 수 있다는 인식 때문이었다. 한설야는 이러한 자본가와 군인들이 근절되고 새로운 일본인들이

---

12) 한설야, 위의 책, 18면.

일본 사회를 주도할 때 비로소 동아시아 지역 공동체로서의 동아협동체에 대한 논의가 가능하다고 보고 있는 것이다. 그렇기 때문에 일본 자종족 중심주의에서 벗어나 있는 인물들을 등장시키고 이들을 매우 비중있게 그리고 있다. 오야마 겐지의 작은 아들인 오야마 히로시는 그 대표적인 인물이다. 그는 일본중심주의에서 벗어나기 시작하면서 만주인 조마려를 사랑하게 되고 그녀와의 결혼에 이른다. 집안에서는 당연히 일본인 여자와의 결혼을 강요하지만 그는 이를 물리치고 만주인 여자와 결혼하기를 주장한다. 그뿐만 아니라 자신의 이러한 뜻을 방해하는 아버지와 형이 보여주는 일본 중심주의에 대해서는 강력하게 비판하고 있다. 이러한 부류에 속하는 인물로 오야마 히로시의 대학동창이자 그에게 일본중심주의를 고쳐주는 데 큰 기여를 한 하야시를 빼놓을 수 없다. 그는 만주에서 조선인과 더불어 사는 연습을 오랫동안 한 아버지의 영향으로 일찍이 일본 중심주의에서 벗어나 있는 인물이다. 그렇기 때문에 대학동창인 오야마 히로시를 만주에 끌어낼 뿐만 아니라 일본 중심주의에서 벗어나게 하는 데 큰 역할을 하게 되는 것이다.

이처럼 한설야는 '동아협동체론'에 대해서 조건부 지지를 함으로써 비판적 입장을 견지하게 된다. 자본가와 군부를 근절할 수 있다면 새로운 지역공동체의 가능성이 있고 그렇지 못할 경우에 그러한 논의는 일본 제국의 또 다른 식민주의적 침략에 지나지 않는 것이라고 보고 있는 것이다. 앞서 이태준과 이기영이 일본과의 관계 속에서만 만주를 보았기 때문에 조선 이주민들이 만주로 들어갈 수밖에 없는 딱한 처지와 이를 촉발했던 일본에 대한 비판에 머물렀다면 한설야는 일본과 중국을 큰 틀에서 보고 그 속에서 동아시아의 지역 공동체의 가능성을 탐구하였다. 이 작품에서 이(李)라는 조선인 인물이 극히 부분적인 역할만 하게 된 것도 바로 이러한 맥락에서 이해할 수 있을 것이다.

5. 잊혀진 문학과 그 현재성

일제 말에 만주를 재현한 문학이 이렇게 많이 나왔고 또한 그 재현의 시각과 시선에서도 다양한 면모를 보여주었음에도 불구하고 그동안 이에 대한 조명이 활발하지 않았다. 일제 말에 나온 이들 작품들은 한국어뿐만 아니라 일본어로도 창작되었기에 아예 검토의 대상이 되지 못하였다. 또한 한국어로 쓰인 작품의 경우에도 일제 말 문학의 지형에 대한 연구가 거의 없었기 때문에 이를 본격적으로 분석할 수 있는 틀을 가질 수 없었다. 이러한 이유로 하여 그동안 이들 작품에 대한 연구가 제대로 이루어지지 못하였던 것이다. 해방 후 한국 사람들의 만주관에 결정적 영향을 미쳤을 것으로 짐작되는 이들 작품에 대한 검토는 그런 점에서 매우 소중하며 향후 더 깊은 연구가 뒤따라야 할 것이다.

만주를 재현한 이들 작품에서 놓쳐서 안 될 것은 동아시아 지역 공동체에 대한 성찰이다. 만주란 공간을 통하여 동아시아 지역 전체를 보려고 하였던 노력은 오늘날 우리들에게는 잊혀진 것으로서 새로운 조명을 요구하는 대목이다. 물론 협력의 경우와 저항의 경우 지역적 공동체의 가능성을 갖고 있었던 만주를 보는 눈이 매우 다르다. 협력의 경우 일본 국민국가의 확장으로서의 제국 일본의 한 지역으로서의 만주였다면, 저항의 경우 일본 국민국가의 초월을 전제로 한 새로운 동아시아 지역 공동체의 장으로서의 만주였다. 우리에게 필요한 것은 이러한 양 입장의 작품을 통하여 탈국민국가체제적 상상력을 수행하는 과정에서 버려야 할 것과 취해야 할 것의 경계선을 파악하고 이를 미래지향적으로 전유하는 일일 것이다.

참고문헌

김재용 등, 『재일본 및 재만주 친일문학의 논리』, 역락, 2004.
김창호, 「동아시아 '타자' 형상 비교 연구 : 만보산사건을 수용한 한중일 소설을 중심
　　　으로」, 『中國現代文學』 제31호, 2004년 12월.
박선영, 「완바오산(萬寶山) 사건과 구화(仇華) 폭동에 관하여」, 『中國史研究』 제33집,
　　　2004. 12.
박영석, 『만보산사건』, 아세아문화사, 1978.
이태준, 「농군」, 『문장(증간호)』, 1937. 9.
임성모, 「중일전쟁 전야 '만주국' 조선 관계사의 소묘 - '일만일체'와 '선만일여'의
　　　갈등」, 『역사학보』 202, 2009. 3.
장혁주, 『개간』, 중앙공론사, 1943.
장혁주, 『わが風土記』, 赤塚書房, 1942.

「농군」과 만보산사건

장영우

1. 문제의 제기

이태준의 「농군」은 발표 당시부터 매우 이례적인 성향의 작품으로
주목받아왔다. 최재서는 이태준 소설의 장점이 "落魄한 儒者, 陋巷에 沈
淪하는 退妓, 불우한 소학교원이나 혹은 유랑하는 농민, 어리석은 신문
배달부, 생에 희망을 잃은 노인" 등 사회에서 소외당하는 인물을 선명
한 인간상으로 부각시켜 놓은 데 있다고 보면서도, 그들이 "현실 세계
로부터 미끄러져 나가 시대에 뒤떨어져"[1] 사상의 깊이가 부족하다는
비판을 잊지 않는다. 최재서의 이러한 평가는 오랫동안 이태준 소설을
이해하는 일종의 시금석 역할을 해 왔다. 그런데 1939년에 쓰인 「농군」
은 임화로부터 "태준이 처녀작을 쓸 때부터 가지고 나왔던 어느 세계
가 이 작품에 와서 한아의 정점에 도달하였다는 감을 주는 아름다운 작

---

1) 최재서, 「최근문단의 동향―단편작가로서의 이태준」, 『조광』, 1937. 11, 254면.

품"2)이란 극찬을 받는다. 이태준은 1938년을 전후로 하여 예전의 소극적인 태도에서 벗어나 이농민과 하층민의 곤궁한 삶에 시선을 주는 한편, 식민지 지식인으로서의 고뇌와 전망을 드러내는 작품을 발표하기 시작한다. 「농군」은 그러한 변화의 시기 한 가운데서 쓰인 작품인데다 그 제재가 특별하여 여러 논자들의 집중적인 관심을 받아왔던 것이다.

「농군」은 만주(中國東三省) 장춘에 인접한 만보산 삼성보(三姓堡)의 이통하(伊通河) 일대에서 조선 이농민과 중국 농민이 현지 토지 임대와 농수로 건설 문제로 물리적으로 충돌한 이른바 '만보산사건'을 제재로 한 작품으로 알려져 있다. 「농군」의 제재가 된 만보산사건이 발생한 지점이 만주(滿洲)라는 사실은 이 사건이 정치적으로 매우 민감한 사안이라는 점을 암시하지만, 이 점에 착목한 논자는 거의 없었다고 해도 잘못이 아니다. 민충환이 이 작품이 발표된 시기의 정치적 상황을 고려하여 사회성이 짙은 「농군」이 검열을 통과할 수 있었던 데는 어떤 저의가 개재되어 있는 것이 아닐까 하는 의구심을 드러낸 뒤 "창작 의도와는 무관하게 일제의 정치적 야욕에 부응 또는 협조한 친일적 결과를 초래"3)했노라고 문제 제기를 했음에도 불구하고 후속 연구자들은 특별한 반응을 보이지 않았다. 그것은 민충환의 글이 만보산사건과 관련한 여러 자료를 충분히 검토한 뒤 작품을 정치하게 분석한 결과라기보다 다소 심정적인 차원에서 한번쯤 제기해 볼만한 문제였기 때문에 큰 반향을 불러오지 못했던 것이다.

그런데 최근 김철이 「몰락하는 신생-'만주'의 꿈과 「농군」의 오독」을 수정·보완하여 『해방전후사의 재인식』에 재수록하면서 새삼 논란

---

2) 임화, 「현대소설의 귀추-창작 32인집을 중심으로」, 『문학의 논리』, 학예사, 1940, 428면.
3) 민충환, 『이태준연구』, 깊은샘, 1988, 151~155면.

이 불거졌다. 김철에 따르면 「농군」은 "'만주경영'이라는 제국주의의 새로운 흐름에 편승한, 다시 말해 당대의 '국책(國策)'에 적극적으로 부응한 소설이며, 그러한 사정을 떠나 소설 자체로 보아도 지극히 무성의하고 불성실한 작품"4)에 불과하다. 그는 자신의 주장을 논증하기 위하여 만보산사건의 실상과 『조선일보』의 과장 왜곡 보도로 야기된 조선에서의 화교 폭행 사건의 전말을 상세히 살피는 한편, 만주와 식민지 조선의 관계도 이제까지와는 다른 시각으로 접근할 것을 요구한다. 그의 논리에 따르면, 「농군」에서는 만보산사건이 "수난당하는 피해자로서의 조선 농민 대 야만스러운 가해자로서의 중국 군벌과 농민"의 대립과 갈등으로 묘사되고 있지만, 실제로는 "가해자인 자신(조선 농민, 인용자)의 미묘한 위치를 부정하고자 하는 욕구, 피해와 가해의 이중적 위치가 동시에 혼재하는 데서 오는 의식의 착종을 수난자로서의 자기 확립을 통해 방어하고자 하는 욕구가 매개"5)된 데서 비롯된 "집단적 가학−피학 심리의 폭발적 노출의 한 사례"6)에 지나지 않는다. 이런 관점에서 볼 때 이태준의 「농군」은 "집단적 주체에 대한 모색의 결과"7)가 아니라 "만주 이민의 삶을 농민 개척담 수준으로 묘사"8)한 태작이라는 결론에 도달하게 된다. 그렇다면 김철은 어떤 자료와 논거를 바탕으로 「농군」에 대한 학계의 일반적 통념을 불신하는 것일까. 그가 「농군」에 관한 기존의 평가에 동의하기 어려운 이유로 제시하는 논리는

---

4) 김철, 「몰락하는 신생−'만주'의 꿈과 「농군」의 오독」, 『해방전후사의 재인식』, 책세상, 2006, 481면.
5) 김철, 위의 글, 497면.
6) 김철, 위의 글, 485면.
7) 최원식, 「한국문학의 근대성을 다시 생각한다」, 『생산적 대화를 위하여』, 창작과비평사, 1997, 34면.
8) 김철, 위의 글, 522면.

작품의 제재가 된 만보산사건에 대한 의문을 제기한 논문을 찾기 어렵다는 점과 사건이 발발한 지 8년이 지난 뒤에 작품이 쓰인 배경에 대한 선행 연구자들의 고민이 없다는 점이다. 문제의 실상을 정확히 파악하기 위해 김철의 주장을 좀더 자세히 살필 필요가 있다.

첫째, 만보산사건과 「농군」의 관계. 만보산사건은 식민지 민족주의가 보이는 기묘한 이중적, 집단적 가학―피학 심리(sado-masochism)의 폭발적 노출의 한 사례이며 「농군」 역시 그 맥락 속에 있다.

만보산사건이란, 만주에 이주한 조선 농민들이 벼농사를 짓기 위해 이통하 지역을 관통하는 수로를 파다가 중국 농민과 갈등을 벌이는 과정에서 중국 관헌과 일본 영사관 경찰이 개입하여 총격 사태까지 벌어진 우발적 분쟁을 가리킨다. 이 사건은 "비슷한 일이 과거에도 헤아릴 수 없이 자주 일어났"던 일상적 충돌사건이었으나, 정작 심각한 문제는 만주가 아닌 조선에서 발발한다. 사건이 발생한 다음 날(1931년 7월 4일) 발간된 『조선일보』 호외의 "중국 관민 팔백여 명과 이백 동포 충돌 부상"이란 과장 보도를 본 조선 내 한국인들이 화교(華僑)를 습격하여 127명의 사망자와 393명의 부상자를 내는 엄청난 폭력 사태로 비화하였던 것이다. 이런 일련의 사건과 관련하여, 김철은 만보산사건과 평양 등지에서의 화교 폭력 사태가 일제의 음모에서 비롯된 것이라는 박영석의 주장9)에 의문을 제기하면서 "완바오 산의 조선 농민들은 자신들의 행동에 정당성을 주장할 근거를 갖고 있지 못하"10)고 "중국인 화교에 대한 살상 행위는 제국주의 피지배 집단의 정신분열적 가학성이 극단적으로 표현된 사례"일 뿐 "사건의 책임으로 일제의 간교한 음모로 돌리는 것 역시 사건을 은폐하는 것 못지않게 떳떳하지 못한 행위"11)라고

---

9) 박영석, 『만보산사건연구』, 아세아문화사, 1987.
10) 김철, 앞의 글, 491면.

우편향적 민족주의의 위험성을 경계한다.

둘째, 만주사변 이후 폭증하는 '만주 유토피아니즘'과 식민지 조선의 관계. '만주국'이라는 실체야말로 식민지 조선인에게는 '식민지적 무의식'과 '식민주의적 의식'이 실현되는 장소로 「농군」 역시 그런 맥락 속에 있다는 것이 김철의 주장이다.12) 따라서 「농군」은 "'왕도낙토'와 '오족협화'를 바탕으로 하는 '만주 이데올로기'의 문학적 구현"13)이므로 이 작품을 한국 민족문학의 성과로 보거나 이태준 문학의 발전적 변모의 징표로 읽는 해석들을 수정되지 않으면 안 된다는 것이다. 이태준과 그의 문학에 대한 김철의 비판은 유례를 찾아보기 힘들 정도로 가혹하다. 김철의 관점에 의하면 이태준은 "골동의 완상 따위에나 탐닉하는 경박한 모더니스트"14)이고, 중편소설 「농군」의 모태라 할 수 있는 수필 「만주기행」에는 "식민지 도시에 온 식민지 모국인의 지식인 같은 한가로운 이그조티시즘(exoticism)"이 배어 있으므로, 그의 작품에서 "1938년 당대의 현실을 투시하는 안목을 대하기는 애초부터 무리"15)가 아닐 수 없다. 또한 김철은 식민지 조선인도 일본국민의 한 구성원이기 때문에 조선 농민의 만주 이민 역시 "일본 농민의 경우와 마찬가지로 제국주의의 지배 전략 속에서 추진되고 시행되었던 것"16)이고, 만주를 이상향으로 생각하는 '만주 유토피아니즘'이 "식민지 조선에서도 거대한 이민의 행렬을 만들어냈다"는 기이한 논리를 조작해냄으로써 「농군」의 민족문학적 가치를 인정하려 들지 않는다.

---

11) 김철, 앞의 글, 493면.
12) 김철, 앞의 글, 485면.
13) 김철, 앞의 글, 508면.
14) 김철, 앞의 글, 480면.
15) 김철, 앞의 글, 501~502면.
16) 김철, 앞의 글, 519면.

그러나 과연 만보산사건이 김철의 주장처럼 조선 농민들의 불법적 행동이고, 조선에서의 화교 폭행 사건이 제국주의 피지배집단의 정신분 열적 가학 행위에 불과한 것일까? 그리고 식민지 조선의 농민을 일본 국민으로 이해하는 관점이나, 조선 농민이 만주를 '왕도낙토'로 생각하 여 이민을 떠났을 것이라는 추론은 논리적 타당성을 떠나 '사실'과 얼 마나 근접해 있는가? 또 이태준은 그가 말하는 것처럼 호고취향이나 이 국적 취향에 탐닉하는 경박한 모더니스트 작가에 불과한 존재일까? 이 글은 김철이 제기한 다소 도발적인 문제들의 타당성을 관련 자료 및 작 품의 면밀한 검토와 분석을 통해 살펴보고자 하는 의도에서 쓰인다.

2. 만보산사건의 배경과 원인

만보산사건의 배경과 경위, 그리고 정치외교적 파장 등에 대한 우리 학계의 연구는 그다지 활발한 것 같지 않다. 이 분야에 대한 최초의 학 문적 성과는 박영석의 『만보산사건연구』(1978)로, 그는 사건이 발생한 배경·경과 및 이 사건과 연루된 여러 문제를 일제의 대륙침략 정책의 일환으로 설명하고 있다. 이후 민두기가 이 문제를 상이한 민족주의적 시각에서 다룬 당시의 『조선일보』와 『동아일보』의 보도 태도를 비교 대조한 논문을 발표한 바 있고17) 이어서 손승회가 당시 중국 공산당이 이 사건을 어떤 관점에서 파악하고 있었는가를 살핀 논문18)을 발표하 는 등 만보산사건의 본질적 문제를 학문적으로 규명하려 한 연구는 고

---

17) 민두기, 「만보산사건과 한국언론의 대응 — 상이한 민족주의적 시각」, 『동양사학』
   65집, 1999. 1, 143~174면.
18) 손승회, 「만보산사건과 중국공산당」, 『동양사학』 83집, 2003. 6, 115~149면.

작해야 서너 편에 불과하다. 박영석의 『만보산연구』는 방대한 자료의 검토와 분석을 통해 이루어진 이 분야 최초의 논문이지만 그가 이 사건을 바라보는 시각이 "일제의 대륙침략에 대한 한·중 양 민족의 저항의 투쟁" 혹은 "한민족 생존의 투쟁"[19]으로 이해하는 보수적 민족주의 사관으로 고착되어 있어 사태의 진실에 객관적으로 접근하기에는 다소 어려운 한계가 있다. 이런 문제점을 해결하기 위한 방편으로 손승회는 사건 발생 당시 중국공산당과 국민당의 반응을 세밀히 대비하고 있는데, 손승회는 두 조직 모두 만보산사건의 책임을 일본에 돌림으로써 중국의 책임을 면하고자 하는 의도를 드러냈다고 본다.[20] 민두기의 논문은 만보산사건의 실체를 규명하려는 의도보다 그 사건을 조선에 알린 신문의 보도 태도를 대조하여 "조선일보가 취한 원칙론적 비타협주의와 동아일보의 현실의 구조적 인식이 직간접적으로 반영"[21]된 것으로 이해하는 민족주의적 시각에서 크게 벗어나지 못하고 있다. 이상의 세 논문은 그 제목이 암시하는 것처럼 만보산사건을 바라보는 관점이 모두 다르고, 따라서 사건의 원인과 배경에 대한 견해도 편차를 보여준다. 박영석의 논문이 비록 보수적 민족주의 사관에 의해 기술되었다는 혐의가 있지만, 이 사건의 역사적 배경과 경위, 그리고 조선에서의 화교 배척 사건 등을 그보다 상세히 다룬 논문이나 저서를 달리 찾기 어려우므로 일단 그가 정리한 사건의 윤곽을 토대로 이제까지 제기된 문제점

---

19) 박영석, 앞의 책, ⅳ면.
20) 중국 국민당과 공산당은 만보산사건의 원인을 각각 "일본의 만몽 침략·조선인 만주 이주·일본의 경제침략·국민혁명의 저지" 및 "일본의 만몽 침략·소련 진공·국민당의 투항주의·국민당의 만주 조선인 구축(驅逐) 정책" 등으로 제시하고 있는데, '일본의 만몽 침략' 의도에 대해서는 공감하면서도 각 당의 정치적 이념에 따라 상이한 해석을 하고 있다.
21) 민두기, 앞의 글, 171면.

들의 논리적 정합을 살펴보고자 한다.[22]

장춘에 거주하는 중국인 학영덕(郝永德)은 1931년 4월 16일 이통하 동쪽 삼성보 일대의 황무지 15만 평을 중국인 소한림(蕭翰林) 등 12가구와 10년간 조지(租地)하는 계약을 맺었다. 이 조약에는 장춘현 정부의 허가를 받지 않으면 무효라는 조항이 있는데, 학영덕은 현 정부(縣政府)의 허가를 받기 전에 조선인 이승훈 등과 재계약을 맺었고, 조선 농민들은 곧 수로를 개간하기 시작하였다. 수로 건설로 농지가 침해될 우려가 있는 중국인들의 항의가 뒤따른 것은 당연했고 중국 경찰이 조선 농민들에게 현지에서 떠나라고 통보했지만 조선 농민들은 수로 개간을 강행하여 6월말에는 거의 완공 단계에 이른다. 중국 농민들이 이미 개간한 수로를 매몰하자 현장에 있던 조선 농민과 중국인 사이에 물리적 충돌이 발발하였고 중국과 일본의 경찰이 출동하여 총격전도 벌어졌지만 피해자는 나오지 않았다. 하지만 이 사실이 곧바로 조선에 알려지면서 조선 내에서는 화교 폭행사건이 벌어졌는데, 민족지도자들이 서둘러 사태를 진정시킴으로써 더 큰 비극적 상황으로 치닫지는 않았다.

만보산사건이 발발한 원인을 정확히 규명하기 위해서는 1920~1930년대 만주를 둘러싼 중국과 일본, 그리고 조선의 정치·외교·경제적 상황과 거주민들의 민심 등 고려해야 할 사항들이 한두 가지가 아니며, 그것은 필자의 능력을 넘어서는 주제이다. 뿐만 아니라 이 글의 목적 또한 정치·외교적 관점에서 만보산사건의 진상을 정확히 규명하려는

---

22) 1930년대 만주를 다룬 또 다른 기록으로 조혼파의 『만주국』(육민관, 1970)이란 책이 있다. 하지만 이 책에서 만보산사건은 조선인 지도자 학영덕과 장백산 등 두 젊은이가 주도하는 것으로 되어 있는데, 학영덕은 조선인이 아니라 중국인이며 박영석의 책에 '장백산'이란 조선 농민의 이름은 보이지 않는다. 이런 점으로 미루어 조혼파의 『만주국』은 허구적 요소가 많은 야사 형식의 책으로 생각되어 참조하지 않는다.

데 있는 것도 아니다. 여기서는 단지 「농군」과 만보산사건의 관련 양상으로 논의의 범위를 한정하려니와, 그러기 위해서는 김철이 「신생하는 몰락」에서 제기한 만보산사건의 문제점을 면밀히 검토하는 작업이 우선되어야 하리라 본다. 김철은 박영석의 『만보산연구』가 "이 사건을 철저하게 일제의 음모론으로 규정하는 것에는 의문"을 제기하면서도 "이 사건이 처음부터 일제 당국의 교묘한 음모에 의해 진행된 것이었는가 하는 점은 이 글의 주제에서 벗어난 것이므로 여기서는 논하지 않겠다"며 문제의 핵심을 슬쩍 피해가는 태도를 취한다. 그의 논점에 따르면 "조선 농민들은 자신의 행동에 대해 정당성을 주장할 근거를 갖고 있지 못하"므로 조선 농민들의 수로공사는 "중국 농민들의 재산권과 생존권에 대한 명백한 침해이며 폭력"에 해당하는 불법 행위이다. 김철의 이러한 논리가 설득력을 인정받을 수 있다면 그것은 학영덕과 이승훈 사이의 조지계약(租地契約)이 장춘현정부의 허가를 받지 않았다는 형식 요건의 미비에 근거를 둔 것으로 보인다. 이 점에 대해서는 중국과 일본의 주장이 첨예하게 대립하는데, 객관적 위치에서 사건을 조사한 리턴(Lytton) 보고서에서는 학영덕이 장춘현정부의 허가를 받지 않았다고 기록하고 있어 중국 측의 주장이 옳은 것으로 생각된다.23) 그러나 학영덕과 조선 농민 사이의 계약에 하자가 있다 하여 만보산사건의 책임을 일방적으로 조선 농민에게 전가하는 듯한 태도는 받아들이기 곤란하다. 왜냐하면 만주 현지 사정에 어두운 조선 농민들을 속여 불법계약서를 작성한 것은 학영덕이고 그 점에 있어서는 조선 농민들도 엄격한 의미에서 피해자이기 때문이다. 더군다나 학영덕이 관여하고 있던 '장농도전공사(長農稻田公司)24)는 원래 일제가 관동군과 일본인의 식량을 현지에

---

23) 박영석, 앞의 책, 89면.
24) 장춘수전공사(長春水田公司 혹은 稻田公司라고도 함), 여기서 '長'은 '長春', '農'

서 해결하려는 계획25)으로 설립한 일본의 어용회사라는 설도 제기되고 있는 형편이다. 이런 소문이 사실이라면 학영덕은 일제의 사주를 받아 일부러 장춘현정부에 이승훈 등과의 조지계약 사실을 통보하지 않음으로써 중국인과 조선 농민의 분규를 기획했을 것이란 가설이 상당한 설득력을 인정받는다. 그렇다면 조선 농민들은 중국인의 재산권과 생존권을 침해한 가해자가 아니라 일제의 교묘한 음모에 많은 것을 빼앗긴 피해자가 된다. 김철은 행정적 절차의 미비만을 문제 삼을 뿐 만주로 이주한 조선 농민의 고단한 처지 등에 대해서는 일말의 배려도 하지 않는다. 그가 「농군」을 바라보는 관점은 시종일관 '조선 농민＝일본국민＝중국에의 가해자'라는 제국주의자의 시선으로 고정되어 있다.

> 기본적으로 당시의 조선인 이민은 일본 국적의 일본 국민이었다. 따라서 위에서 지적된 농업 이민의 일반적 성격에서도 예외가 아니었다. 그러면서도 조선인 이민은 일본인 이민에 비해 이중의 억압 아래 있었다. 만주에 이민한 조선 농민은 자신의 의지와는 상관없이 중국 당국으로부터 '일제의 앞잡이'로 인식되고 있었다.(……)
> 조선 농민의 만주 이민 역시 일본 농민의 경우와 마찬가지로 제국주의의 지배 전략 속에서 추진되고 시행되었던 것임은 말할 것도 없다. 다만 조선인 농민의 경우 그 사정이 더욱 열악하고 이중의 억압에 놓여 있었다는 것이다.26)

결국 창춘 현 정부에 대한 중국 농민의 탄원, 이러한 탄원을 받은 중국 관헌 쪽의 조선 농민에 대한 압박이 계속되었고 <u>조선 농민들이 일본 영사관 경찰에 보호를 요청하여</u> 6월 2일에는 일본 영사관에서 파

은 '農安'이란 지명을 가리킨다.
25) 박영석, 위의 책, 88면, 주 13) 참조.
26) 김철, 앞의 글, 516~519면.

견된 경찰관이 현장에 와서 조선 농민을 보호하기에 이르렀다. (밑줄, 인용자)27)

  김철이 식민지 조선인의 법적 신분을 일본국민으로 인식하는 태도는 철저한 제국주의적 논리에 입각한 것이다. 만주로 이주한 조선 농민은 일본 국적을 지닌 일본 국민이고, 그들의 만주 이주 또한 일본 농민의 만주 이민과 같은 제국주의의 지배 전략으로 보아야 한다는 그의 논리는 일제의 조선 강제 병탄을 학문의 이름으로 합리화하려는 또 다른 폭력에 다름 아니다. 그런 논리는 일제의 강압과 수탈에 못이겨 고향과 가족을 버리고 먼 이국땅으로 쫓겨나야 했던 수많은 익명의 유랑 이주민과 풍찬노숙(風餐露宿)의 혹독한 시련을 견디며 조국광복을 위해 살신성인했던 유명무명의 독립지사의 영혼을 모독하는 일이 아닐 수 없다. 만주로 이주한 조선인들도 일본국민이라는 그의 말대로라면, 만주 일대에서 관동군과 치열한 투쟁을 벌인 조선인들은 모두 국가 권력에 저항한 불순분자이거나 반역자에 지나지 않는다.

  만주로 이주한 조선인의 법적 지위 문제는 중국과 일본 사이의 중요한 교섭 안건 가운데 하나로 대두되고 있었다. 일본은 만주로 이주한 조선인의 중국 귀화를 인정하지 않음으로써 여전히 일본 국적을 보유한 것으로 간주하는 '이중국적정책'을 강요하였고, 중국에서는 일본 국적을 지닌 조선인에 대한 일본의 대중국치외법권 요구가 귀찮아 일본 국적을 포기하도록 종용하는 등28) 갈등이 끊이지 않았던 것이다. 그러나 만주의 조선인은 일본 정부의 보호를 받는 제국주의 신민이 아니라 "일본제국주의, 중국국민당군벌, 지주자본가계급, 그리고 조선민족주의

---

27) 김철, 앞의 글, 486면.
28) 민두기, 앞의 글, 148면.

자 등에 의해 3중 4중의 압박과 수탈을 받는 존재"[29]였다. 따라서 만보산사건이 발발할 즈음 "조선 농민들이 일본 영사관 경찰에 보호를 요청"했다는 김철의 주장은 신빙성이 별로 없어 보인다. 박영석의 논문에는 중국 농민들의 청원을 접수한 장춘시정주비처(長春市政籌備處)에서 일본경사관에 항의 공문을 보내 학영덕의 계약이 무효라는 것과 한농(韓農)의 수로 공사가 불법이니 조선 농민들을 의법 처리해 줄 것 등을 요구하였고, 이어서 "일본영사관경찰이 현지에서 한농을 보호 협조하고 있다"며 일본 경찰을 즉시 철퇴시키고 한농에게 공사를 중지시킬 것을 요구하는 서한을 재차 보낸 것으로 되어 있다.[30] 그런데 김철은 "일본영사관경찰이 현지에서 한농을 보호 협조하고 있다"는 부분을 "조선 농민들이 일본 영사관 경찰에 보호를 요청"했다는 식으로 자의적으로 해석함으로써 마치 조선 농민들이 자발적으로 일본 관헌의 보호를 요청한 것처럼 기술하고 있는 것이다. 이 점에 대해 우리가 참조할 수 있는 객관적 자료는 이토 에이노스케의 소설 「萬寶山」이다. 거기에는 일본 관헌이 조선 농민을 위해 아무 노력도 하지 않았다는 대목이 나와 누구의 주장이 옳은지 판단하는 데 도움을 준다.

그러나 일본 경관은 조선 농민이 어떠한 압박을 받아도 모른 척했다. 중국인 병사가 조선 농민을 구타하고 괴롭히면 일본은 그들이 가장 두려워하는 공산주의자를 추방할 수 있다. 그러므로 중국도 일본이 좋아하게끔 공산주의 체포의 명의로 조선 농민을 황야로 몰아내고 유치장에 처넣었다.[31]

---

29) 손승회, 앞의 글, 121면.
30) 박영석, 앞의 책, 92면.
31) 이토 에이노스케, 「만보산」, 오황선, 「이토 에이노스케의 「만보산」론」, 『일본학보』 38집, 한국일본학회, 1997. 5, 264면에서 재인용. 김철도 이토의 「만보산」을 언급하면서 "이 중편은 소설이라기보다 이 사건의 성실한 보고서로 읽"히며, "일

재만 조선인에 대한 일제의 입장은 "조선인을 原子로 삼아 군사행동을 일으키고 단속을 핑계로 그들을 지원"하며 "중국 국적의 조선인이 난을 일으키거나 일본 국적의 조선인이 난을 일으켜도 羊頭狗肉의 방식으로 대처"한다는 일본의 전총리 다나카 기이치(田中義一)의 말32) 속에 그대로 함축되어 있다. 이상의 여러 자료를 검토해볼 때 만보산의 조선 농민들이 자발적으로 일본영사관 경찰에 보호를 요청했다는 김철의 해석은 자료 해석 과정에서 빚어진 착각이거나 선입견 탓이라 생각된다. 당시 『동아일보』 사설에는 "수전(水田)을 경영하기 위하여 중국인의 수로를 침범한 것은 기업가 대 중국관헌과의 문제이지 소작농인 한농에게는 직접적인 어떤 책임도 없는 것이다. 일본 영사관 경찰을 불러들인 것도 기업가들"33)이라 주장함으로써 만보산사건의 책임소재를 분명히 하고 있다. 그에 따르면 만보산 개간 산업은 조·중·일·로가 합자한 대기업에 의한 것이고 일본 경찰도 그들이 불러들인 것이므로 만보산 사건의 진상은 중국 농민(관청) 대 일본 관청 사이의 충돌로 보아야 옳다는 주장이 오히려 힘을 얻는다.

본 영사관 경찰력의 보호 아래 있는 조선 농민의 현실을 있는 그대로 그려냄으로써 최소한 일방적인 피해자로서의 조선 농민이라는 구도로부터는 벗어나 있다."(김철, 498면)고 말한다. 필자는 이토의 소설을 직접 읽지 못하고 오황선의 논문을 통해 간접적으로 내용을 파악하고 있지만, 김철의 위 말은 오황선이 번역해 보여주는 「만보산」의 내용과 정면으로 상치되는 것이어서 무척 혼란스럽다. 지금까지 보아온 것처럼, 김철은 만보산 부근의 조선 농민들이 자발적으로 일본 영사관의 보호를 요청하거나 그들의 보호를 받았다는 점을 의도적으로 강조하려는 태도를 드러낸다. 이것은 그가 자료를 꼼꼼하고 정확하게 살피지 않았거나 어떤 선입견으로 자료를 오독했을지도 모를 가능성을 시사한다.

32) 「日侵略滿蒙野心」, 『中央日報』, 1931. 7. 27. 손승회, 앞의 글, 129면에서 재인용.

33) 『동아일보』, 1931. 7. 4. 박영석, 앞의 책, 102면에서 재인용.

3. 만보산사건의 문학적 형상화—「만보산」·「벼」·「농군」

식민지 조선에서 이태준이 「농군」을 통해 만주로 이주한 조선 농민의 참혹한 실상을 알리려 했다면, 만주에서는 안수길이 중편 「벼」를, 그리고 일본에서는 이토 에이노스케(伊藤永之介)가 「萬寶山」이란 중편소설을 써 만보산사건의 실상을 대중에게 널리 알렸다. 이토 에이노스케의 「만보산」은 해당 사건이 발발한 지 불과 2, 3개월만에 쓰인 것이어서 일종의 '보고문학'적 성격을 띠면서도 일본 비평가로부터 "조선인 백성 일가뿐만 아니라 그들과 함께 고향을 등지고 헤맬 수밖에 없었던 민족의 고통이 그려진 작품"34)이란 호평을 받는다. 이토 에이노스케의 「만보산」(『改造』, 1931. 10)은 조선 농민 조판세(趙判世) 일가가 만주 만보산 기슭 삼성보에서 갖은 고생 끝에 만주의 황무지를 개간하고 수로 공사에 성공하지만 중국 농민들의 적개심과 중국 정부의 배척으로 이중 삼중의 고통을 받는 과정을 사실적으로 묘사한 작품이다. 이 작품에서 이토 에이노스케는 대체로 객관적인 시각으로 만보산사건의 실체에 접근하고 있다. 일본은 조선인이 거주하는 곳에 그들을 보호한다는 명분으로 영사관 및 경관을 상주시키는 한편, 조선인에게 자금을 지원해 중국인 땅을 매입함으로써 중국인들로 하여금 "조선인 배후에는 일본이 있다. 만몽 백수십만의 조선 농민을 앞세워 일본은 점차 방대한 토지를 자신들의 소유로 만들 것"35)이라는 위기의식을 느껴 조선인을 배척하도록 공작한다. 조선 농민을 "일제 만주 침략의 주구 내지는 첨병"이라고 생각하는36) 중국 농민들에겐 '반조선(反朝鮮)'이 곧 '반일(反日)'이라

---

34) 宇野浩二, 「文學の眺望」, 『改造』, 1931. 11. 오황선, 「이토 에이노스케의 「만보산」론」, 『일본학보』 38집, 한국일본학회, 1997. 5, 240면에서 재인용.
35) 이토 에이노스케, 「만보산」, 오황선, 위의 글, 245면에서 재인용.

는 생각이 널리 퍼져 더욱 조선 농민을 배척했던 것으로 보인다. 그러나 조선 농민과 중국 농민 사이에 무력 충돌이 벌어졌을 때 일본 경관은 고작 다섯 명이 와 보았을 뿐 장춘에 1개 연대와 다수 경관을 거느리고 있던 일본 영사관은 조선 농민의 안위 따위는 아랑곳하지 않은 것으로 묘사된다.37) 이 작품의 결말은 중국 농민과 관헌에게 쫓겨난 조선 농민이 다시 막막한 유랑의 길을 떠나는 것으로 그려져 있다.

　　백여 명의 여자와 아이들은 묵묵히 앞을 향해 걸었다. 그들은 이처럼 고향에서 쫓겨나 국경으로 내몰리고 또다시 끝없는 광야를 정처없이 걸어가고 있는 것이다.

이토 에이노스케가 바라보는 조선 농민의 미래는 이태준이나 안수길의 그것에 비해 훨씬 암담하고 비관적이다. 그는 조선의 식민지 상황을 직접 체험하거나 조선에 대해 많은 연구를 한 문인은 아니었지만, 자본주의 질서에 의해 착취당하는 노동자들 편에서 작품 활동을 하면서 일제 식민지 지배의 실태를 피식민자의 관점에서 구체적으로 묘사한 작가38)로 평가할 수 있을 것이다.

안수길의 「벼」39)는 만주 이주 농민의 수전 개척과 학교 설립이라는

---

36) 손승회, 앞의 글, 118면.

37) 오황선, 앞의 글, 245면.

38) 伊藤永之介(본명 伊騰榮之助, 1903~1959)는 애초에 평론을 썼으나 1928년 이후 노농예술가동맹(勞農藝術家同盟)에 참여하면서 소설을 발표하기 시작, 광산노동자들의 착취의 현장과 자본주의 제도 자체의 냉혹함을 고발하고 노동자가 조직적으로 투쟁에 나서는 모습을 그린 「보이지 않는 광산(見えない鑛山)」, 「산의 일면(山の一面)」 등을 발표한다. 이들 작품은 "당시 프롤레타리아 문학 중에서도 상당히 높은 수준의 것"(本多秋五, 『梟・鶯・馬』의 해설」)으로 인정받는 등 그의 문학 활동은 "근대 일본문학사상 농민문학의 대표적 작가로서의 그 위치를 확고히" 한 것으로 평가된다(이상의 내용은 오황선, 앞의 글, 237~240면에서 재인용).

두 개의 사건을 중심으로 서사가 전개된다. 소설은 "만주건국 이년전 여름이엿다"라는 문장으로 시작되는데, 그것은 작품 속의 현실이 조선인의 만주 이주 제2기[40]에 해당하며 만보산사건(1931) 이전(1930)[41]이라

---

39) 안수길, 「벼」, 『만선일보』, 1941. 11. 16.~12. 25. 여기서는 연변대학교조선문학연구소 편, 『안수길』, 보고사, 2006에 실린 작품을 텍스트로 함.

40) 만주 지역으로의 조선인 이주는 보통 세 시기로 나누는데, 제1기는 19세기 중반~간도협약 및 한국강제병탄시기까지, 제2기는 1910년~만주사변(1931)과 만주국 건국(1932)시기까지, 제3기는 만주국 건국 이후~1945까지로 본다.

41) 김철의 논문에 인용된 「벼」의 첫 구절은 "1929년 여름이었다"로 시작된다고 한다. 본고의 텍스트는 『만선일보』에 연재되었다가 『북원』(예문당, 1944)에 수록된 원본이고 김철이 참조한 작품은 『한국단편문학전집』(정음사, 1973)에 실린 작품이다. 안수길이 「벼」를 단행본에 수록하면서 작품 속 시대 배경을 보다 정확히 하고자 수정한 것으로 보이는데, 1929년이나 1930년이나 모두 만주 건국(1932)과 만보산사건(1931)이 발발하기 이전이라는 점에서는 큰 차이가 없다. 그러나 김철은 「벼」의 시대 배경이 1929년으로 설정되어 있는 것을 근거로 "이 작품의 무대 배경과 상황은 완바오 산을 모델로 한 것이 분명하지만, 작품 안에서의 서사 내용들은 1931년의 완바오 산 사건과는 관련이 없다."고 말한다. 이런 논리대로라면 이태준의 「농군」의 서사도 만보산사건과 직접적 관련이 없기는 매한가지다. 왜냐하면, 김철이 강조한 바대로 「농군」은 "이 소설의 배경 만주는 그전 장작림의 정권 시대임을 말해둔다."라는 작가의 말로 시작하고 있는데, 장작림 정권 시대는 1928년 종언을 고하기 때문이다. 그럼에도 불구하고 김철은 "「농군」은 한국 소설사에서 거의 유일하게 이 사건을 소재로 한 작품"이고 따라서 만보산사건에 대한 이해가 이 작품을 이해하는 데 "기초적이고도 필수적인 사항임은 두 말할 것도 없다."(김철, 앞의 글, 484면)고 단언한다. 서사의 내용을 볼 때 만보산사건에서 소재를 취했을 것이 분명해 보이는 안수길의 「벼」의 시대적 배경이 1929년(혹은 1930년)이라는 점을 들어 만보산사건과 관련이 없다고 한 그가 장작림 정권 시대를 배경으로 한 「농군」의 서사가 만보산사건과 밀접한 관련이 있다고 주장하는 것은 앞뒤가 맞지 않는 논리적 오류가 아닐 수 없다. 만주로 이주한 조선 농민과 현지 주민 사이의 크고 작은 물리적 충돌은 매우 빈번했던 것으로 알려져 있다. 그런데 만보산사건이 세인의 관심을 끌게 된 것은, 이 사건이 국내(조선)에 과장 보도됨으로써 화교 폭행 사건으로 비화하였기 때문이다. 이태준과 안수길이 굳이 작품 속 사건의 시대적 배경을 구체적으로 밝힌 까닭은 그것이 '만보산사건'과 직접적 연관이 없다는 점을 애써 강조하기 위한 서사전략으로 이해된다. 1930년대 말~40년대 초의 억압적 식민지 상황과 살벌한 검열을 피해 만주 이농민의 현실을 알리고자 했던 것이 그들이 선택한 서사전략 가운데 하나였으리라는 점은 쉽게 짐작할 수 있는 일이다.

는 사실을 강력히 암시한다. 이 소설에서 다루어지고 있는 중심 서사는 이주민 첫 세대가 만주에 정착하는 과정에서 중국인과 벌이는 물리적 충돌과 그 이후 학교 건립 문제로 중국 정부와의 대립이 한층 격화되는 양상 등 두 가지이다. 만주에 이주한 조선 농민들은 중국인과의 대립과 갈등을 겪으면서도 벼농사에 성공하여 먹고 살만한 형편이 되자 자식들의 미래를 생각하여 학교를 세우고자 하는 것이다. 이런 점으로 볼 때 「벼」는 만주 이농민의 삶의 실상을 가장 본질적으로 묘파한 작품이라 할 수 있다. 작품에 등장하는 중국인이나 일본인은 대체로 조선 농민에게 호의적인 인물로 묘사되고 있어 주목된다. 그 가운데 만주인 지주 방치원(方致源)은 조선인 홍덕호에게 땅을 매우 후한 조건으로 임대해주는 등 조선 농민의 만주 정착을 위해 많은 도움을 준다. 하지만 그것은 방치원 개인의 후덕한 인심탓이라기 보다 "조선백성의 힘을 빌어 만주의 황무지개간을 꾀하"려는 중국 정부의 국력증강책과 방치원 개인의 욕망이 적절히 부합42)되었기 때문이라 보는 게 옳다. 이와 함께 이 소설에서 가장 문제적인 인물이 일본인 나까모도(中田)인데, 그는 "만주말을 잘하는 것은 물론이려니와 항상 만주복을 입고 있어서 현성 사람들한테서는 친중파로서 존경과 이해"를 받지만 그가 무슨 이유와 목적으로 만주에 거주하는지는 알려지지 않고 있다. 다만 그가 일제가 만몽(滿蒙) 침략을 위해 파견한 첩자가 아니라는 점은 다음과 같은 서술자의 말을 통해 짐작할 수 있을 뿐이다.

　그는 기독교도는 아니었으나 그가 신앙하는 아지못할 종교가 있어 다만 그것을 아동들에게 선전하는 것으로 만족해하였다. 일종 세계동포애와 같은 교리다. 그는 그것을 추상적으로 이야기한 일이 없고 아

---

42) 안수길, 「벼」, 273면.

동을 통하야 그의 주의와 신념을 실행에 옮기는 것으로 일생의 업을
삼었다.[43)]

만주인들은 나까모도가 모종의 정치적 밀명을 띠고 온 첩자가 아닌
가 의심하지만 그의 행적에선 별다른 이상한 점을 발견할 수 없었을 뿐
만 아니라 그가 언어나 의식(衣食) 일체를 만주식에 맞추고 고아원, 유치
원, 소학교 등 육영사업에 전념하는 것을 보고 그에 대한 의혹을 버린
다. 뒤늦게 만주에 온 박찬수도 그와 많은 대화를 나누며 존경하게 되
어, 조선인 학교 건립 문제로 현 정부(縣政府)와 대립할 때에도 그를 매
개로 "일본영사관에 진정하여 문제를 정치적으로 해결짓는 것이 순서"
라고까지 생각한다. 나까모도는 길림성 ××현(縣)에 새로 부임한 소(邵)
현장(縣長)이 조선인의 학교 건립을 반대하는 이유가 "중국정권의 배일
정책"이라는 사실을 정확이 인식하고 영사관의 도움을 요청하겠다고
말하지만 그 약속은 이루어지지 않는 것으로 소설은 종결된다. 소현장
은 이 작품에 등장하는 외국인 가운데 유일하게 조선 농민에게 비우호
적인 인물로 묘사되는데, 그의 조선(인)관은 당시 중국 국민당의 그것과
정확히 일치한다. 작품의 서술자는 그의 인간됨에 대해 "국책에 충실하
고 의식적인 정치를 행하는 데 있어는 소현장은 발탁될만한 자격이 충
분"하다고 긍정적으로 서술한다. 그러나 조선 농민들로선 전임 한현장
이나 양현장 같은 물렁물렁한 이에 비해 원칙에 충실한 관리인 소현장
이 상대하기 껄끄러운 것은 두말할 필요조차 없는 일이다. 그는 조선인
이 많이 모여 사는 곳엔 반드시 일본영사관이 들어서는데, 그것은 곧
일본의 정치세력이 중국에 영향력을 행사하는 것이라는 생각을 가지고
있다. 뿐만 아니라 그는 "조선사람은 천성이 간사하여 이익을 위하여

---

43) 안수길, 「벼」, 299면.

필요한 편에 잘 들어붙으나 그것이 불리하면 배은망덕하고 은혜 베푼 사람에게 춤뱉기가 일쑤"라는 지극히 왜곡되고 편향된 조선인관을 갖고 있는 인물이다. 소현장의 이러한 조선인관은 만보산사건을 바라보는 중국 국민당의 인식과 대단히 혹사하다.

> 항상 난폭한 조선인이 있어 일본인의 위세에 의지하여 임대료를 내지 않고 토지를 독점하여 악행을 저지르는 게 하나 둘이 아니다. 중국인과 조선인 사이의 소송건수는 매년 평균 1,500건 이상에 이른다. 일본 정부는 이들 조선인을 특별히 비호하니 (이들이) 날로 흉폭해지고 주인을 압박하며 중국인을 원수로 여겨 죽이는 참극이 자주 발생한다.[44]

당시 국민당은 만주의 반한족연합회(反韓族聯合會)나 자치촉진회 등의 어용단체를 이용해 중국인의 반조선·반일 감정을 고조시키고 있었던 바, 이것은 중국인과 조선인과의 감정 대립을 조장하여 자신들의 정치적 무능력을 감추려는 의도에 바탕을 두고 있으나 결과적으로는 일본의 기대에 부응하는[45] 사태를 초래한다. 이 소설의 작중인물은 중국 국민당의 대 조선인 정책을 대체로 정확하게 파악하면서도 정작 일제의 교묘한 계략은 간파하지 못하고 있는 것으로 그려진다. 박찬수가 나까모도의 힘을 빌려 일본영사관의 도움을 받으려는 것이 그 대표적 사례로, 이 작품이 발표된 지면이 친일적 성향의 신문이었다는 점을 감안하더라도 작가의 다소 안이한 현실인식이 드러나는 부분이라 하지 않을

---

44) 「中央宣傳部對萬寶山慘案及朝鮮排華慘案宣傳大綱」, 中國國民黨中央宣傳執行委員會, 『萬寶山事件及朝鮮排華慘案』, 中國國民黨中央宣傳執行委員會, 南京, 1931, 10면. 손승회, 앞의 글, 126~127면에서 재인용.
45) 손승회, 앞의 글, 142면.

수 없다.

이태준은 「농군」을 쓰기 전에 만주를 여행하고 「만주기행」(原題「이민부락견문기」)46)이란 수필을 발표한 바 있다. 이 기행문은 봉천·신경을 거쳐 장자워푸[姜家窩堡]를 방문하는 여정을 밟고 있거니와, 봉천과 신경에 머물며 이국적 정취를 감상하는 부분과 장자워푸의 자연환경, 농민과의 대화, 주민들의 생활상 등을 보고 들은 것을 기록하는 부분이 거의 비슷한 분량을 차지한다. 「만주기행」은 말 그대로 기행문이고 「농군」은 소설이어서 한 사람이 쓴 글이라 하여도 두 글의 내용과 형식에는 다소의 차이가 있을 수밖에 없다. 그런데 김철은 "이 기행문은 만주 개척의 성공 사례를 보고하는 것이고, 「농군」 역시 그 연장선상에 있는 것"으로 보면서도, 기행문과 소설에 실린 만보산사건의 내용이 다름을 문제 삼는 것이다. 그가 가장 관심을 갖고 따져 묻는 대목은 만보산사건 당시 다치거나 죽은 사람이 없는데, 소설에는 "창권이 할아버지 운명할 때 눈을 쓸어 감겨주던 경상도 사투리하던 노인"이 중국 관헌의 총에 맞아 죽는다고 되어 있다는 점이다.

「만주기행」에서 이태준이 장자워푸에 도착하여 농민을 만난 장면의 소제목은 '배는 부른 마을'로 되어 있다. 김철은 바로 이 소제목을 근거로 「만주기행」이 "만주 개척의 성공 사례를 보고하는 것"이라 단정 짓는다. 하지만 이 소제목 '배는 부른 마을'의 '배는'에서 '~는'은 여기에 연결된 선행요소 '배'(식생활)가 문장에 드러나 있거나 숨어 있는 대상, 즉 '먹을 것'과 대조되는 '정신' 같은 것을 강조하는 기능을 하는 문법소이다. 따라서 '배는 부른 마을'이란 "'배'(식생활)는 부르나(넉넉해 아쉬울 것이 없으나) '정신' 같은 것은 '아쉽고 넉넉하지 않은' 마을" 정도로

---

46) 이태준, 「이민부락견문기」, 『조선일보』, 1938. 4. 8.~4. 21. 후에 「만주기행」으로 개제(改題)하여 『무서록』에 수록함.

해석하는 것이 일반적이다. 우리 일상생활에서 이런 특수조사의 사용례는 그리 특별한 것도 아니다. 이를테면 "그녀는 마음은 고와."라고 했을 때 그녀의 '마음'은 곱지만 '마음' 이외의 것(용모 같은 것)은 그리 곱지 않다는 의미로 이해하는 데 어려움을 겪는 사람은 거의 없을 것으로 보이기 때문이다. 뿐만 아니라 「만주기행」의 장자워푸 거주 농민들의 식생활은 매우 거칠고 조악한 것으로 그려져 있어 그들의 삶이 그리 여유 있거나 풍족하지 못하다는 점은 쉽게 간파할 수 있다.

> 밥상을 보니 정신이 좀 난다. 이밥이다. 현미밥처럼 누르다. 국은 시래기, 새우가 어쩌다 한 마리씩 나온다. 배추김치가 놓였는데 고추보다는 고추씨가 더 찬란하다. 그리고는 유기쟁첩에 통고추가 놓였다. 허옇게 뜬 것, 시커멓게 언 것들을 말렸다가 밥솥에 찐듯한데 저것을 어떻게 먹나 하고 주인이 먼저 먹기를 기다렸더니 먼저 그것을 그냥 간장에 꾹 찍어 먹는 것이다. 나도 하나 씩ㅡ씩 거리고 먹어 보았다. 이 거이 원료 그대로인 세 가지의 반찬만으로도 나는 재작년 장감(腸感) 이후로는 처음 달게 먹어보는 구미(口味)였다. 수북 수북 떠주는대로 네 공기나 밥을 먹었다.47)

밥은 쌀밥이지만 찬은 국과 김치, 그리고 통고추와 간장이 전부인 밥상에 대한 위 인용은 식생활에서 밥 이외의 다른 호사는 전혀 생심도 낼 수 없는 형편임을 실감나게 전달하고 있다. 물론 장자워푸 주민들은 1930년대 조선의 소작농들과 달리 굶지 않고 쌀밥을 마음껏 먹는다는 사실은 명백해 보인다. 하지만 만주로 이주한 그들이 밥은 굶지 않게 되었다고 해서 그들의 삶을 "그런대로 평화롭고 넉넉한 일상"48)으로

---

47) 이태준, 「만주기행」, 『무서록』, 박문서관, 1941, 306~307면.
48) 김철, 앞의 글, 504면.

해석하는 태도는 지나치게 평면적이어서 받아들이기 어렵다. 장자워푸에 사는 조선인들의 유일한 희망이 '채표(彩票)'에 당첨되어 고향에 가는 것이라는 사실은 이들이 배불리 밥은 먹지만 미래에 대한 어떤 전망도 갖지 못하고 살아간다는 점을 말해준다.

장자워푸를 떠나는 이태준의 심사는 다소 비감스러운 듯이 보인다. 「만주기행」의 마지막 단락 소제목을 '산불고 수불려(山不高水不麗)'라 붙인 까닭도 이국땅에서 조국을 그리워하는 장자워푸 주민들의 마음을 대변한 것 외에 다른 게 아닐 터이다. 기행문의 마지막 구절은 "그 悠久함이 바다보다도 오히려 호젓하였다"로 끝나는데, 김철은 이 대목을 "이 평화와 고요의 장면은 중일전쟁의 전운에 감싸인 만주의 현실을 가리고, 결국 '만주국'의 협화(協和)적 이상을 충실히 재현"49)한 것으로 해석한다. 그러나 이 구절은 황막한 만주벌판의 태고적 고요와 원시적 환경을 의미하는 것일 뿐 여기에 정치적 해석이 개입할 틈은 없어 보인다. 김철은 여기서 한 걸음 더 나아가 「농군」의 작가가 굳이 소설의 배경이 장작림정권 시대임을 밝힌 이유가 "지금은 이런 혼란, 즉 군벌이나 토민들의 횡포는 사라졌다. 이제는 살 만한 상태가 되었다"는 점을 강조하기 위한 것이라 해석한다. 요컨대, 김철은 "소설 「농군」은 기행문 「이민부락견문기」의 밝음을 더해주는 '어둠의 기록'"으로 이해하고 있으나, 이태준이 만주 기행에서 어떤 희망의 단초를 발견했다고 할 만한 구절은 찾아보기 힘들다. 또한 「농군」의 서사가 만보산사건의 진상을 심하게 과장했다는 김철의 주장 자체가 과장되었다는 혐의가 더 강하다. 실제 사건에서는 사상자가 발생하지 않았다 하더라도 소설에서는 극적 긴장과 흥미를 위해 사실을 어느 정도 부풀릴 수 있는 자유를 허

---

49) 김철, 앞의 글, 506면.

여받기 때문이다. 이런 점에서 볼 때, 김철은 「농군」의 서사를 철저히 해부, 분석하여 그것의 미학적 가치를 평가하는 것이 아니라 단지 소설의 서사가 만보산사건의 내용과 약간의 편차를 보인다는 점만을 강조함으로써 논리적 균형감각을 스스로 훼손하고 있는 것이다.

4. 마무리

이태준 문학에 대한 해석과 평가는 시대와 관점에 따라 얼마든지 달라질 수 있다. 이태준에게 골동(骨董) 완상의 취미가 있었던 것은 잘 알려진 사실이거니와 그의 '상고주의'에 대해서도 "근대적 생활과 무관한 완결성의 세계"50)라는 주장과 함께 "물신적 전통 숭배나 폐쇄된 고전의 세계에의 집착이 아니라 옛것을 통하여 현재의 의미를 해석하고 올바른 방향으로 나아가려는 진취적 현실 인식의 방법"51)라는 해석이 공존하고 있는 것이다. 이태준 문학의 상고주의에 대한 해석적 편차와 상관없이 그에게 이국취향이 있어 "1938년 당대의 현실을 투시하는 안목을 기대하기 힘들다"는 김철의 지적은 납득하기 곤란하다. 그것은 「장마」(1936), 「패강냉」(1938), 「영월영감」(1939), 「밤길」(1940), 「토끼이야기」(1941) 등 일련의 자기 반성적인 태도와 리얼리즘의 정신에 입각한 후기작 몇 편을 살피는 것만으로도 충분히 입증할 수 있는 사실이다. 「장마」와 「패강냉」은 '산책자(Flâneur)' 모티프가 반영된 '심경소설'의 한 유형으로, 이 작품의 화자는 뚜렷한 목적의식 없이 경성과 평양 시내를 거닐며 주위 환경과 주변 인물에 대한 날카로운 촌평을 늘어놓는다.

---

50) 김윤식, 「『문장』지의 세계관」, 『한국근대문학사상비판』, 일지사, 1995, 173면.
51) 장영우, 『이태준소설연구』, 태학사, 1996, 59면.

안국동(安國洞)에서 전차로 갈아탔다. 안국정(安國町)이지만 아직 안
국동이래야 말이 되는 것 같다. 이 동(洞)이나 이(里)를 깡그리 정화(町
化)시킨 데 대해서는 적지 않은 불평을 품는다. 그렇게 삐지니쓰의 능
률만 본위로 문화를 통제하는 것은 그릇된 나치스의 수입이다. (…중
략…) 이러다가는 몇 해 후에는 이가니 김가니 박가니 정가니 무슨 가
니가 모다 어수선스럽다고 사람의 성명까지도 무슨 방법으로던지 통
제할런지도 모른다.52)

오면서 자동차에서 시가도 가끔 내다보았다. 전에 본 기억이 없는
빌딩들이 꽤 많이 늘어섰다. 그중에 한 가지 인상이 깊은 것은 어느
큰 거리 한 뿌다이에 벽돌 공장도 아닐 테요 감옥도 아닐 터인데 시뻘
건 벽돌만으로 무슨 큰 분묘와 같이 된 건축이 웅크리고 있는 것이다.
현은 운전수에게 물어보니 경찰서라고 했다.53)

「장마」의 화자가 일제의 창씨개명 음모를 사전에 예견했다는 사실도
중요하지만 그보다는 일제의 식민정책에 "적지 않은 불평을 품"고 "삐
지니쓰의 능률만 본위로 문화를 통제하는 것은 그릇된 나치스의 수입"
이라고 직접 비판하고 있는 점에 주목할 필요가 있다. 그것은 전차를
타고 지나가며 문득 떠오른 생각일 수도 있지만, 그가 평소에 세계로부
터 자신을 격리시키는 태도에 익숙해져 있었다면 그런 단상조차 떠올
리기 쉽지 않았을 것이다. 이와 함께 오랜만에 평양 거리를 산책하는
「패강냉」 화자의 눈에는 "시뻘건 벽돌만으로 무슨 큰 분묘와 같이" 생
긴 기괴한 건축물이 무척 이물스럽게 느껴진다. 그것은 『무정』의 이형
식이 평양에서 근대 문명에 눈뜨지 못한 노인을 불쌍히 여기는 것과 좋
은 대조를 이룬다. 춘원에게 있어 근대(일본)는 부끄러운 아버지를 대체

---

52) 이태준, 「장마」, 『가마귀』, 한성도서주식회사, 1937, 156~157면.
53) 이태준, 「패강냉」, 『이태준전집 2』, 깊은샘, 1988, 210면.

하는 "칠칠함의 표준"54)으로 전범의 대상이었으나 상허에게 근대는 우리의 전통과 문화를 압살하는 제국주의의 표본이었던 것이다.

「몰락하는 신생」은 문학 작품을 읽고 분석하는 과정에서 우리가 고려하고 유의해야 할 문제점들이 무엇인가를 재삼 숙고하게 하는 의미 있는 글이다. 특히 김철이 「농군」과 관련한 중요한 자료들을 면밀히 검토하면서 대다수 연구가들이 무심히 지나쳤던 '사실'과 '소설'의 관련 양상 및 작가의 의도를 끈질기게 문제 삼은 학구적 태도는 인정할 만하다. 하지만 김철이 「농군」과 만보산사건의 괴리를 지적하며 제기한 문제점들은 "과도한 비판과 의도적인 오독"에서 비롯된 오류들로 보인다. 지금까지의 논의를 통해 모두 밝혀졌으리라 믿지만, 김철이 제기한 문제점의 오해(또는 오류)를 요약 정리하면 다음과 같다.

첫째, 「농군」은 한국 소설사에서 거의 유일하게 만보산사건을 소재로 한 작품이 아니다. 그것은 이태준이 소설의 시대적 배경을 장작림 정권 시대로 못박아 놓았기 때문이다. 그러므로 「농군」에 그려진 서사와 만보산사건의 진상이 다르다는 주장은 재고될 필요가 있다.

둘째, 만보산사건과 관련하여 "조선 농민들이 일본 영사관 경찰에 보호를 요청"했다는 김철의 주장은 과장되었거나 선입견이 개입된 견해로 보인다. 무엇보다 이토 에이노스케의 「만보산」에는 일본 경찰이 조선 농민을 위해 어떤 행동도 취하지 않은 것으로 되어 있다.

셋째, 「이민부락견문기」에서 '배는 부른 마을'의 '~는'의 기능을 고려하지 않고 장자워푸 주민들의 삶을 "그런대로 평화롭고 넉넉한 일상"으로 해석한 것은 잘못이다.

---

54) 김윤식, 『이광수와 그의 시대 1』, 솔, 1999, 37면.

넷째, 따라서 「이민부락견문기」가 '밝음'의 기록이라면 「농군」이 '어둠'의 기록이라는 해석은 이론의 여지가 있다. 기행문에서 장자워푸 주민들의 현재와 미래의 삶에 대해 낙관하고 있다는 징표는 어디에서도 찾아보기 힘들기 때문이다.

이 글에서는 1930년대 식민지 조선에서 '만주'와 '만주 이민'의 정치적·문학적 의미에 대해서는 다루지 못했다. 그 주제 역시 매우 중요한 사안이라 생각되지만 「농군」과 만보산사건의 관련 양상만을 살피고자 한 이 글의 의도에서 훨씬 벗어난 것이다. 김철은 「몰락하는 신생」의 3할이 넘는 분량을 '만주 유토피아니즘과 조선 농민'의 관계에 할애하고 있는데, 그의 기본 시각은 식민지 시대 조선인의 신분은 일본 국적의 일본국민이라는 관점이다. 그러면서도 그는 "만주에 이민한 조선 농민은 자신의 의지와는 상관없이 중국 당국으로부터 '일제의 앞잡이'로 인식되고 있었다."는 모순된 진술을 하고 있다. 만주로 이주한 조선 농민이 일본 국민이었다는 그의 논리대로라면 그들(조선 농민)이 중국 당국으로부터 '일제의 앞잡이'로 인식된 것은 너무도 당연한 일이어서 그것을 이중의 억압이라 부를 필요도 없는 것이다. 이처럼 김철의 글에는 자체 모순적인 내용이 적지 않아 그의 광범위한 자료 조사와 섭렵, 그리고 치밀한 텍스트 분석에도 불구하고 심각한 논리적·해석적 문제를 야기하고 있다.

참고문헌

[논문]

김 철, 「몰락하는 신생-'만주'의 꿈과 「농군」의 오독」, 『해방전후사의 재인식』, 책
　　　세상, 2006, 479~523면.
민두기, 「만보산사건과 한국 언론의 대응-상이한 민족주의적 시각」, 『동양사학』 65
　　　집, 1999. 1, 143~174면.
손승회, 「만보산사건과 중국공산당」, 『동양사학』 83집, 2003. 6, 119~145면.
오황선, 「이토 에이노스케의 「만보산」론」, 『일본학보』 38집, 한국일본학회, 1997. 5,
　　　237~247면.

[단행본]

김윤식, 「『문장』지의 세계관」, 『한국근대문학사상비판』, 일지사, 1995.
김윤식, 『이광수와 그의 시대 1』, 솔, 1999.
민충환, 『이태준연구』, 깊은샘, 1988.
박영석, 『만보산사건연구』, 아세아문화사, 1987.
안수길, 「벼」, 연변대학교조선문학연구소 편, 『안수길』, 보고사, 2006, 263~316면.
이태준, 「농군」, 『돌다리』.
이태준, 「장마」, 『가마귀』, 한성도서주식회사, 1937.
이태준, 「패강냉」, 『이태준전집2』, 깊은샘, 1988.
이태준, 「만주기행」, 『무서록』, 박문서관, 1941, 279~314면.
임 화, 「현대소설의 귀추-창작 32인집을 중심으로」, 『문학의 논리』, 학예사, 1940.
장영우, 『이태준소설연구』, 태학사, 1996.
최원식, 『생산적 대화를 위하여』, 창작과비평사, 1997, 6~31면.
최재서, 「최근 문단의 동향-단편작가로서의 이태준」, 『조광』, 1937. 11.

잃어버린 민족을 만주에서 상상하다*
— 이태준의 「농군」에서의 조선인들의 외침 —

이현정

이태준의 단편소설 「농군」(1939)[1]은 만보산사건(1931)을 다룬 첫 한국어 소설이다. 만보산사건 발생 후 8년이 지난 시점에 발표된 이 소설은 당시 서울의 문단에서 그 해 최고의 작품으로 꼽히기도 했다.[2] 많은 이들이 이 작품을 이태준의 창작 생애에서 예외적인 작품이라고 보았는데, 그 이유는 기존의 이태준의 소설들이 불운한 개인들의 삶을 다룬 것과 달리 이 작품은 만주 지역에서 현지 중국인들에 맞선 조선인 이주민들의 집단적인 투쟁을 다루었기 때문이다. 한국에서 이태준을 포함한

---

* 이 글은 필자의 시카고대학(University of Chicago) 박사학위논문 「만주에서 민족을 다시 상상하다 : 만보산사건(1931)에 관한 중국과 한국의 담론에서의 농민 집단의 형상화(Reimagining the Nation in Manchuria : The Representation of Peasant Collectivity in Chinese and Korean Discourses on the Wanbaoshan Incident(1931)」의 네 번째 챕터를 축약 번역한 것이다.

1) 「농군」은 이태준이 편집인으로 있었던 『문장』의 1939년 7월호에 발표되었다. 본 논문에서 인용되는 「농군」 텍스트의 페이지 수는 『문장』에 실린 원본을 기준으로 한다.

2) 임화, 「창작계의 일 년」, 『조광』 제5권 12호, 1939, 139면.

월북 작가들에 대한 해금조치가 이루어진 1988년 이래 「농군」이 민족주의적 작품인가 아니면 친일적인 작품인가의 문제는 꾸준히 논란의 대상이 되어왔다. 작품 속에 그려진 조선인 이주민들의 투쟁을 민족주의적 투쟁으로 해석하는 평자들이 있는 한편,[3] 일제 치하 조선인의 만주 이주 및 정착이라는 것이 만주에서의 세력 확대를 도모하던 일제에게 자국민 보호라는 구실을 제공했다는 점에서 그들의 투쟁이 일제의 대륙침략 정책을 뒷받침했다고 보는 평자들도 있었다.[4]

그러나 이 두 관점 중 어느 쪽도 절대적 우위를 점하지는 못했다. 이들은 서로의 구체적 논지를 부정하지 못할 뿐만 아니라, 각각의 논리 안에서도 여러 가지 문제점을 안고 있다. 첫째, 「농군」을 민족주의적인 작품으로 보기에는 어려움이 있는데, 그것은 작품에 그려진 주요 투쟁이 일제가 아닌 만주 지역 중국 농민을 대상으로 한 것이기 때문이다. 조선이 일제의 식민지가 되어 있는 상황에서 중국 농민과의 갈등이 주요한 민족주의적 이슈가 될 수는 없다. 둘째, 「농군」을 친일적인 작품으로 보기도 어려운 것이, 작품에서 일제의 만주 침략 계획에 동조하는 부분이 구체적으로 나타나지 않기 때문이다. 그러므로 작품이 결국 일

---

3) 장영우는 「농군」이 리얼리즘 소설일 뿐만 아니라, 타민족에 맞선, 민족주의를 바탕으로 한 생존 투쟁이 작품의 줄기를 이루고 있다고 보았다. 이병렬 또한 「농군」을 이태준이 순수문학적 태도에서 현실 속으로 뛰어나오려는 모습을 선명하게 보여주는 작품이라고 평가했다. 장영우, 『이태준소설연구』, 서울 : 태학사, 1996, 170면 ; 이병렬, 『이태준소설연구』, 서울 : 평민사, 1998, 326면. 이후에 다시 언급될 김재용과 하정일도 비슷한 관점을 견지한다.
4) 민충환은 이태준의 의도와 상관없이 「농군」이 일제의 대륙침략 야욕에 협력하는 작품이 되어버렸다고 보았다. 최원식은 이 작품이 사회 현실에 관심을 기울인 점을 높이 사면서도, 작품이 가질 수 있는 친일적 함의에 주의할 필요가 있음을 지적했다. 민충환, 『이태준연구』, 서울 : 깊은샘, 1988, 155면 ; 최원식, 「한국문학의 근대성을 다시 생각한다」, 『생산적 대화를 위하여』, 서울 : 창작과비평사, 1997, 33~34면. 이후 자세히 논의할 김철의 독해는 이런 관점을 더 밀고 나간다. 김철 이후 정종현 등의 많은 평자들이 이 관점에 동조했다.

제에 이용될 수 있었을지는 몰라도, 단지 조선인 이주민을 옹호했다는 점을 근거로 친일을 의도한 작품이라고 보는 데는 무리가 있다. 「농군」에 대해 이런 상반된 관점이 가능한 이유는 사실 당시 만주 지역 조선인 이주민들이 처해 있었던 매우 복잡한 입장 때문이다. 즉, 만주에 정착하고자 하는 그들의 노력과 투쟁은 일견 민족주의적으로 보이지만, 그것이 의도와 무관하게 당시 조선 민족주의의 가장 큰 적인 일제의 이익에 부합했던 것이다. 이 딜레마가 독자들로 하여금 이 소설의 정치적 의미를 평가하기 어렵게 해 왔다.

이 딜레마에서 벗어나기 위해서는 기존의 논의들이 놓치고 있는 사실 한 가지를 고려할 필요가 있다. 그것은 바로 만보산사건이 발생한 1931년 만주의 상황과 「농군」이 발표된 1939년 서울의 상황 사이의 차이이다. 1939년은 일본이 만주를 점령하고 괴뢰국 만주국을 건설한 지 이미 칠팔 년이 지난 시점이며, 일제로서는 더 이상 만주에서의 세력을 확대하기 위해 조선인 이주민들을 활용할 필요가 없는 상황이었다. 물론 1930년대 후반에도 조선인의 만주 이주는 계속되었고, 일제는 그 이전에 방임하던 정책을 바꾸어 공식적인 통제 하에 조선인의 집단 이민을 추진하기 시작했다. 그 이유는 제국 내 노동력 배치의 관점에서 조선의 노동력이 일본보다는 만주로 이동하는 것이 낫겠다는 일본 정부의 판단 때문이었다. 1937년 중일전쟁 발발 이후에는 전쟁 수행의 필요에 따른 인력 배치를 위해 조선인을 만주 각지로 이주시키고자 했다.5) 이러한 제국 내의 노동력 재배치는 만주국 건국 이전의 이민과는 본질적으로 다른 것이었다. 게다가 만주국에서는 "오족협화" 이념을 내세우고 있었기 때문에, 조선인과 현지 중국인 사이의 갈등은 만주국이나 일

---

5) 김기훈, 「만주의 코리안 디아스포라─제국내 이민 정책의 유산」, 『만주 : 동아시아 융합의 공간』, 서울 : 소명출판, 2008, 206~209면.

제 당국이 장려했을 바람직한 주제라고 볼 수 없다. 「농군」을 친일 작품으로 보는 위의 주장은 1931년의 상황만을 염두에 두고 있으며, 1939년의 상황에서 이 작품이 가질 수 있는 의미를 충분히 고려하지 않은 것으로 보인다.

이 글은 「농군」이 1939년 서울의 상황에서 가지는 의미를, 특히 만주에 관한 당시의 지적 문학적 담론의 맥락에서 집중적으로 논의하고자 한다. 1930년대 후반에는 조선에 대한 일제의 통제가 더욱 강화되었으며, 조선과 만주 지역에서의 조선독립운동은 거의 소멸되었다. 따라서 조선인들이 민족의 현재와 미래를 상상한다는 것이 매우 어려운 현실이었다. 이 상황에서 만주는 일제 치하에서 억압된 조선인들이 새로운 가능성을 생각해볼 수 있는 장소로 떠올랐고, 조선인들의 만주 이주에 대한 낙관주의가 지적 문학적 담론에서 유행하게 되었다. 그런데 「농군」은 이와 같은 당시의 만주와 관련된 낙관주의적 풍토와 거리를 두면서 조선인 이주민들의 실제 경험을 조명한 작품이라고 할 수 있다. 그 결과 이 작품은 1930년대 후기에 담론적으로 거의 불가능했던 조선 민족의 상을 대안적인 형태로 만들어냈다. 따라서 본 논문이 제기하는 물음은 다음과 같다. 첫째, 「농군」이 만들어낸 조선 민족상의 정치적 성격은 무엇인가? 둘째, 「농군」 속의 농민들의 입장이 어떤 방식으로 그런 민족상의 형성에 기여하는가? 셋째, 「농군」 속의 농민과 당시 서울의 조선인들에게 만주가 의미하는 바는 무엇이었는가? 이 질문들을 통해 필자는, 작품에서 낙관주의가 아닌 '애수'가 주조를 이루고 있음을 지적하고, 이것이 어떻게 조선 농민들의 힘의 근원이 되고 또 집단적 정체성으로 승화되는지를 집중적으로 논의할 것이다.

1. 「농군」을 둘러싼 비평적 논의

「농군」은 분명 이태준의 작품들 중에서 독특한 위치를 차지하고 있다. 해방 이전에 발표된[6] 그의 작품은 식민지 조선의 사회적·역사적 조건에 대한 적극적인 고민이 드러나지 않는다는 이유로 많은 비판을 받았다.[7] 그는 한국의 전통 문화를 공부하고 골동품을 수집하는 데 몰두한 상고주의자였으며, 다른 한편으로는 문체와 미학적 가치의 중요성을 강조한 스타일리스트였다. 단편소설에서 보여준 성격 묘사와 기교 방면의 탁월한 재능 때문에 그는 한국현대문학사에서 단편소설의 대가로 꼽힌다.[8] 그렇다면 그의 다른 작품들과 달리 사회 현실과 집단적 정체성에 깊은 관심을 보이고 있는 「농군」은 그의 작품세계에서, 혹은 한국문학사에서 어떻게 자리매김되어야 할 것인가?

2002년 한국의 학계에서는 「농군」에 관한 새로운 단계의 논의의 시발점이 된 두 개의 중요한 관점이 제출되었다. 하나는 김재용에 의해서, 다른 하나는 김철에 의해서였다. 「친일문학의 성격 규명을 위한 시론」[9] 이라는 글에서 김재용은 「농군」이 이전의 이태준의 작품에 등장하지 않았던 집단적 주체를 형상화하고 있다는 점에서 그의 문학적 변화를 보여준다고 주장했다. 김재용은 나아가 「농군」에 나타난 집단적 주체의 추구가 당시 지식인들 사이에 팽배했던 유럽 개인주의에 대한 비관주의의 맥락 속에 있다고 보았다. 김재용의 주장은 「농군」과 이태준의 다른 작품들 사이의 차이점을 정확히 지적하고 있지만, 그것과 유럽 개인

---

6) 해방 이후 이태준은 월북하여 혁명작가가 되었다.
7) 『이태준문학전집 1 : 달밤』(서울 : 깊은샘, 1995)에 수록된 장영우의 해설 395~396면.
8) 같은 글, 395면.
9) 『실천문학』 65호, 2002년 봄, 160~185면.

주의에 대한 조선 지식인들의 비관주의 사이의 관계를 실질적으로 규명하지는 못하고 있다.

그로부터 몇 달이 지난 후 김철은 김재용의 이러한 견해에 반박하면서 「몰락하는 신생 : ‘만주’의 꿈과 「농군」의 오독」[10]이라는 논문을 발표했다. 이 글에서 김철은 「농군」이 이태준이라는 “작가의 ‘심각한 내적 변모’와 ‘모색’의 결과가 아니라” 만주에 관한 일제의 “‘국책’에 적극적으로 부응한” 작품이라고 평가했다.[11] 그는 심지어 이 작품이 “지극히 무성의하고 불성실한 작품”이라고까지 혹평했다.[12] 그가 보기에 「농군」은 현지 중국인들을 “토민”으로 지칭하는 등 문명의 전도사를 자임하는 일본 제국주의자의 시선으로 현지 중국인들을 바라보면서, “왕도낙토”와 “오족협화”를 기치로 내세운 일제의 “만주 이데올로기”를 구현한 작품이다.[13] 그리고 이 작품에서 조선인들의 수난자적 입장이 강조되는 것은 만주 조선인들의 이중적 입장, 즉 일본 제국주의의 피지배자이자 동시에 만주 지역 중국인의 주권을 침해하고 생계를 위협하는 침략자라는 사실에서 오는 의식의 분열을 극복하기 위해 그중 수난자적 입장만을 확립하고자 한 결과라고 보았다.[14]

김철의 분석이 여러 모로 날카로운 통찰력을 보여주는 것은 사실이지만, 「농군」이 일제의 만주 정책에 적극적으로 부응했다는 주장에는 재고의 여지가 있다. 무엇보다도 이 작품 속에 일본 제국주의에 대한 부정적인 관점이 존재한다는 점을 고려하지 않을 수 없다. 이를테면, 주인공 창권의 가족이 고향을 떠나 만주로 떠나는 이유가 식민지 조선

---

10) 『상허학보』 9집, 2002, 123~159면.
11) 김철, 「몰락하는 신생 : ‘만주’의 꿈과 「농군」의 오독」, 『상허학보』 9집, 2002. 8.
12) 같은 글, 124~125면.
13) 같은 글, 145면.
14) 같은 글, 136~137면.

에서의 궁핍 때문이라는 사실은 명백히 일본 제국주의에 대한 비판으로 볼 수 있다.15) 더구나 창권의 아내가 공장 노동자였고 현재 건강이 좋지 않다는 사실도 식민지 조선의 농촌 경제 파괴와 노동 착취의 현실을 드러낸다. 만주로 가는 열차 위에서 심문이 이루어지는 상황 역시 식민통치의 강압성을 여실히 보여준다. 창권이 사복 형사에게 불심검문을 당하고 돌아왔을 때 걱정이 된 어머니가 무슨 일이냐고 묻자 그는 "으레" 하는 조사라고 대답한다. 식민당국의 감시와 통제가 일상화되어 있음을 드러내는 대목이다.

「농군」이 일제의 만주침략 정책을 충실히 재생산했다고 보기도 어려운데, 그것은 텍스트에서 그런 흔적이 분명히 보이지 않기 때문이다. 만보산사건 당시 조선 농민 보호를 명목으로 중국 농민들을 향해 발포했던 것으로 알려진 일본 경찰은 이 작품에는 전혀 등장하지 않는다. 「농군」은 일제가 조선인의 만주 이주를 후원한다는 점을 부각시키지 않고 있는 것이다. 게다가, 조선 농민의 제국주의자적 입장을 폭로하는 김철의 논의는, 앞서 언급한 바처럼, 만보산사건이 발생한 1931년의 상황과 「농군」이 발표된 1939년의 상황을 충분히 구별하지 않고 있는 것으로 보인다. 1939년에는 일제가 조선인을 제국주의 침략의 방어벽으로 이용할 필요가 없었으며, 만주국의 발전과 중일전쟁을 통한 진정한 "대동아공영권"의 건설이 주요 안건이 되어야 할 시기였다. "오족협화"를 외쳐야 할 시기에 오래 전의 한·중 갈등 사례를 다시 꺼내 이야기하는 데는 다른 이유가 있었을 가능성이 높다.

---

15) 이 점은 이미 여러 평자들이 지적한 바 있다. 川村湊, 『文学から見る「滿洲」 : 「五族協和」の夢と現実』(東京 : 吉川弘文館, 1998) ; 하정일, 「1930년대 후반 이태준 문학과 내부 식민주의 성찰」, 문학과사상연구회 편, 『이태준 문학의 재인식』, 서울 : 소명, 2004, 67~69면.

「농군」에서 수난자 입장이 부각된 이유에 대한 김철의 분석 역시 의문점을 남긴다. 조선인 이주민들의 이중적 입장에 대한 그의 지적은 매우 타당하지만, 소설에서 그들의 수난자 입장을 형상화하는 주체는 이주 농민들 자신이 아니라 1930년대 말에 소설을 쓰고 있는 조선 작가 이태준이라는 점을 고려하면 누구의 의식의 분열을 누가 극복하려 하는 것인지가 모호해진다. 그러므로 「농군」이 정확히 어떠한 정치적 입장에서 어떤 개입을 하고자 하는지를 제대로 이해하기 위해서는 먼저 1939년 이 작품이 발표되고 읽히던 당시 조선의 담론적 맥락을 살펴보지 않을 수 없다.

2. 문학에서의 만주 유토피아니즘

1930년대 후반 조선과 일본에서는 제국주의 정책에 따른 만주 이주를 적극적으로 장려하는 담론이 팽배해 있었는데, 이를 김철은 "만주 유토피아니즘"이라고 부른다. 이런 맥락 속에서 일본과 조선의 작가들 사이에서는 만주를 여행하고 돌아와 기행문을 발표하는 것이 유행이 되었다. 조선의 신문과 잡지들은 만주기행문 특집을 마련했고, 작가들의 만주 여행을 후원했다.16) 이경훈은 한발 더 나아가 이를 "친일 로맨티시즘"이라고 명명하기도 한다.17) 김철은 「농군」을 이 "만주 유토피아니즘" 담론의 일례로 본다. 그러나 필자가 보기에 「농군」은, 아래에서 상론하겠지만, "만주 유토피아니즘"을 표방하고 있는 것이 아니라

---

16) 서경석, 「만주국 기행 문학 연구」, 『어문학』 86호, 2004, 343면.
17) 이경훈, 「만주와 친일 로맨티시즘」, 『한국근대문학연구』 제4권 제1호, 2003, 92~119면.

오히려 그 허구성을 드러내고 있는 것으로 보인다.

먼저, 당시 작가들이 그려낸 만주의 상이 항상 낙관적이고 낭만적인 것은 아니었다는 점을 지적해야 하겠다. 지금까지 학자들은 식민지 시기 만주를 배경으로 한 문학 작품들을 여러 카테고리로 분류해왔다. 정호웅은 당시 한국문학 속에서 형상화된 만주의 의미를 절박한 생존의 터전, 죽음과 혁명의 공간, 불평등의 공간, 절망의 공간, 열린 가능성과 낭만의 공간 등으로 분류한다.[18] 정종현은 그보다 더 간결하게, 1930년대 후반과 1940년대 초반에 나온 작품에서 만주가 형상화되는 방식을 두 부류로 나누었다. 하나는 "개척정신"과 "명랑성"을 기조로 하는 것이고, 다른 하나는 "애수와 퇴폐", "도피와 허무"로 채색된 공간으로 보는 것이다.[19] 좌절한 지식인과 그 연인의 사랑과 죽음을 다룬 최명익의 「심문」(1939)이 후자의 대표적인 예로 꼽힌다.[20]

이런 분류에서 볼 때 적어도 일부 작가들에게는 만주가 식민지 조선의 현실을 벗어날 탈출구를 의미했음이 분명하다. 1937년의 중일전쟁 이후 조선에서의 문단 통제와 식민 통치가 강화되자, 만주가 조선에서 이룰 수 없는 것들을 이룰 수 있을 것 같은 자유와 기회의 땅으로 떠올랐던 것이다. 문학에서 만주에 대한 낙관적 형상화는 주로 조선인 이주민들의 농촌공동체 건설이라는 주제에 집중되었다. 한때 카프의 주요 작가로서 작품에서 농촌의 계급투쟁을 다루었던 이기영은, 카프 해체 후 몇 년이 지난 1930년대 말에 이르면, 조선 농민의 만주 이주에 대한 낙관론을 펼치게 되는데, 이것은 한 달 가량 만주를 여행한 후 그가 발

---

18) 정호웅, 「한국현대소설과 만주공간」, 『문학교육학』 제7호, 2001, 171~196면.
19) 정종현, 「근대문학에 나타난 '만주' 표상―'만주국' 건국 이후의 소설을 중심으로」, 『한국문학연구』 28집, 2005, 250~251면.
20) 같은 글, 252~253면.

표한 만주에 관한 여러 편의 수필과 소설에서 잘 드러난다.21) 그중 「만주와 농민문학」이라는 글을 보면, 이기영은 부원으로서의 만주의 황무지 개척에 대한 기대를 보일 뿐만 아니라 만주가 "농민문학"의 새로운 소재를 제공한다는 점에도 주목한다.22) 그는 특히 만주 개척에 있어서의 조선인의 역할을 강조하고, 현지 중국인에 맞선 그들의 투쟁을 높이 산다. 그리고 이 투쟁을 조선인의 만주 이주사에 있어서의 영웅적인 순간으로 평가한다.

> 그래서 물을 第一 무서워한다는 그들은 鮮農이 侵入하야 水田을 開拓함을 보고, 洞里가 今方 물로 亡할 것을 惻내어서, 가진 迫害와 慘劇을 이르킨 實例가 不少하다 하지 안엇든가. 果然 滿洲事變前 까지의 滿洲荒野에 開拓된 水田은, 百年間 移住同胞의 血鬪前史를 그려온 悲壯한 記錄이라 할 수 있겠다.23)

이기영의 장편소설 『대지의 아들』(1939~1940)과 『처녀지』(1944)도 같은 종류의 낙관주의를 견지하고 있다. 이기영이 수필과 소설에서 선보

---

21) 기행문 「國境의 圖們」(『문장』 1 : 10, 1939년 11월)과 「대지의 아들을 찾아」(『조선일보』 1939년 9월 26일~10월 3일) ; 수필 「만주와 농민문학」(『인문평론』 1 : 2, 1939년 11월) ; 장편소설 『대지의 아들』(『조선일보』 1939년 10월 12일~1940년 6월 1일)과 『처녀지』(서울 : 삼중당, 1944) 등이다.

22) "따라서 滿洲의 富源開發은 水田에 있고 水田開拓事業에는 今後에도 오히려 白衣農民의 努力에 期待함이 클 줄 안다. (…중략…)
그러나 또한 滿洲의 水田開發은 原始的 自然을 變改하는 偉大한 創造性을 띠고 있다. 같은 農村이면서도 그것이 다른 데서는 볼 수 없는 滿洲農村의 特別한 性格으로 되어 있다. (…중략…)
果然 滿洲에 있어서 新興 農村建設 事業은 同時에 農民文學 卽 大地의 文學을 建設할 훌륭한 材料가 될 수 있으리라 生覺한다." 이기영, 「만주와 농민문학」, 『인문평론』 1 : 2, 1939년 11월, 21~22면. 한자 표기는 그대로 두고 맞춤법은 교정함.

23) 같은 글, 21면. 띄어쓰기만 수정함.

인 이와 같은 "농민문학"은 농촌 경제의 구조적 문제 및 계급투쟁을 다뤘던 카프 시기의 농민문학과 완전히 다른 종류의 것이며, 여기에 나타난 낙관주의는 바로 김철이 말하는 "만주 유토피아니즘"의 맥락 속에 있다고 할 수 있다.

그러나 모든 작가들이 "만주 유토피아니즘"을 재생산하고 있었던 것은 아니다. 얼핏 보기에 이태준의 「농군」 또한 이와 같은 낙관주의를 반복하고 있는 것처럼 보인다. 황무지를 개척하여 논을 건설하고 만주에 정착하고자 하는 농민들의 의지는 이기영의 소설에도 등장하는 바이다. 그러나 두 가지 점에서 「농군」은 "만주 유토피아니즘"을 표방한 소설이라고 보기 어렵다. 첫째로, 「농군」에 그려진 조선 농민과 중국 농민 사이의 갈등은 "오족협화"의 기치 아래 서로 다른 민족 간의 "협화"를 강조해야 할 "만주 유토피아니즘"을 형상화하기 위한 이상적인 소재가 아니다. 김재용이 지적한 것처럼, 이기영의 『대지의 아들』은 조선 농민과 중국 농민 사이의 협력관계를 긍정적으로 그리고 있다.[24] 두 번째로는, 「농군」에서 조선 농민의 만주 이주가 그다지 긍정적으로 그려지지 않았다는 점을 들 수 있다. 「농군」의 분위기는 이기영의 소설이 보여주는 희망적인 색채와 달리 지나치게 슬프다. 바로 이 슬픔과 그로부터 만들어지는 조선 민족의 상이 「농군」을 당시의 다른 만주 소재 소설과 차별화시킨다.

---

24) 김재용, 「일제 말 한국인의 만주의식―만주 및 '만주국'을 재현한 한국 문학을 중심으로」, 민족문학연구소 편, 『일제 말기 문인들의 만주체험』, 서울 : 역락, 2007, 33~34면. 사실 여기서 김재용이 말하고자 하는 바는 이기영의 작품이 조선인과 일본인 사이가 아닌 조선인과 중국인 사이의 협력을 그리고 있기 때문에 반드시 친일 작품으로 볼 수 없다는 것이다.

3. 이태준의 「만주기행」과 「농군」의 애수

「농군」이 그려내는 슬픔의 감정을 토론하기 전에 먼저 검토해야 할 것은 이태준의 「만주기행」이다. 이 기행문이 「농군」의 창작과 밀접하게 연결되어 있을 뿐만 아니라 이 작품의 해석을 도와줄 많은 실마리들을 가지고 있기 때문이다. 이태준은 1930년대 말에서 1940년대 초 사이에 만주를 여행했던 수많은 조선인 작가들 중의 하나였다. 그는 1938년에 만주 각지를 여행한 후,25) 그 경험을 기록한 기행문들을 「이민부락견문기」라는 제목으로 조선일보에 연재했고, 이듬해인 1939년에 수정본을 「만주기행」이라는 제목으로 그의 수필집인 『무서록』에 수록했다. 이 기행문은 특히 이태준이 만보산사건 발생지인 쟝쟈워푸에 방문한 내용을 기록하고 있고, 이것이 「농군」 창작의 바탕이 된 것으로 보이기 때문에 「농군」의 해석에 결정적인 단서라고 할 수 있다.

기행문의 시작 부분에서 이태준은 만주에 대해서 희망적인 관점을 보여주는 듯하다. 그 희망은 주로 만주가 무한한 가능성을 가진 "대륙"이라는 점에 집중되어 있다.

> 대륙, 그리워한 지 오랜 풍경이다. 동경 있을 때, 한 번 신흥로서아 미술전이 있었다. 거기서 본 「무지개」란 한 풍경화는 지금도 머리 속에 싱싱한 인상이 있다. (…중략…)
> 거대한 공간, 로서아 소설들이 우리를 누르는 것도 그것들이다. 과거 여러 세기 동안 대국이 해동반도를 누른 것도 그들의 거대한 공간의 농간이었을 것이다.
> 그런 대륙, 그런 공간을 향해 내 차는 밤을 가르고 달아난다.
> 처음으로, '그에게 간다'는 것은, 그가 사람이거나 자연이거나 몹시

---

25) 이기인, 『이태준』, 서울 : 새미, 1996, 293면.

이쪽을 흥분시키는 모양으로 자정이 넘어도 잠이 오지 않는다.[26]

만주에 대한 이러한 기대감은 「농군」에도 똑같이 나타난다. 만주로 가는 기차 속에서 주인공 창권은 창문 밖으로 펼쳐지는 끝없는 밭을 보게 된다.

창권은 다시 창밖을 주의해 내다본다. 시커멓던 유리창에 히끄므레하게 떠오르는 안개, 그 안개 속에서 다시 떠오르는 땅, 창권이네게는 신세게의 출현이다.[27]

그러나 신세계에 대한 이러한 기대감은 「만주기행」과 「농군」 둘 다에서 곧바로 좌절되고 만다. 「만주기행」에서 이태준은 기차에 앉은 채 조선인 이주민들이 기차를 타고 이주할 때 어떤 생각을 했을까 상상해 본다.

이 차창에 앉아 저 변두리 없는 흙을 내다보며 순전히 흙으로써 감격하는 사람은 흙을 주지 않는 고향을 버린 우리 이민들일 것이다. 처음엔
"땅도 흔하다!"
하고 놀랄 것이요 다음엔 밭머리마다 연장을 들고 반기는 표정이라고는 조금도 없이 지나가는 차를 힐끔힐끔 쳐다보고 섰는 푸른옷 입은 사람들을 볼 때에는
"그래도 모다 임자 있는 밭들이 아닌가!"
하고 피곤한 머리 속엔 메마른 생활의 꿈이 어지러웠을 것이다.[28]

---

26) 이태준, 「만주기행」, 『이태준문학전집 15 : 무서록』, 서울 : 깊은샘, 1994, 161~162면.
27) 이태준, 「농군」, 『문장』, 1939. 7, 221면.
28) 이태준, 「만주기행」, 164면.

　이처럼 이태준은 이주민들이 끝없이 펼쳐진 땅을 보고 기뻐하다가도 곧 그 땅이 모두 임자가 있는 것이며 자신들은 이 땅에서 환영받지 못한다는 것을 깨닫고 착잡한 마음이 되었으리라고 짐작해본다.

　「농군」에서 창권 역시 푸른 옷을 입은 현지 중국인들과 그들의 이국적인 집을 보고 위축된다.

> 　집웅 낯선 이곳사람들의 부락이 지나간다. 길에는 푸른옷 입은 사람들이 나타나기 시작한다. 멀―거니 서서 지나가는 차를 구경하는 것이겠지만 창권이에겐 이상히 무서워 보힌다.
> 　"밭이 암만 많음 어쨌단 말야? 다 우리 임자 있어, 뭐러 오는 거야?"
> 하고 흘겨보는것만 같다.[29]

　이것은 「만주기행」에서 이태준이 상상한 바를 그대로 반영하고 있다. 낯선 만주땅에 들어섰을 때 느낀 것이 두려움과 배척감이라면, 애초에 이태준이, 그리고 창권이 가졌던 만주라는 대륙에 대한 기대감은 반감되고 마는 것이다.

　더구나, 「만주기행」에서 이태준이 만나는 조선인 이주민들은 행복하게 살고 있지 않다. 특히 그가 쟝쟈워푸에서 만나는 이들은 조선의 고향에 대한 슬픈 노스탤지어에 가득 차 있다.

> 　"조선은 벌써 풀이 돋았겠죠?"
> 　"양지짝 산엔 진달래도 폈을걸요?"
> 　이런 것들을 묻는 그들의 눈은 거슴츠레해지며 5, 6년 혹은 10여 년 전에 떠난 고향 산천을 추억하는 모양이다.[30]

---

29) 이태준, 「농군」, 222면.
30) 이태준, 「만주기행」, 173면.

이러한 노스탤지어 때문에 조선인들은 만주에서 경제적으로 다소 안정되었다 하더라도 행복하게 살지는 못한다. 만보산사건을 직접 경험했다는 박씨는 이태준에게 많은 양의 밥과 간단한 반찬을 제공한다. 그런데 그는 "인전 뱃속은 아무걸루든지 채웁니다만……"31)이라며 말을 끝맺지 못한다. 그러나 그가 의미하는 바가 만주에서 그들은 살아남을 수는 있었지만 행복해지지는 못했다는 것임은 쉽게 추측할 수 있다.

「만주기행」에서 표현된 슬픔의 노스탤지어는 그리워하는 대상이 이미 사라졌거나 불안정하다는 점에서 주목할 만하다. 이 점은 이태준이 백계 러시아인인 카페 여급을 동정하는 모습에서 드러난다.

> 점심을 먹으러 식당으로 가니 급사가 모두 노인소녀(露人少女)이다. 하나는 희고 야위고 반듯한 이마가 영화 「죄와 벌」에서 본 쏘냐 같았다. 국적이 없는 백계로인(白系露人)의 딸들, 향수조차 품을 곳 없이 단조한 평원만 내다보고 사는 가엾은 처녀들, 그들이 가져오는 한잔 커피는 술만 못지않은 독한 낭만을 풍기었다. 그런 커피를 잔을 거듭하며 나는 내일 이민촌(移民村)을 찾아 끝없는 벌판에 외로운 그림자가 될 것을 걱정스럽게 생각해 보았다.32)

백계 러시아인 여급이 그리워할 고향이 없음을 동정하면서, 이태준은 만주에서의 자신의 처지와 그 여급의 처지를 나란히 놓는다. 달리 말하면, 식민지 조선인으로서 이태준은 러시아 혁명을 피해 도망친 백계 러시아인에 비해 국적 혹은 고향의 존재 여부에 있어 조금도 더 나을 것이 없다고 느끼는 것이다. 그러므로 「만주기행」에 등장하는 노스탤지어는 어떤 의미에서는 조국의 상실에 대한 애도라고 볼 수 있다.

---

31) 같은 글, 176면.
32) 같은 글, 169면.

「만주기행」의 마지막 절의 제목은 재만 조선인의 삶에 대한 이태준의 관점을 분명히 보여준다. 그것은 바로 "산불고수불려(山不高水不麗)"이다. 이는 조선의 자연을 묘사할 때 흔히 쓰는 "산고수려(山高水麗)"라는 말을 비튼 것으로, 만주가 결코 잃어버린 조국을 대신할 수 없음을 보여주는 수사법이다. 이 절에서 이태준은 박씨로부터 이민자들의 꿈이 복권(채표) 당첨이라는 말을 듣게 된다. 박씨는 말한다. "그거나 빠지면 우리도 다시 한번 고향 산천에 가 살아 볼까요! 그렇지 못하면 밤낮 이 꼴이다가 호인들 밭머리에 묻히고 말죠!"33) 이에 대해 이태준은 "이것이 그들의 유일한 희망이요 또 슬픔이기도 할 것"이라고 논평한다.34) 만보산 지역에 정착한 이주민들의 얼핏 보기에 안정된 삶에서 이태준은 조국에 대한 향수와 슬픔을 읽어내고 있는 것이다.

「만주기행」에서 이태준이 이와 같이 이주민들의 애수를 집중적으로 조명하고 있다는 점에서 이 기행문은 김철이 말한 "만주 유토피아니즘"에서 벗어난 것이라고 할 수 있다. 소설 「농군」도 마찬가지로 조선인의 만주 이주에 대해 긍정적이지 않다. 임화는 일찍이 「농군」의 분위기를 지배하고 있는 애수에 주목한 바 있다. 「농군」이 출판된 그 달에 나온 그의 「燦! "農軍"의 悲劇美」35)라는 평론에서 임화는 다음과 같이 말하고 있다.

> 「農軍」은 泰俊이 處女作을 쓸때부터 가지고 나왔던 어느 世界가 이作品에와서 한아의絶頂에 到達하였다는 意味에서 아름다운 作品이다. 그것은 泰俊의 全作品을 一貫한 基本色調요 連綿된 傳統이리라. 허나 이것을 思想이라고까지 말하기엔 너무나 雰圍氣에 가까운 것일지 모른다.

33) 같은 글, 179면.
34) 같은 곳.
35) 『조선일보』, 1939. 7. 19.

그러나 雰圍氣라고만해두기엔 또한 그氣分은 뿌리깊고 그뿌리의 박힌
土壤은 廣大하다.
　얼마前에 發表된 「寧越令監」에 表現된 悲哀 멀리는 「꼿나무는 심어노
코」에 나타난 가냘핀 그러나 切切한 哀愁.

여기서 임화는 비애 혹은 애수의 감정이 이태준의 작품에 줄곧 존재
해오다가 「농군」에 와서 절정에 이른다고 본다. 같은 평론에서 임화는
「농군」에서 비애가 드러난 두 장면을 지적한다. 하나는 만주로 가는 기
차 안 장면이다. 여기서 임화는 창권의 가족이 처한 불우한 상황에 대
해 논평하고, 그들이 탄 기차가 낯선 만주땅에 들어섰을 때 창권이 불
안해하는 아내의 손을 잡는 장면에 주목한다. 창권의 아내는 눈에 눈물
이 그렁그렁한다. 이때의 슬픔의 내용은 향수, 낯선 땅에 대한 불안함,
지속되는 가난에 대한 걱정 등일 것이다. 임화가 지적한, 「농군」에서
슬픔의 감정이 드러나는 또 하나의 장면은, 소설 후반의 수로 공사 장
면이다. 임화는 이 장면이 "한겨레의 수난사의 운명"을 상징한다고 하
면서, 아무런 성공의 보장도 없이 생명을 바쳐 수로를 건설하는 이주민
들의 모습이 사람의 가슴을 메이게 한다고 설명한다. 그래서 그는 이
슬픈 장면을 보고 "생산적인 건강미를 운운"하는 자는 실로 속된 비평
가일 것이라고 단언한다.

「농군」을 지배하고 있는 이와 같은 슬픔의 감정을 고려할 때 「농군」
은 "만주 유토피아니즘"을 옹호하고 있다고 보기 어렵다. 그보다는 「농
군」이 조선인 이주민의 삶의 어두운 현실을 조명함으로써 1930년대 말
의 "만주 유토피아니즘"의 허구성을 폭로한다고 보는 것이 더 타당할
것이다. 그런 의미에서 「농군」은 카프 해체 이후 농민문학의 계보에서
이기영이 갔던 "만주 유토피아니즘"의 길과 다른 갈래의 길 위에 서 있

다고 할 수 있다. 그렇다면, 「농군」은 재만 조선 농민 혹은 임화의 표현대로 수난의 "한겨레"에 대해 어떠한 비전을 제시하고 있는가? 만주가 행복을 약속하는 유토피아가 아님에도 식민지 조선인들이 조선 민족의 상을 그려볼 수 있는 공간이 될 수 있었을까?

4. 슬픔으로부터 집단적 정체성으로 : 승화의 순간

물론 「농군」은 조선인 이주민들을 슬픔에 빠져 낙담한 유랑민으로만 그리지는 않았다. 「농군」에서 그 슬픔은 조선 농민들의 집단적 정체성의 원천이 된다. 우선, 이 소설 속의 슬픔은 개인적인 것이 아니라 이주민들에게 공통된 것이며, 그것은 일제의 조선 통치로 인해 고향을 떠나야 했던 피식민 민족의 경험에서 비롯된 것임을 지적할 수 있다. 앞에서 언급한 것처럼, 창권의 가족이 만주로 떠나는 것은 그들이 조선에서 먹고 살기가 너무 어려웠기 때문이다. 그러므로 「농군」에서 조선인들의 슬픔은 곧바로 그들이 조선을 떠나야 했던 이유를 상기시키며, 조선의 식민화에 대한 슬픔과 맞물려 있다.

임화 역시 「농군」의 슬픔이 식민지 조선의 현실에서 비롯되었음을 지적한다. 그는 「농군」에 나오는 슬픔이 "깊은 유래"를 가지고 있다고 보며, 그것을 고향에 대한 향수에 비교한다. 그는 이렇게 쓰고 있다.

> 이러한 感情이 由來하는곳을 사람들은 도라볼틈을 가지고잇지 아니할지도모른다. 그러나 문득 오래 이젓던故鄕을 回想할때 피어오르는 鄕愁처럼 우리의 마음을 少年때의 純粹함으로 돌려보내는 이 哀愁와 悲哀의 기픈由來를또한 아무도 깨닷지 못하는 사람은 업슬것이다.[36]

여기서 임화는 그 "깊은 유래"가 굳이 설명할 필요 없이 누구나 깨달을 수 있는 것이라고 말한다. 이 진술은 이 "깊은 유래"를 이해하기 위해서는 말해주지 않아도 알아야 할 사전지식이 있음을 암시한다. 만약 이 "깊은 유래"가 조선의 식민 상황, 특히 검열 때문에 글에서 분명히 밝히지 못하는 것이라면, 그 알아야 할 사실은 식민 상황과 관련된 것이라고 보아야 할 것이다. 더구나, 임화는 "애수와 비애"를 "향수"와 같이 취급하면서 그것이 오랫동안 잊고 있었던 "고향"에 대한 그리움에서 오는 것이라고 보았다. 식민 상황을 고려한다면 이때 고향은 곧 잃어버린 조국이라고 볼 수 있다.

이 공유된 슬픔은 집단적인 행동으로 이어지는데, 그것은 고향으로 돌아갈 수 없는 조선인들이 필사적으로 만주에 살아남아야 하기 때문이다. 즉, 조선인 이주민들의 슬픔은 집단적 행동을 위한 힘의 원천이 되는 것이다. 조선 농민들이 성난 중국 농민들의 공격을 받았을 때, 창권은 그들에게 말한다. "덤벼라! 우린 여기서 못살면 죽긴 마찬가지다!"37) 여기서 그들이 고향으로 돌아갈 수 없다는 사실은 만주에서의 그들의 삶이 슬플 수밖에 없는 이유이기도 하고, 또한 정착하고자 하는 그들의 필사적인 노력을 유발하기도 한다. 만주에서 살아남기 위해 조선 농민들은 함께 수로를 파고, 자신들에게 닥치는 위협에 대응하기 위해 마을 회의를 열고, 중국 관헌에 호소하기 위해 대표를 보내는 등 공동의 노력을 한다.

「농군」에서 집단적 정체성의 형성은, 마지막 장면에서 억눌려 있던 감정을 집단적으로 표출하는 해방적인 순간에 절정에 이른다. 이 장면에서 조선 농민들이 만든 수로에 드디어 물이 흘러들어간다. 이 순간에

---

36) 「燦! "農軍"의 悲劇美」
37) 이태준, 「농군」, 224면.

조선 농민들은 서로 보이지 않는 채로 수로 이쪽저쪽에 서서 서로를 향해 무언지 알 수 없는 소리를 지른다.

> 새벽녘이다. 동리에서 한 오리쯤 웃구역에서다. 무어라는것인지 지르는 소리가 났다. 중간에서 가치 질러 받는다. 창권이는 둑우로 뛰어 올라 갔다. 또 무어라고 소리가 질러온다. 그쪽을 향해 창권이도 허턱 소리를 질러 보냈다. 그리쟈 큰길쪽에서 불이 빤짝하더니 탕 소리가 난다. 그리쟈 쉴새없이 몰방을 친다. (…중략…)
> 뭐라고 하는 것인지 또 악쓰는 소리가 온다. 또 총소리가 난다. 조용하다. 창권의 넙적다리에선 선뜩선뜩 피가 흘렀다. (…중략…) 무에 시커먼 것이 대가리를 휘저으며 도랑바닥을 설설 기어오는것이다. 안해와 어머니는 으악소리를 질르고 물러났다. 아! 그것은 배암이 아니었다. 물이었다. 웃녘에서 또 소리를 질렀다. 물 나려간다는 소리였다.[38]

여기서는 상류에서 들려오는 처음의 외침들이 물이 내려온다는 것을 알리는 소리임을 알 수 있다. 여기서 주목할 것은, 이 장면에서는 물이 내려옴과 동시에 중국 군대의 발포가 이루어지기 때문에 흥분과 공포가 동시에 존재하는 순간이라는 점이다. 이것은 조선인들의 수로 건설의 성공이 순전히 긍정적인 성취가 아니라 뼈아픈 희생, 특히 한 노인의 죽음과 함께 온 것임을 의미한다. 그런데 이들의 외침의 의미는 잠시 후 조금 달라진다.

> 사람이 떠나려온다. 창권은 다리를 쩔룩거리며 뛰여들었다. 노인이다. 총에 옆구리를 맞았다. 바로 창권이하라버지 운명할 때, 눈을 쓸어 감겨주던, 경상도 사투리하던 노인이다. 창권은 가슴이 쩍 갈라지는것 같았다. 차라리 가슴 복판에 총알이 와 콱 백혔으면 시원하겠다. 노인

---

38) 이태준, 「농군」, 228면.

의 시체를 두팔로 쳐들고 둔덕으로 뛰어올랐다.

"아!"

창권은 다시 한번 놀랐다. 몇달째 꿈속에나 보던광경이다. 일망무제, 논자리마다 어름장처럼 새벽하눌에 으리으리 번뜩인다. 창권은 더 다리에 힘을 줄수 없어 노인의 시체를 안은채 쾅 주저앉었다. 그러나 이내 재쳐 일어나 어머니와 안해에게 부축이 되며 주먹을 허공에 내저으며 뭐라고인지 자기도 모를 소리를 악을써 질렀다. 위쪽에서, 위쪽에서 악들을 쓰며 달려나려온다.[39]

이 대목에서 외침의 의미는 더 이상 물이 내려온다는 것을 알려주기 위함이 아니다. 인용문의 마지막에서 외침은 농민들의 공동의 감정, 즉 흥분과 분노와 슬픔이 결합된 감정의 표현으로 바뀐다. 창권에게 있어서 그 외침은 울분으로 인해 꽉 막힌, 차라리 총알을 맞으면 시원할 것 같은, 가슴에서 나온다.

「농군」의 마지막 장면에 나오는 외침의 의미는 식민지 시기 이태준의 다른 소설과 비교하면 분명해진다. 이태준의 이전 작품들에서 인물들이 절망과 슬픔을 제대로 표현하지 못한 것과 달리, 「농군」에서는 인물들의 감정이 외침과 행동으로 표출되는 것이다. 「복덕방」(1937)에서 주인공 안초시의 친구인 박희완은 안초시의 장례식에서 자신의 감정을 표현하지 못한다. 안초시는 가난과 유일한 혈육인 딸의 냉대로 인해 자살을 했는데, 박희완이 그 결정적인 계기를 제공한다. 친구를 죽음에 이르게 했다는 엄청난 죄책감과 안초시의 인생에 대한 동정으로 감정에 북받친 박희완은 장례식에서 고인을 향해 무슨 말을 하고자 하지만 아무 말도 하지 못한다.

---

39) 이태준, 「농군」, 228~229면. 표기법을 일부만 수정함.

> 박희완 영감도 가슴이 답답하였다. 분향을 하고 무슨 소리를 한 마
> 디 했으면 속이 후련히 트일 것 같아서 잠깐 멈칫하고 서 있어 보았
> 으나,
> "으흐흑……."
> 하고 울음이 먼저 터져 그만 나오고 말았다.[40]

「패강냉」(1938)에서도 이와 같이 속내를 표현하지 못하는 인물이 등
장한다. 주인공 현은 비타협적이고, 그래서인지 성공하지 못한 작가인
데, 평양의 대동강가의 기생집에서 친구들과 술자리를 가진다. 그들이
술을 마시는 앞에서 기생 영월이 장구를 치면서 노래를 부른다. 영월은
현이 예전부터 알았던 기생으로, 이날 다시 만나 매력을 느낀다. 그러
나 현은 그의 현재 상황에 대해 너무나 좌절해 있었기 때문에 그녀와
어떤 관계를 시작할 마음을 낼 수가 없다. 술자리에서도 그는 영월의
노래에 맞추어 따라 불러보고 싶지만 아무런 소리도 낼 수가 없다.

> 현은 물끄러미 영월의 핏줄 일어선 목을 건너다보며 조끼 단추를 끌
> 렀다. 부들부들 떨리는 손으로 상머리를 뚜드려 본다. 그러나 자기에
> 겐 가락이 생기지 않는다.
> "에―헹―에― 헤이야―하 어―라 우겨―라 방아로구나……."
> 하고 받는 사람은 김뿐이다. 현은 더욱 가슴속에서만 끓는다. 이런 땐
> 소리라도 한마디 불러내었으면 얼마나 속이 시원하랴 싶어진다.[41]

「농군」과 창작시기가 얼마 차이나지 않는 이 작품들에 등장하는, 상
황을 호전시킬 조치를 취하지 못할 뿐만 아니라 절망을 표현하지도 못
하는 이런 인물들과는 달리, 「농군」의 조선 농민들은 현지 중국인과 실

---

40) 이태준, 「복덕방」, 『이태준문학전집 2 : 돌다리』, 서울 : 깊은샘, 1995, 98면.
41) 이태준, 「패강랭」, 같은 책, 111면.

제로 싸움을 하고, 집단 노동으로 수로를 건설하며, 자신들의 감정을
외침으로 표현한다.

　조선 농민들의 공유된 슬픔이 그들의 성취에 대한 흥분과 결합된 채
집단적 외침으로 표현되는 순간, 그 공유된 슬픔은 집단적 정체성으로
승화된다. 이 집단적 표현의 순간은 「농군」에서 연극적인 모드로 묘사
된다. 창권이 노인의 시체를 머리 위로 들어올린 채 수로의 둑으로 올
라서고, 그의 외침에 따라 상류 쪽에서 외침이 이어지는 장면이 바로
그것이다. 임화는 「농군」을 연극 장르인 "비극"으로 읽기도 한다. 「燦!
"農軍"의 悲劇美」에서 그는 다음과 같이 쓰고 있다.

> 實로 이 小說이 아름다울뿐 아니라 훌륭한點은 哀愁와 悲哀의 感情이
> 悲懷! 悲劇의壯大함을 방불케 함에 잇다.

　「농군」을 "비극의 장대함"과 연결시키는 임화의 독해는 결국 소설이
조선 민족에 관한 것임을 의미한다. 앞에서 언급했듯이, 이 단락에 이
어 임화는 「농군」의 수로 공사 장면이 "한겨레의 수난사의 운명"을 상
징한다고 말한다. 그러므로 인용문에 나오는 "비극의 장대함"을 조선
민족의 운명과 연결시키는 것이 가능하다. 또한 임화는 「농군」을 서사
시와 연결시킨다.

> 비록 短篇일망정 이小說을 꾀뚤코 있는것은 分明히 크나큰 悲劇을 속
> 에다 감춘 敍事詩의 感情이다.

　서사시가 종종 "한 민족의 과거사에 대한 관점"[42]을 구현한다는 점

---

42) 『Oxford English Dictionary』에 수록된 "epic"의 의미 중의 하나.

을 고려하면, 임화의 이 말은 「농군」에 그려진 슬픔이 개인적 감정이기만 한 것이 아니라 민족의 장대한 비극, 혹은 서사시로 승화된다는 말로 해석할 수 있다.

임화의 평론뿐만 아니라 「농군」의 텍스트 자체에도 식민지의 조선인을 포함한 광범위한 조선인 공동체를 연상하게 하는 대목이 나온다. 조선인 이주민들의 슬픔이 식민지 조선에서 기원하는 것인 이상, 모든 식민지 조선인들의 그림자가 이주민들 위에 어려 있는 것은 당연한 것인지도 모른다. 이주민과 식민지 조선 사이의 관계를 보여주는 상징적 장면은 창권 할아버지의 임종 장면이다. 여기서 조선의 각 지역을 대표하는 듯한 이주민들, 즉 함경도 사투리, 경상도 사투리, 평안도 사투리를 쓰는 이웃의 노인들이 창권 할아버지의 임종을 지켜본다. 조선 각지에서 온 이 노인들은 만주에서 상징적인 공동체를 이루고, 그들 중 가장 조선에 대한 애착이 각별했던 멤버인 창권 할아버지의 죽음을 애도하는 것이다. 창권 할아버지는 일찍이 만주로 오는 기차 안에서 그의 며느리와 손자에게 자신이 죽으면 시신을 무조건 조선으로 보내달라고 당부했을 정도로 고향에 대한 애착을 가지고 있었다.

임화에 의하면, 당시 농민에 관한 문학은 전체 민족에 관한 것이 되기 쉬운 맥락이 있었다. 그는 농민이 인구의 대부분을 차지하고 있다는 점과, 농민이 도시민에 비해 문화적으로 현실적으로 혜택을 덜 받은 계층이라는 점을 지적하면서, 문학이 농민이라는 주제를 다루는 것은 곧 전체 민족을 의식할 때라고 주장한다.

> 그러므로 國民이니 國家全體의 利益이나, 文化上의 平衡을 생각할 제마다, 東洋 더욱이 우리 日本에서는 現實問題로서나, 文化問題로서나 農民問題란 것이 다른 어떠한 問題보다도 巨大한 姿態를 가지고 나타나는

것이다. (…중략…)

그것은 어떠한 때이냐 하면, 어떠한 形態로이고, 國民 全體라는 全體
的인 意識이 文學 가운데 自覺될 때이다.

이러한 때에 政治나 文學은 오래 잊어버렸든 故鄕을 생각하듯이 農村
이나, 農民文學이란 것을 생각하게 된다.

이러한 때란 어떻게 보면 非常한 時期고, 또 어떻게 보면 政治나 文學
이 舊態를 벗고 躍進할냐는 時期이기도 하다.[43]

여기서 임화가 말하는 "우리 일본"은 물론 조선까지를 포함한 것이
다. 이 글에서 그는 국가적 사회적 비상시기에 '농민' 문제가 그 사회
전체에 대한 사고의 틀로서 등장하게 된다고 말하고 있다. 즉, 식민지
조선의 농민문학은 조선 민족 전체를 염두에 둔 것이라는 말이 된다.
식민지시기에 농민이 조선의 민족성을 대표하게 된 맥락에 대한 클라
크 소렌슨의 분석 역시 식민지 조선에서 농촌이 가졌던 특별한 의미를
잘 보여준다. 소렌슨은 식민지 조선에서 도시 지역은 근대적이고 식민
지적인 공간으로 인식되었기 때문에 농촌 지역이 조선의 고유한 민족
적 정체성의 보고로 여겨졌다고 보았다.[44]

하지만 이주민들이 조선인 공동체 전체를 대표하는 경향이 있다 하
더라도 그것이 곧 이주민들이 조선 민족의 변치 않는 정수—그것이
무엇이 됐든—를 보존하고 있음을 의미하는 것은 아니다. 「농군」에서
는 오히려, 이 이주민들의 정서를 바탕으로 만주에서 새로운 조선 민족
의 상이 만들어지고 있다. 조국을 떠나야 하는 슬픔과 낯선 땅에서 정

---

43) 임화, 「日本農民文學의 動向 : 特히 「土의 文學」을 中心으로」, 『인문평론』, 1940
년 1월호, 11면. 띄어쓰기만 수정함.

44) Clark Sorensen, "National Identity and the Creation of the Category 'Peasant' in
Colonial Korea," in *Colonial Modernity in Korea*, ed. Gi-Wook Shin and Michael
Robinson(Cambridge : Harvard University Asia Center, 1999), 307.

착하려는 필사적인 노력이 이전에 조선 민족의 성격을 규정했던 적은 없었다. 이것은 조선인들이 자신들의 국가를 가지지 못하고, 이전에 어쩌면 존재했을 민족 정체성을 유지할 방법이 없는 상황에서 그들의 집단적 정체성을 상상할 수 있는 대안적인 길이었다.

5. 현지 중국인과의 갈등

「농군」에서 만주가 조선인들에게 식민지 조선에서는 할 수 없는— 집단적으로 일하고, 그들의 집단적 감정을 표출하고, 그 속에서 집단적 정체성을 형성하는— 것들을 할 수 있는 무대가 되는 것은 바로 소설 속의 조선인 이주민들이 일제가 아닌 중국인들을 대상으로 투쟁하기 때문이다. 그러나 이주민들의 슬픔이 조선의 식민지 상황에서 기원한다는 점을 고려하면, 중국인들을 대상으로 한 투쟁이 이 소설의 조선인에게 궁극적인 문제는 아니다. 그러므로 우리는 「농군」에서 조선인 이주민들의 슬픔이 조선의 식민 상황에서 기원하여 만주의 중국인에 대한 투쟁의 형태로 표출된다고도 말할 수 있다. 같은 맥락에서, 만보산사건에 이어 일어난 조선에서의 중국인 배척 폭동에도 일제에 대한 분노가 조금은 투사되어 있었다고 볼 수 있을 것이다.

이와 같이 중국인과의 갈등이 「농군」의 조선인 이주민들에게 본질적인 문제가 아니었기 때문에, 이 소설의 중국인 묘사는 다소 피상적이다. 김철 등 많은 평자들이 지적한 바와 같이 「농군」은 현지 중국인들의 정당한 권리를 충분히 인정하지 않고 있다. 오히려 만보산사건의 진실을 조선인에게 유리하도록 왜곡하고 이들의 입장을 정당화한다. 이렇게 함으로써 「농군」은 조선인 이주민들의 희생자 의식을 강화하며, 조선인들을 일제에 한번 희생되고 만주에서 중국인들에게 또 한 번 희생되는 집단으로 형상화한다. 그리하여 조선인은 어디서든 희생양이 되는 민족으로, 현지 중국인은 무지한 억압자로 그려내고 있다.

이를 위해 「농군」은 이 희생자 조선인 대 억압자 중국인이라는 틀에 맞지 않는 만보산사건의 디테일은 언급하지 않거나 바꾸어버린다. 이러한 왜곡은 두 차례에 걸친 허구화의 과정, 즉 역사적 사건으로부터 「만주기행」으로 가공되고, 다시 소설 「농군」으로 가공되는 과정에서 이루어진다. 우선 「만주기행」에서 이태준이 쟝쟈워푸 주민 박씨로부터 들었다고 하는 이야기도 지금까지 알려진 만보산사건의 진실과 거리가 있다. 첫째로, 만보산사건 당시 조선인들이 황무지 개간권을 중국 관청으로부터 부여받았다는 것은 사실에 어긋난다. 브로커 하오용더(郝永德)와 중국인 지주들 사이의 계약은 현정부로부터 승인을 받지 못했고, 따라서 법적 효력을 가질 수 없었기 때문이다. 조선인 농민들의 개간의 근거가 법적으로 취약했을 뿐만 아니라 그들의 수로 건설이 실제로 중국인 농민들의 농지를 침해하고 파괴했다는 것은 알려진 사실이다. 둘째로, 「만주기행」에서 박씨는 사건 당시에 중국 군대가 조선인을 향해 발포했다고 말하지만, 실제로는 일본 경찰이 중국 농민들을 향해 발포한 것으로 알려져 있다. 이 두 가지 왜곡은 조선인들이 아무런 잘못이 없음에도 부당하게 현지 중국인들에게 박해당한 것으로 설정하여 조선인들의 희생자 입장을 강화하고 있다.

「농군」을 쓰면서 이태준은 「만주기행」에 기록한 이야기를 다시 한 번 더 가공한다. 「만주기행」은 사건 당시에 아무도 죽지 않았음을 분명히 밝히고, 중국인들이 살생을 즐기는 이들이었으면 총알에 맞지 않았어도 그들의 몽둥이에 조선인들이 맞아죽었을 것이라는 박씨의 말까지 덧붙인다. 그러나 「농군」에서는 한 노인이 총에 맞아 수로로 떠내려 온

다. 이것이 조선인의 수난자 입장을 강화하고 있음은 물론이다. 마지막
으로, 「만주기행」에서 박씨는 중국 농민들의 입장에 동정을 표한다. 즉,
조선인들의 개간과 수로 건설이 중국인 농민들의 농지를 침수시키는
등 심각한 피해를 줄 수 있었음을 인정한다. 그러나 「농군」의 서술자는
이것이 중국 농민들이 벼농사를 받아들이기만 하면 간단히 해결되는
문제라고 보고, 중국 농민들이 무지하고 벼농사의 장점을 이해하려는
노력을 하지 않는 데 문제가 있다고 말한다. 소설 속의 조선 농민들은
심지어 그들의 수로 건설이 자신들만 살자고 남에게 해를 주는 일이라
면 천벌을 받아도 마땅하다는 말까지 한다.45) 그리하여 「농군」은 조선
인 이주민들이 현지 중국인들에게 피해를 주는 것이 아니라 그들에게
혜택을 주려 한 것으로 정당화한다. 「농군」이 결국 하고자 하는 말은,
중국 농민들이 선의의 조선인들을 박해한 이유는 단지 그들이 무지하
고 고집이 세기 때문이라는 것이다.

　「농군」이 견지하고 있는 이와 같은 편견에서 드러나는 것은 조선인
이주민들의 침략자적 혹은 수탈자적 의식이라기보다는 중국인의 정당
한 권리와 입장에 대한 이 소설의 무관심이다. 그것은 물론 이 소설에
서 조선인의 궁극적인 적이 중국인이 아니기 때문이다. 「농군」이 현지
중국인을 처리하는 방식은 "선진적인" 벼농사 기술로 대표되는 조선의
문명이 중국의 그것보다 우월하다는 믿음을 노출시키는데, 이것은 일본
이 홋카이도, 오키나와, 대만 등을 식민지화했을 때 가졌던 식민 수탈
자의 멘텔리티와 유사하다고 할 수 있을 것이다. 그러나 「농군」 속의
조선 농민들의 경우에는 일본인과 같은 식민 수탈자의 입장에 설 수가
없는 것이, 그들은 만주를 식민지화할 정치적 군사적 수단을 가지고 있

---

45) 이태준, 「농군」, 227면.

지 않기 때문이다. 그들은 스스로를 일본 국민 혹은 제국의 신민으로
보지도 않는다. 무엇보다 중요한 것은, 「농군」에 나오는 조선 농민들은
중국 농민과의 관계에 있어서 수탈자의 입장이기보다는 수난자의 입장
에 있는 것으로 그려진다는 것이다. 그러므로, 「농군」을 (의사) 제국주
의46)의 입장에서 조선인 이주민들의 잘못된 행위를 정당화시킨 소설이
라고 보기보다는, 조선인들의 수난사를 부각시킨 소설이라고 보는 것이
더 적절한 해석이라고 할 수 있다.

　지금까지, 「농군」이 다루고 있는 궁극적인 문제는 만주 지역의 한·
중 농민 사이의 갈등이 아니라 일제에 의한 한반도의 식민화임을, 그리
고 이 한반도의 문제는 「농군」에서 간접적으로만 드러난다는 점을 살
펴보았다. 이태준이 만주 현지의 문제에 더 현실적이고 구체적으로 개
입하지 못했던 것은 사실은 이태준이 글을 쓰고 있었던 위치에 의해 애
초에 정해진 것이라고 볼 수 있다. 그는 식민지 조선에 살면서 단지 짧
은 기간 동안 만주를 여행했을 뿐이었다. 그러므로 이태준이 만주 현지
의 조선인과 중국인의 특수한 상황보다는 식민지 조선의 운명에 더 관
심을 기울이는 것은 어쩌면 당연한 것이다. 따라서 현지 중국인의 입장
에 대해서는 피상적인 접근밖에 하지 못했을 것이다. 이렇게 볼 때, 「농
군」을 중국인에 대항한 조선인의 저항 투쟁을 그린 민족주의 문학작품
으로 보는 관점47)은 항일투쟁을 배제한 채 항중투쟁을 식민지시기의
민족주의 투쟁으로 보기는 어렵다는 점을 고려하지 않았을 뿐만 아니
라, 「농군」에서 한·중 농민 사이의 갈등에는 일제의 한반도 식민지화

---

46) 김철은 식민지 조선인에게 만주와 만주국은 "'유사(類似) 해방감'과 '의사(擬似)
　　제국주의자'"로서의 포즈가 가능한 곳"이라고 본다. 김철, 「몰락하는 신생(新
　　生) : '만주'의 꿈과 「농군」의 오독(誤讀)」, 157면.
47) 앞에서 언급한 하정일의 「1930년대 후반 이태준 문학과 내부 식민주의 성찰」이
　　그런 관점을 보여주는 한 예이다.

라는 더 근본적인 문제가 투사되어 있다는 점을 보지 못한 관점이다.

지금까지의 논의는 그러나 「농군」이 만주에서의 항중투쟁으로 위장한 항일 민족주의를 주창하고 있다는 결론으로 이어지는 것은 아니다. 더 중요한 것은 「농군」에서 조선인 이주민들이 중국인들에 대항한 투쟁 속에서 자신들의 공동의 운명을 자각하고 그 속에서 집단적 정체성, 즉 조선 민족의 상을 형성한다는 점이다. 따라서 조선인들은 자신들이 고국으로 돌아갈 수 없는 식민지인이라는 사실을 깨달으면서 조선 민족의 상을 형성하며, 이 깨달음은 만주에서 그들이 환영받지 못하고 중국인들에게 생계를 위협받을 때 더욱 절실해진다.

그런데 이때 형성되는 조선 민족의 상은 선명한 정치적 노선을 가진 민족 정체성이 아니며, 「농군」을 항일 혹은 항중 문학작품으로 규정하기는 쉽지 않다. 사실 「농군」에 나오는 투쟁은 본질적으로 항일 혹은 항중 투쟁이라기보다는 수로 건설 투쟁, 즉 조선인들 자신의 생존 투쟁이다. 수로 공사가 궤도에 오른 다음에 소설 속의 조선인들은 전혀 중국인을 대상으로 한 싸움을 조직하거나 계획하지 않는다. 그런 의미에서, 위에서 논의한 "외침"이 "뭐라고인지 자기도 모를 소리"로 묘사된 것은 의미심장하다. 이때 그들은 무슨 소리를 왜 지르는 것인지 자신들도 분명히 알지 못한다. 슬픔이라는 공유된 감정에 기반을 둔 그들의 공동체 의식이 아직은 구체적인 정치적 의미화가 이루어지지 않은 상태임을 상징적으로 보여주는 것이다.

6. 맺음말

이 글은 이태준의 「농군」을 조선인 이주민들이 만주에서 살아남으려는 투쟁 속에서 조선 민족의 집단적 정체성을 상상하는 과정을 보여주는 작품이라고 해석했다. 특히 「농군」이 씌어지고 발표되었던 1939년 조선의 담론적 맥락 속에서 작품이 가지는 의미에 초점을 맞추었다. 당시는 일제의 식민 통치와 검열이 어느 때보다 심화된 한편 조선과 만주 지역에서의 조선 독립운동이 거의 소멸된 시기였기 때문에 조선 민족의 상을 제시하는 담론이 사실상 불가능했다. 그러므로 당시 식민지 조선인들에게는 조선 민족의 상을 상상하는 대안적인 방식을 찾는 것이 해방적인 탈출구에 해당했다고 할 수 있다.

「농군」은 1930년대 말 문인들 사이에 유행했던, 일제의 정책에 발맞춘 만주에 대한 기대와 낙관을 담은 "만주 유토피아니즘" 담론과 거리를 두면서, 실제 조선 이주 농민들의 삶은 그렇게 희망적이지 않음을 보여주고 있다. 소설은 조선의 식민지화에서 비롯되는 슬픔의 감정이 지배하고 있고, 이 슬픔은 농민들의 집단적인 정체성과 행동의 원천이 된다. 조선인 이주 농민들은 마침내 수로가 완성되었을 때 무슨 뜻인지 모를 소리를 함께 지르면서 공동의 감정을 표출하는데, 이것이 바로 그들의 공유된 감정이 집단적 정체성으로 승화되는 순간이다. 이 정체성은 조선의 식민지화라는 상황에서 촉발된 것이지만, 친일, 항일, 혹은 항중의 선명한 정치적 입장을 가지고 있는 것이 아니다. 대신 「농군」이 하고 있는 것은, 당시 식민지 상황으로 인해 담론화가 불가능했던 조선 민족의 상을 만주를 매개로 해서 대안적 방법과 형태로 만들어내는 것이다. 여기서 낯선 이국땅 만주는 조선인들의 이주의 원인인 조국의 상실에 대한 자각을 바탕으로 민족적 정체성을 재건설할 수 있는 공간이다. 만약 「농군」에 만주에 대한 긍정적 관점이 존재한다고 한다면, 그것은 바로 만주가 이와 같이 대안적인 민족의 상을 상상할 무대를 제공한다는 점에 있다.

참고문헌

김기훈, 「만주의 코리안 디아스포라-제국내 이민 정책의 유산」, 『만주 : 동아시아 융합의 공간』, 서울 : 소명출판, 2008.

김재용, 「일제말 한국인의 만주의식-만주 및 ‘만주국’을 재현한 한국 문학을 중심으로」, 민족문학연구소 편, 『일제말기 문인들의 만주체험』, 서울 : 역락, 2007.

김재용, 「친일문학의 성격 규명을 위한 시론」, 『실천문학』 65호, 2002년 봄.

김　철, 「몰락하는 신생(新生) : ‘만주’의 꿈과 「농군」의 오독(誤讀)」, 『상허학보』 9집, 2002년 8월.

민충환, 『이태준연구』, 서울 : 깊은샘, 1988.

서경석, 「만주국 기행 문학 연구」, 『어문학』 86호, 2004.

이경훈, 「만주와 친일 로맨티시즘」, 『한국근대문학연구』 제4권 제1호, 2003.

이기영, 「대지의 아들을 찾아」, 『조선일보』, 1939. 9. 26.~10. 3.

이기영, 「國境의 圖們」, 『문장』, 1939년 11월.

이기영, 「만주와 농민문학」, 『인문평론』, 1939년 11월.

이기영, 「대지의 아들」, 『조선일보』, 1939. 10. 12.~1940. 6. 1.

이기영, 『처녀지』, 서울 : 삼중당, 1944.

이기인, 『이태준』, 서울 : 새미, 1996.

이병렬, 『이태준소설연구』, 서울 : 평민사, 1998.

이태준, 「농군」, 『문장』, 1939년 7월.

이태준, 『이태준문학전집 1 : 달밤』, 서울 : 깊은샘, 1995.

이태준, 『이태준문학전집 2 : 돌다리』, 서울 : 깊은샘, 1995.

이태준, 『이태준문학전집 15 : 무서록』, 서울 : 깊은샘, 1994.

임　화, 「燦! “農軍”의 悲劇美」, 『조선일보』, 1939. 7. 19.

임　화, 「창작계의 일 년」, 『조광』 제5권 12호, 1939.

임　화, 「日本農民文學의 動向 : 特히 「土의 文學」을 中心으로」, 『인문평론』, 1940년 1월.

장영우, 『이태준소설연구』, 서울 : 태학사, 1996.

정종현, 「근대문학에 나타난 ‘만주’ 표상-‘만주국’ 건국 이후의 소설을 중심으로」, 『한국문학연구』 28집, 2005.

정호웅, 「한국현대소설과 만주공간」, 『문학교육학』 제7호, 2001.

최원식, 「한국문학의 근대성을 다시 생각한다」, 『생산적 대화를 위하여』, 서울 : 창작
　　과비평사, 1997.
하정일, 「1930년대 후반 이태준 문학과 내부 식민주의 성찰」, 문학과사상연구회 편,
　　『이태준 문학의 재인식』, 서울 : 소명, 2004.
川村湊, 『文學から見る「滿洲」: 「五族協和」の夢と現実』, 東京 :　吉川弘文館, 1998.
Sorensen, Clark. "National Identity and the Creation of the Category 'Peasant' in
　　Colonial Korea." In *Colonial Modernity in Korea*, edited by Gi-Wook Shin
　　and Michael Robinson. Cambridge : Harvard University Asia Center, 1999.
『Oxford English Dictionary』.

이태준의 「농군」과 장혁주의 『개간』을 통해서 본 일제 말기 작품의 독법과 검열

이상경

1. '말하도록 시키는 것'과 '말하고 싶지 않은 것' 사이의 일제 말기 문학

식민지의 작가와 작품에 대해서 말할 때에는 "자신은 말하고 싶은데 무엇이 말할 수 없는 것인지, 다른 사람이 자신에게 말하도록 시키는데 자신은 무엇이 말하고 싶지 않은 것인지, 자신이 말하고 싶고 또 능히 말할 수 있는 것은 무엇인지, 그리고 어떤 방식으로 말할 것인지에 관해서"[1] 구체적으로 고려해야 한다.

식민지 시기 검열의 존재를 염두에 둔다면 일반적으로 말하고 싶은 것과 말할 수 있었던 것 사이 틈새에서 작가가 말하지 못한 것 — 침묵

---

1) 쑨里群, 「序文」, 『중국식민강점지구 문학대계』, 중국광서교육출판사, 1999 ; 키시 요코, 「『백란의 노래』 번역으로부터 『교민』까지」, 『제국주의와 민족주의를 넘어서』, 역락, 2009, 197면에서 재인용.

당하고 있는 것을 읽는 것이 중요하다. 그런데 일제 말기에는 문학자의 동원이 매우 강력하게 진행되는 상황이어서 외부에서 작가더러 말하라고 시키는 것과 작가가 실제로 작품화해서 발표한 것 사이에서 작가가 내면에 넣어두고 말하고 싶지 않았던 것을 찾는 것이 더 필요하고 효과적인 독법이 된다. 그런데 (작가가 말하고 싶으나 검열 때문에) '말하지 못한 것'과 (일제가 말하라고 시키나 작가가) '말하고 싶지 않은 것'은 창작 과정 중 작가의 머릿속에서 이루어진 작업인지라 여러 정황으로 미루어 짐작할 수 있을 뿐, 그것을 구체적인 문장으로 드러내기란 어렵고 위험한 일이다.

작가가 말하고 싶었으나 검열에 의해 '말하지 못한 것'의 흔적은 남아 있는 검열 관련 자료들을 통해서 짐작해 볼 수 있다.[2] 그런데 '말하고 싶지 않은 것' 즉 작가가 어떤 요구에 대해서 어디까지 말 안 하고 버틸 수 있었는지 하는 것은 자료로 남기가 어렵기에 행간이나 맥락을 읽을 수밖에 없다. 그런 만큼 개별 작품 안에서 그것을 찾기란 쉽지 않고 여러 텍스트를 상호 비교하는 속에서 상대적으로 읽어낼 수 있을 것이다. 이런 점에서 개별 작품을 그 쓰인 맥락 속에 놓고, 유사한 상황 속에서 산출된 다른 작품들과 비교해 보면 '말하고 싶지 않은 것'에 좀 더 다가갈 수 있으리라 기대한다.

이 연구에서는 일제 말기 '만주개척문학'이라고 일컬어졌던 작품 중에서 특히 1931년의 '만보산 지역 사건'을 소재로 한 이태준의 「농군」(1939)과 장혁주의 『개간』(1943)을 일제 말기의 문학이라는 맥락 속에서 서로 비교하여 검열이 작동하는 방식과 의미를 드러내고자 한다.

1931년 7월의 만보산사건이란 일본 식민지 수탈의 민족적, 계급적

---

2) 이에 대한 자세한 것은 이상경, 「『조선출판경찰월보』에 나타난 문학작품 검열 양상」, 『근대문학연구』 17, 2008. 4 참고.

피해자인 조선 농민이 만주로 쫓겨 가서 수전 개간을 강행하면서 밭농사를 주로 하던 만주 현지인과 충돌하게 된 전형적인 사건이다. 1931년 4월부터 조선 농민들이 만보산 지역에서 수로를 파면서 중국 농민과 크고 작은 마찰이 생기게 되었고 일본과 중국 양측에서는 자국 농민을 보호한다는 명목으로 경찰력을 파견하곤 했다. 일본 영사관 측과 중국 현정부 사이에 외교적 교섭이 진행되던 중에 7월 1일과 2일, 중국 장춘 근처 만보산 지역의 양측 농민의 갈등은 조선 농민을 보호한다는 일본 영사관과, 중국 농민을 지킨다는 중국의 공안 당국이 대치하는 데까지 갔으나 특별한 사상자 없이 양측 농민은 해산했다. 그런데 이 사실이 식민지 조선의 각 신문, 특히 『조선일보』와 『매일신보』에 조선 농민 측에 사상자가 났다는 식으로 과장, 왜곡 보도되면서 조선에서 중국인들을 습격하여 폭행하고 재산을 파괴하는 사건이 일어났다. 인천, 평양 등 중국인이 많이 들어와 있던 곳에서 일어난 폭동으로 평양에서만 100여 명의 중국인이 조선인의 손에 맞아 죽고 90여 명이 실종되었다. 중국인이 다치거나 재산상으로 피해를 입은 것은 부지기수였고 많은 화교들이 중국으로 돌아갔다. 조선 화교들이 입은 피해 상황이 중국에 전해지면서 중국 곳곳에서 조선 농민에 대한 박해 사건도 일어났다. 그러나 조선, 중국의 지식인들은 자제를 당부하고 수습에 나서 사태는 진정되었다. 그리고 일제가 9월 18일 만주사변을 일으키면서 이 문제에 대한 진상 규명이나 외교적 해결은 흐지부지 되었다.3)

　1931년 7월 중국과 식민지 조선에서 전개된 사건을 통칭 '만보산사건'으로 부르는데, 이 글에서는 논의의 명징함을 위해 중국의 만보산 지역에서 수로 개척을 둘러싸고 일어난 조선 농민과 중국 농민 사이의

---

3) 박영석, 『만보산 사건 연구』, 아세아문화사, 1985.

갈등을 '만보산 지역 사건', 그 사건의 영향으로 조선에서 일어난 중국인 배척 사건을 '배화 사건'으로 구별해서 부르고자 한다.[4]

'만보산 지역 사건'을 소재로 한 작품을 대상으로 한 이유는 첫째, '만보산 지역 사건'으로 대표되는 만주에서의 조선 농민의 수전 개간— 일제 말기의 용어로는 '만주개척' — 이란 식민지의 고향에서 쫓겨난 조선 농민이 만주에서 정착하는 과정에서 중국 농민이나 관헌과 갈등하고, 이들 조선 농민을 보호한다는 명분으로 일본 영사관이 개입하는, 민족적으로 매우 복잡한 상황을 담고 있었기에 이를 작품화할 때 작가는 다양한 고려를 수반했으리라 기대되기 때문이다. 둘째, 1932년부터 1945년까지 존재했던 '만주국'은 겉으로 내건 '오족협화'라는 명분을 두고 각 민족이 각각 다른 것을 상상하는 '동상이몽'의 공간이었다. 게다가 그 당시 만주에 살던 조선인은 일본 국민으로서의 '내선일체'와 '만주국'의 한 구성원으로서의 '오족협화'가 경쟁하는 이중적 입장에 있는 존재였다. 그런 만큼 이런 '만주국'의 현실에서 살아가고 있는 조선 농민의 과거사를 그릴 때 작가는 말하고 싶은 것과 말할 수 있는 것을 모두 고려했을 것이다. 셋째, 사건 발생 시기와 작품 발표 시기 사이에는 10년 가까운 시차가 있는데, 그 기간 중에 만주사변과 '만주국' 건국, 그리고 중일전쟁이라고 하는 만주지역 제 민족 간에 역관계의 변화가 있었고 또한 작가에 대해서도 동원과 검열의 강도가 훨씬 더 강해졌다.

---

4) '배화 사건'은 당시에는 '배화 폭동'이라 더 많이 지칭되고, 살상 사건이 주로 평양에서 일어났기 때문에 재판 소식 등으로 보도될 때는 '평양 사건'이라 불리었다. 중국 측에서는 '구화(仇華) 사건'이라 불렀다(박선영 역, 『중일문제의 진상』, 동북아연구재단, 2009). '조선 사건'이라고 하는 경우도 있다(키쿠지 하지메(菊池一隆), 「萬寶山・朝鮮事件의 實態와 構造」, 『愛知學院大學 人間文化研究所紀要』 22, 2007). 만보산사건 연구의 권위자인 박영석은 '만보산사건으로 인한 조선에서의 중국인 배척 사건'이라고 길게 지칭하고 있다(박영석, 『만보산 사건 연구』, 아세아문화사, 1985).

이런 상황에서 작가는 적극적으로 선전에 나설 수도 있지만 또 어떤 경우에는 교묘하게 그것을 우회하고자 하는 노력이 여러 가지로 행해지기에, 이들 작품에서 '말하도록 시키는 것'과 '말하고 싶지 않은 것'의 사이, 그 틈새가 상당할 것으로 기대되기 때문이다.

2. '만보산 지역 사건'과 한국문학

통칭 만보산사건은 조선, 일본, 중국의 세 민족이 관련된 사건으로 시대 상황에 민감한 작가들은 이 사건을 소재로 해서 작품을 남겼다. 우선 일본 작가 이토 에이노스케(伊藤永之介)의 「만보산(万宝山)」(『改造』, 1931. 10)과 중국 작가 리훼이잉(李輝英)의 『만보산(萬寶山)』(上海湖風書店, 1933)은 '만보산 지역 사건'을 직접 작품화한 것이다. 반면 조선인 작가는 사건 발생 당시에는 '만보산 지역 사건'을 직접 작품화하지는 않았고 다만 '배화 사건'에 대해서 수기 형식으로 보고문학을 남기고 있다. 오기영과 김동인의 회고가 그것이다.5) 사건 발생 당시 중국 텐진에 있다가 평양으로 왔던 일본 작가 나가니시 이노스케도 '배화 사건'에 대한 보고문학을 썼다.6) '만보산 지역 사건'에 대해서 식민지 조선의 작가는 중일전쟁 이후 '만주개척문학'의 일환으로 비로소 소설화하였다. 이태준의 「농토」(1939)와 장혁주의 『개간』(1943)이 대표적인 작품이다.7)

---

5) 오기영, 「평양폭동사건 회고」(수기), 『동광』 25, 1931. 9월호(1931. 9. 1 발행) ; 금동, 「유서 광풍에 춤추는 대동강의 악몽—3년 전 조중인 사변의 회고」, 『개벽』 신간 2호, 1934. 12.

6) 中西伊之助, 「滿洲를 漂泊하는 朝鮮人」, 『改造』, 1931. 8.

7) 안수길의 중편소설 「벼」(1941)에 대해서는 만보산 지역 사건을 소재로 했다는 입장(장영우, 「「농군」과 만보산 사건」, 『현대소설연구』 31, 2006 ; 김호웅, 「만보산

한편 이토 에이노스케는 중일전쟁 이후 『만보산』을 재출간(1939. 7)하면서 작품 속의 지명과 인명을 허구화시켜 특정의 시공간을 지우고 '농민문학'의 하나로 만드는 작업을 했다.8)

여기서 갖게 되는 의문은 왜 조선의 작가들은 사건 발생 당시에 '만보산 지역 사건'을 직접 작품화하지 않았는가, 그리고 1930년대 말에 이르러 왜 새삼스럽게 '만주국' 수립 이전의 이야기를 작가들이 끌어오게 되었나 하는 것이다. 전자의 경우, '만보산 지역 사건' 자체란 당시에 그렇게 새로운 것이 아니었기 때문이라고 볼 수 있다. 그 이전에도 조선 농민이 이주한 중국의 각 지역에서는 유사한 조중인 간의 충돌이 자주 있었고 언론 매체에도 보도되었다.9) 수전 개간을 둘러싼 충돌뿐만이 아니라 중국인 지주와 조선인 소작인 사이에 다양한 충돌이 발생하고 있었고 작품화도 되고 있었다.10) 이런 상황을 염두에 두고 보면 1931년 7월 당시의 조선에서는 만주 지역에서의 조·중 농민 간의 충돌이라는 사건보다는 이 사건에 의해 촉발된 한반도 내에서의 중국인

사건을 다룬 동아시아 3국 소설 비교」, 제5회 식민주의와 문학 학술회의 자료집 『'만주국'과 동아시아문학』, 2009. 9. 26)과 관계없다는 입장(김철, 「몰락하는 신생－'만주'의 꿈과 「농군」의 오독」, 『해방전후사의 재인식』 1, 책세상, 2006)이 대립되어 있다. 필자는 작품의 배경 시간이 "동삼성에도 청천백일기가 나부낀 지 불과 반 년이 남짓"하다는 서술과 수전 개간 성공 후의 학교 설립 문제가 주된 소재라는 점에서 '만보산 지역 사건'과 직접적인 관계는 없다는 입장이다.

8) 이토 에이노스케의 작품 판본 비교는 오오무라 마쓰오, 「이토 에이노스케의 『만보산』과 장혁주의 『개간』」, 제5회 식민주의와 문학 학술회의 자료집 『'만주국'과 동아시아문학』(2009. 9. 26) 참고.

9) 특히 1927년부터 중국 관헌이 실시한 재만 한인에 대한 규제 조치와 배척, 그리고 구축사건이 자주 보도되었고, 1927년 12월에는 전북 이리에서 화교 상점에 대한 대규모 습격과 약탈 사건이 일어났다. 1928년 12월에는 조선의 각종 노동조합과 토목업자들이 조선총독부에 중국인 노동자를 제한해 조선인이나 일본인의 생활을 안정시켜 달라는 진정서를 제출한 사건도 있었다. 자세한 내용은 이옥련, 『인천 화교사회의 형성과 전개』, 인천문화재단, 2008, 187~191면 참조.

10) 대표적으로 최서해의 「홍염」이 있다.

배척 사건이 더 충격적인 일이었다.[11] 그런데 중일전쟁이 발발하고 내선일체, 만선일여, 민족협화 등의 구호로 일제가 작가를 동원하면서 '조선' 민족의 존재 양식을 바꾸려 했을 때, 1938년 10월 무한 삼진 함락으로 일본이 중일전쟁에서 승리하는 것처럼 보였을 때, '만보산 지역 사건'은 비로소 소설 속에 불러내어지고, 환기되고 활용되었다.

'만보산 지역 사건'의 실상에 대해서는 아직도 정확하게 다 밝혀지지 못한 상태이다. 사건 당시 중국 측과 일본 측의 주장이 달랐음은 물론인데, 예를 들면 조선 농민의 수전 개간 행동이 당시의 법률 체계에서 중국 측은 허가를 받지 않은 불법이라고 주장하고, 일본 측은 이미 포괄적으로 허가를 받은 사항인데 뒤늦게 사업에 착수했을 뿐이라는 입장이었다.[12] 또한 당시 장춘의 일본 영사관이 수전 개간과 조선에의 오보 사건에 적극 개입했다는 일반적인 해석에 대해, 사건 자체에 일본 영사관이 음모적으로 적극적으로 개입한 것은 아니며 봉천을 중심으로 하는 중국 군벌에 맞서 장춘을 중심으로 하는 만주 지배의 큰 맥락 속에서 조선 농민을 선발대로 보내서 중국군의 대응 능력을 시험하는 행위였다고 보기도 한다.[13] 이런 '만보산 지역 사건' 자체의 복합성은 중

---

11) 김동인의 「붉은 산」을 '만보산 지역 사건'과 연관시켜 논한 경우가 있는데(임종국, 『한국문학의 사회사』, 정음사, 1974 ; 정혜영, 「1930년대 소설에 나타난 만주―「붉은 산」과 만보산 사건의 수용」, 『어문논총』 34, 2000), 김동인의 작품은 '만보산 지역 사건'이 아니라 '배화 사건'의 영향 하에 쓰였다고 보는 것이 합리적이다. 냉소적인 김동인이 '배화 사건'을 평양에서 체험한 뒤 그 이전 작품에서는 보이지 않던 민족주의적 의식이나 중국인에 대한 민족적 편견을 드러낸 것에서도 그 강렬함을 짐작할 수 있다. 이에 관해서는 이상경, 「만보산 사건과 배화 사건에 대한 한국지식인의 반응―배화 사건을 중심으로」, 제5회 식민주의와 문학 학술회의 자료집 『'만주국'과 동아시아문학』(2009. 9. 26) 참고.
12) 이에 대해서는 만주사변을 조사한 「리튼 보고서」에 따른 박영석의 연구를 받아들여 중국 관헌의 허가를 받지 않고 개간에 착수한 불법 행동이었다는 것이 일반적인 해석이다.
13) 菊池一隆(키쿠지 하지메), 「萬寶山・朝鮮事件の實態と構造」, 『愛知學院大學 人間

일전쟁 이후 여러 각도에서 조선 '민족'의 문제를 성찰하고 논의하는 계기가 될 수 있었던 것이다.

중일전쟁 이후 '만주국'과 조선은 그 위상이 역전되고 있는 상황이어서 '만주국'에 관련된 조선인들은 내선일체와 오족협화의 경쟁을 선명하게 느낄 수밖에 없게 되었다. 조선 총독 미나미 지로(1936. 8~1942. 5 재임)는 취임 직후 '선만일여'를 내걸었는데 '만주국'의 국무총리 징징훼이는 '만선일가'로 답했다. 조선과 만주 사이에 국경 같은 것은 희미해져야 하고, 만주와 조선은 형제국이라는 뜻이었다. 그러나 '형제' 관계에서 누가 형이고 누가 동생인가 하는 문제, 즉 제국일본 내에서의 조선과 만주의 위계 문제에 대해서는 논란의 여지가 있었다.14) '만주국'의 입장에서 '일만일체'일 경우는 일본과 '만주국'이 독립국으로서 상호간의 친선관계를 강조하는 것인 반면, '선만일여'일 경우는 '만주국'은 일본의 한 지방인 조선과 동급이 되는 것으로 여겨 '만주국' 측에서는 '불가'하다는 입장이었다. 그러나 실제로는 '만주국'과 '식민지 조선'은 '일만일체'와 '내선일체'라고 하는 도쿄 중심의 면모로 진행되었다.

> 중일전쟁 전야에 총독부뿐만 아니라 재조 일본인 사회 대다수가 이구동성으로 제창했던 '선만일여'는 제국 일본의 위계 질서 내에서 '만주국'의 '만선일가'와 경합하는 중이었다. (…중략…) 일본의 제국 질서 내에서 조선과 '만주국'의 위상은 중일전쟁을 전후한 시점에서 역전되어 가고 (…중략…) 식민지 조선은 식민 모국인 일본과 '또 다른 일본'으로 발돋움하는 '만주국'의 틈새에서 예전의 '영광'을 접어야만 했다.15)

文化研究所紀要』 22, 2007.

14) 임성모, 「중일전쟁 전야 '만주국' 조선 관계사의 소묘―'일만일체'와 '선만일여'의 갈등」, 『역사학보』 202, 2009. 3.

이런 분위기에서 만주지역에서 조선, 중국, 일본 세 민족이 서로 갈등한 '만보산 지역 사건'은 중일전쟁 이후에는 각 민족이 꿈꾸는 '만주국'에 대한 기대에 의해 새로운 맥락 속에 놓이게 되었다.

3. '만보산 지역 사건'을 다룬 소설이 놓인 맥락

1931년 7월의 '만보산 지역 사건'과 '배화 사건', 1931년 9월 이후의 만주 사변을 겪으면서 당시 조선 사람들은 만주의 조선 농민에 대해 수전 개간에 온갖 신고를 겪으면서 중국 정부 측으로부터는 일본의 앞잡이로 의심을 받고 일본 영사관측으로부터는 항일 세력과 내통하는 것이 아닌가 감시를 받는 처지에 있다는 것, 일본의 '보이지 않는 손'이 작동하여 중·일, 조·일의 싸움을 조·중의 싸움으로 만들었고 조선 사람들이 거기에 놀아났다고 하는 것을 일반 인식으로 가지고 있었다. 이런 상황에서 일제 말기 '만보산 지역 사건'을 끄집어낸다고 하는 것은 그 이전의 역사, 전 이해를 바탕에 깔고 시작하는 것이며, 중일전쟁 이후의 상황에서 조선, 일본, 중국의 관계를 묻는 것이기도 하다.

일제 말기 만보산 마을은 만주 개척에서 상징적인 지명이 되었다. 중국 군벌, 마적과 싸워 이기고 일본의 보호 아래 안정된 농촌 마을을 건설했다고 하는 상징성, 시범성 때문에 만주시찰단이 으레 들르는 곳이었던 것이다.[16] 이태준도 장혁주도 이 마을을 시찰하고 작품을 썼다.

---

15) 임성모, 앞의 논문.

16) "만주에서 가장 오랜 편이요, 가장 큰 문제가 일어났던 곳이요, 가장 먼저 조선인의 손으로 큰 수로가 황무지를 관류하게 된 데가 만보산 일원"이라고 이태준은 「이민부락견문기」에서 쓰고 있다(『조선일보』, 1938. 4. 8~4. 21).

이태준은 1938년에, 장혁주는 1942년에 이 마을을 방문했다. 그런데 이 두 작품에서 보여주는 '만보산 지역 사건'은 그 세부 묘사나 성격 규정이 상당히 다르다. 두 작품은 단편과 장편이라고 하는 분량에서 절대적인 차이가 있어 평면적으로 비교를 하기는 어렵다. 그러나 '만보산 지역 사건'을 보는 시각, 그때의 조선 농민의 입장과 현재적인 해석이란 측면에서 비교하는 것은 가능하다.

이태준의 「농군」에 대해서는 조선 농민이 적대적인 환경과 싸워서 이기는 모습을 보여주는 민족문학의 성과작, 작가 이태준의 발전 과정에서 보면 고립된 개인주의로부터 벗어나는 징후를 보이는 작품이라는 긍정적인 평가[17]가 있는가 하면, 일본 경찰의 존재를 지우고 조선 농민을 박해하는 중국 농민의 야만성을 부각시켜 '만주국'의 시책을 선전하는 프로퍼간다일 뿐이라는 부정적 평가[18]도 있다. 장혁주의 『개간』에 대해서도 "표면상 이 작품은 역시 '국책소설' 안에 넣을 수밖에 없지만, 중립적 시점에 근거한 다면적 묘사나 구성력 등의 점에서는 상당한 수작이라고 말할 수 있다."는 긍정적인 평가[19]와 "결국 국책소설 이외의 그 무엇도 아니다."라고 하는 부정적 평가[20]가 맞서 있는 상황이다.

그런데 이런 양 극단의 평가는 이들 작품을 어떤 맥락에 놓고서 평가할 것인가, 이들 작품이 쓰일 당시 무엇을 선전하고 무엇을 묵살하고 싶어했는지를 비교해 보면 좀 더 선명하게 정리될 수 있을 것이다. 즉

---

17) 김재용, 「친일문학의 성격 규명을 위한 시론」, 『실천문학』 2002년 봄호.
18) 김철, 「몰락하는 신생 − '만주'의 꿈과 「농군」의 오독」, 『해방전후사의 재인식』 1, 책세상, 2006. 2.
19) 白川豊(시라카와 유타카), 「張赫宙 作 『開墾』(解說)」, 『開墾 − 日本植民地文學精選集(朝鮮編) 3』, ゆまに書房, 2001.
20) 김학동, 「장혁주의 『개간』과 만보산 사건」, 충남대 인문과학연구소, 『인문학연구』 34-2, 2007 ; 오오무라 마쓰오, 「이토 에이노스케의 만보산과 장혁주의 개간」, 제5회 식민주의와 문학 학술회의 자료집 『'만주국'과 동아시아문학』, 2009. 9. 26.

한 작품에 대한 연구자의 선입견이나 주관적인 시선을 넘어서 두 작품을 상호 비교하고, 또 비슷한 시기 비슷한 소재를 다룬 다른 작품들과도 비교하는 과정 속에서 각 소설 속의 삽화의 의미라든지, 작가의 시선 등에 대한 평가가 서로 어떻게 다른지를 드러날 수 있을 것이다.

4. 소설적 허구화와 중국 농민의 형상

「농군」을 당시 국책의 선전 작품이라고 평가하는 데 중요한 근거로 활용되는 것이 작품 마지막에 조선 농민이 중국 측의 총에 맞아 죽고 다치는 장면을 넣은 것이다. 이는 '만보산 지역 사건' 당시의 역사적 사실과 어긋나며, 그런 사실을 알면서도 이태준이 그렇게 쓴 것은 일본의 선전에 발맞추어 당시 중국 농민에 대한 적대감을 드러낸 것이거나 중국 농민을 타자화한 것으로 해석되었다. 이태준이 1938년 4월 8일부터 21일까지 『조선일보』에 발표한 「이민부락견문기」를 보면 이태준은 '만보산 지역 사건'이 양측의 사상자 없이 마무리되었음을 명백하게 알고 있는 상태인데 1년 뒤에 「농군」에서는 조선 농민이 총에 맞아 죽거나 다치는 것으로 처리했으니, 이는 중국 측에 대한 적개심을 높이기 위한 것이라는 것이다.

그런데 이런 평가는 「농군」이 기록문학이 아니라 소설이라고 하는 점을 충분히 고려하지 않은 데서 비롯된 부분이 크다. 이태준이 만보산 지역을 시찰하고 돌아온 뒤 1년만에 「농군」을 발표했고, 「농군」의 시공간적 배경이 '만보산 지역 사건'인 것은 분명하지만 이태준은 이를 통해 만주 지역에 수전을 개척하고 정착한 조선 농민들의 어려움을 좀 더 포괄적이고 극적으로 드러내기 위해 인물과 사건을 일정하게 허구

화하고 있기 때문이다.[21)

소설의 공간적 배경은 장자워푸(姜家窩堡)로서 만보산 지역의 실재하는 마을이고, 이태준이 직접 답사한 마을이다. 그리고 이주해 간 조선 농민이 중국인 지주의 땅을 빌려 수로를 만들고 개간하는 과정에서 중국 관헌과 농민의 방해로 어려움을 겪었다고 하는 사건의 큰 흐름도 일치한다. 그러나 「농군」에 묘사되는 구체적인 사건은 만보산 지역 사건 당시의 사실과 일치하지 않는 것이 많다. 즉 중국 측의 총에 조선 농민 사상자가 났다고 하는 것뿐만 아니라 다른 부분도 당시의 구체적 사실과 일치하지 않는 경우가 많다는 것이다. 몇 가지를 들어 보겠다.

첫째, 중국인 브로커 학영덕이 지주와 계약을 하고 조선 농민을 불러들여 만보산 지역에 수로 파는 공사를 시작한 것은 빠르면 1931년 2월, 늦으면 1931년 4월이다.[22) 그런데 「농군」에서 박창권 일가는 초겨울에 장자워푸로 이주하여 개간을 시작하며 다른 사람들은 더 먼저 이곳에 와 있는 것으로 되어 있으니 1930년에 이미 수로 공사를 시작한 것으로 된다.

둘째, 「농군」에는 황채심이 현정부에 끌려갔다가 장춘현 정부로부터 논이 아닌 밭으로만 일구라는 허락을 받고 돌아와서 빨리 물을 끌어들이자고 하여 그 밤으로 조선 농민들이 수로 공사를 마무리하는 과정에

---

21) 이에 대해서는 연변대학의 김호웅 교수가 만주로 간 조선 농민들이 도와주는 손길이 전혀 없는 땅에서 힘들게 수전을 개척했음을 강조하려는 문학적 장치라고 하는 점을 지적한 바 있으나(김호웅, 「만보산 사건을 다룬 동아시아 3국 소설 비교」, 제5회 식민주의와 문학 학술회의 자료집 『'만주국'과 동아시아문학』, 2009. 9. 26), 단지 지적을 했을 뿐, 특별하게 근거를 들거나 문학적 전형화의 문제로 논하지는 않았다.

22) 일본 측은 1931년 2월에 중국인 학영덕이 길림성 정부로부터 개간 허가를 받았다고 주장하고, 중국 측은 학영덕이 4월에 중국인 지주 소한림 등에게서 땅을 빌리는 계약을 하고 조선 농민들을 불러들였다고 주장한다.

서 중국 농민과 큰 충돌이 일어나 경상도 노인은 총에 맞아 죽고 창권이는 부상을 당한다. 그런데 실제 '만보산 지역 사건'의 경위를 살펴보면 1931년 6월 11일에 중국 측 장춘 시정 주비처장이 일본 영사에게 "조선인이 학영덕에게 임대한 땅이 비록 관청의 정식 허가가 없지만 한도(旱稻)로 개정하여 경작할 수 있다고 하였다."는 기록이 있다.[23)

셋째, 「농군」에서 조선 농민은 채심이가 돌아온 그날 밤 사상자를 내면서도 수로 공사를 마무리하여 이통하 물을 끌어들인다. 수로에 점점 물이 불어나는 것을 바라보는 것으로 소설은 끝난다. 그런데 실제로 만보산 지역 수로에 물을 끌어들인 것은 7월 14일 경이다.

> (7월) 14일 외무성 착 전□ 의하면 "조선 농민은 드디어 수로복구공사를 완료하고 통수(通水)를 하게 되어 조선 농민은 차에 환희하여 만세를 고창하였다."고 하고 있다. 그리고 조선 농민은 계속하여 언지(堰止) 개축공사를 행하고 있어서 일본 경찰은 경계를 엄중히 하고 있는 바 목하 사태는 우려할 것이 없는 모양이다.[24)

즉 만보산 지역에서 6월 11일, 7월 1~2일, 그리고 7월 14일로 한 달에 걸쳐서 전개된 일을 이태준은 소설 「농군」에서 하룻밤의 일로 처리했다. 조선 농민이 만주에서 수전 개간으로 수로공사를 하는 와중에 사상자가 나는 것은 간간이 있는 일이었고, 만보산 지역의 경우도 사건 당일은 아니더라도 있었을 법한 일이다. 그리고 실제 조선 농민의 피해도 있었다. 「농군」에서는 여러 번 조선 농민이 '사생 결단'을 하고 만

---

23) 중화민국 국민정부 외교부 편, 박선영 옮김, 『중일문제의 진상』, 동북아역사재단, 2009, 187면.
24) 「만보산 평온상태, 수로복구공사 완료, 중국인 지주 태도도 완화」, 『조선일보』, 1931. 7. 16.

주에서 수전을 개간했음을 쓰고 있다. 단편소설이고, 극적인 결말을 위해 '사생 결단'의 한 모습으로 이러한 허구화를 행한 것으로 보인다. 그런데 기존의 논의는 소설 결말의 하룻밤이 7월 1일 또는 2일인 것으로 간주하고 사실과의 정합성을 논란한 셈이니 「농군」이 소설인 것을 염두에 둔다면 그리 적절한 것은 아니다.

5. 검열과 일본 관헌의 형상

따지고 보면 「농군」에서 더 문제적인 대목은 '만보산 지역 사건' 당시 중요한 역할을 했을 일본 측 경찰과 군대가 소설에 전혀 등장하지 않는다는 점이다. 실제로 '만보산 지역'에서 중국 공안당국과 일본 경찰은 번번이 대치했고[25] 결국은 만보산 지역 사건은 일본군이 만주사변을 일으키는 한 핑계가 되기까지 했다. 그런데 「농군」에서는 이들에 대해 아예 침묵하고 있다.

이에 대해 부정적으로 평가하는 쪽에서는 중국 측은 실제보다 더 악한 존재로, 일본 측은 실제보다 더 선한 존재로 왜곡하여 '만주국'의 일본을 '프로퍼간다' 하려 했다고 본다. 또한 이토 에이노스케의『만보산』(1931)이 "일본 영사관 경찰력의 보호 아래 있는 조선 농민의 현실을 있는 그대로 그려냄으로써 최소한 일방적인 피해자로서의 조선 농민이라는 구도로부터는 벗어나" 있는 것과 대조하면 피식민지인 작가의 분

---

25) 「武裝領館警官隊와 中國騎兵隊對峙 무슨 사태를 비저 넬지 몰라, 萬寶山 三姓堡 朝鮮人 問題 益惡化」,『동아일보』, 1931. 6. 6. ; 「戰場가튼 萬寶山 蜉蝣가튼 四百生靈, 중국 관헌의 폭압 미테 그 장래가 불안, 槍劍裏에 安否는 如何」,『동아일보』, 1931. 6. 24.

열상이 더 뚜렷하다는 것이다. 요컨대 일본을 나쁘게 그리는 것을 피하기 위해 이태준이 시도한 허구화라고 판단했다.[26]

다른 한편에는 조선인 농민들이 끝까지 힘을 합쳐 중국인들과 싸우는 것으로 그려져 있을 뿐 일본인 영사관의 도움을 받아 문제를 해결하려고 하지 않는 그것이야말로 조선 농민들이 일본인임을 부정하는 것이며 이태준이 일본의 내선일체에 동의하지 않는다는 표시라고 보았다.[27]

이 논란을 분명하게 해명하기 위해서는 소설 「농군」을 1939년의 맥락 속에 놓는 것이 필요하다. 1939년의 맥락이란 '만주국'과 식민지 조선의 위상 및 당시 본격적인 프로퍼간다 문학에 대한 요구, 거기에 대한 작가의 대응 양식 등을 말한다. 이 점은 검열의 문제를 외면하고서는 해명할 수 없다.

「농군」의 문제적 면모를 검열과 관련시킨 논의로 중국 작가 이휘영의 『만보산』과 비교하여 "일제의 음모와 모략에 의한 중국인과 조선인 농민의 희생과 통일전선 형성"이라는 '만보산 지역 사건'의 주제를 「농군」이 담지 못한 것은 검열 때문이라든지,[28] 검열 제도 하에서 이태준이 『문장』지 편집인으로서 잡지를 계속하고 발표지면을 얻기 위해 「농군」이 "다분히 시국협력적인 성격"을 띠게 되었다[29]는 논의가 있다. 본 연구 역시 이 대목을 검열의 문제로 보기는 하지만 그 구체적인 내용과

---

26) 김철, 「몰락하는 신생―'만주'의 꿈과 「농군」의 오독」, 『해방전후사의 재인식』 1, 책세상, 2006.

27) 김재용, 「일제 말 한국인의 만주 인식」, 민족문학연구소 편, 『일제 말기 문인들의 만주체험』, 역락, 2007, 31~32면.

28) 김호웅, 「만보산 사건을 다룬 동아시아 3국 소설 비교」, 제5회 식민주의와 문학 학술회의 자료집 『'만주국'과 동아시아문학』, 2009. 9. 26.

29) 任秀彬, '滿洲' 万宝山事件(1931年) 中國 日本 韓國文學―李輝英, 伊藤永之介, 李泰俊, 張赫宙, 『東京大學校中國語中國文學研究室紀要』 第7号, 2004. 4. 15.

방향에 대해서는 기존의 연구자들과 견해를 달리한다.

만보산사건 이후 만주사변, '만주국' 성립, 중일 전쟁 발발을 겪은 1939년의 조선의 독자는 일본군이 만주에 평화를 가져다 주었다는 일본 당국의 공식 견해를 받아들이든 그렇게 하지 않든 간에, '만보산 지역 사건'이라고 했을 때 그것이 조선과 중국 농민 사이의 문제만은 아니었으며, 일본의 존재가 무언가 역할을 했다는 것을 다 알고 있는 상태이다. 그런 상황에서 '만보산 지역 사건'을 소재로 하면서 작가가 일본을 언급하지 않는다고 해서 독자들이 '만보산 지역 사건' 당시 일본이 그곳에 존재하지 않았다고 받아들일까, 그래서 그것이 독자를 호도하는 효과적인 '프로퍼간다'가 될 수 있을까? 작가 이태준이 그런 효과를 고려해서 썼을까? 오히려 일본 영사관과 경찰이 조선 농민을 도와주었고 만주에 평화와 안정을 가져다 주었다는 일본 측의 공식 견해를 작품상에 쓰고 싶지 않아서 그랬던 것이라고 보는 것이 당시의 실상에 다가가는 독법이 아니겠는가. 요컨대 일본의 음모와 모략을 폭로하고 싶은데 검열 때문에 못 쓰는 것[30] 정도가 아니라 일본이 만주의 조선 농민을 보호하고 평화를 가져다주는 존재라는 것[31]을 쓰고 싶지 않은데 검열 때문에 써야만 하는 시기였다는 것이다.

1939년의 검열 체제하에서 일본 경찰이나 군대 등 체제를 유지하는 무력에 대해 부정적으로 묘사한다는 것은 불가능한 일이었다. 이 점은 당시의 시국적인 것과는 별로 관계가 없었을 것 같은 박태원의 「소설가 구보 씨의 일일」조차 1934년 신문 연재 당시에는 가능했던 일본군에 대한 희화화가 1938년 단행본 출간 당시에는 검열에 의해 삭제된 사례로 방증할 수 있다.

---

30) 김호웅 교수는 이렇게 보았다.
31) 장혁주의 『개간』에는 이런 면모가 아주 잘 드러난다.

이미 중일전쟁을 일으키고 전시 체제로 들어간 일제의 검열당국은 일본 군인을 부정적으로 희화화하는 것을 금지했다.[32] 그러니 이 시기 일본 군대가 등장한다면 그들은 조선 농민을 보호하는 존재로서 찬양받아야 한다. 이 판국에 그들을 비판적으로 그리는 것이 어떻게 가능할 수 있을까? 이 대목에서 일제 말기 '만보산 지역 사건'을 소재로 한 장혁주의 『개간』을 비교해 보면 이 점은 더 명확해진다.

『개간』은 무능한 중국 군벌과 욕심 많은 중국인 지주를 한편으로 하고 일본 영사관과 조선 농민을 또 다른 한편으로 해서 중국인의 공격에 맞서는 조선 농민의 용기와 영사관 경찰의 헌신적인 노력을 그린 것이다. 이 소설에서 중국 정부와 순경은 난폭하고 어리석은 반면, 장춘 주재 일본 영사와 영사 경찰은 조선 농민을 보호하기 위해 헌신적으로 노력한다. 다음은 중국 경찰과 일본 경찰의 대화이다.

중 : 뭐 하러 왔소?

일 : 농민들을 보호하러 왔소.

중 : 우리 쪽은 퇴거를 명령했소.

일 : 자네들에게는 퇴거 명령을 내릴 권한이 없네.

중 : 그렇지만 자네들에게도 없지 않나?

일 : 정부 쪽에서 지금 절충 중이다. 해결이 될 때까지 우리 국민을 보호할 권리가 있다.

중 : 다른 나라 영토에 무기를 들고 들어올 권리는 없다. 여기는 치외법권 구역 바깥이다.

일 : 그래서 호신용 권총만 갖고 있다.

중 : 거기에 숨기고 있는 것은 기관총이 아닌가?

일 : 이것은 자네들이 부수고 간 기둥이다. 그렇게 기관총이 보고 싶

---

32) 이상경, 「『조선출판경찰월보』에 나타난 문학작품 검열 양상」, 『근대문학연구』 17, 2008.

다면 언제든지 꺼내 보여주겠다.
라고 말하면서 하하하 소리를 내어 웃었다.[33]

이런 일본 측의 보호에 대해『개간』속의 조선 농민들은 너무나 감사하고 있다.

그들의 눈동자는 이 세 사람의 잔류 경관에게 감사하는 마음으로 눈물을 머금고 있었다. 그리고 나카가와들을 선착장까지 전송하고 다시 제방 위로 돌아왔다. (…중략…) "이제 우리들은 혼자가 아니야. 우리들을 나라가 보호해 주고 있어. 용수로 공사도 계속하고 개간도 하자구."[34]

작가인 장혁주 자신이 일본 영사관과 군대에 대한 감사의 마음을 직접 토로한 것도 있다.

청산 : 그들이 고난을 이기고 나오는 데 당국 측의 협력에 대한 감격 같은 것이 없던가요?
장 : 있었습니다. 사건 당시에 총독부 출장소와 군 측의 절대 보호를 입은 데 대한 것은 말할 바도 없고 그 뒤 부락을 재흥시키는 데 있어 만인 지주가 좀처럼해서 토지를 빌려주지 않는 것은 당국 측의 지극한 협력으로 주선되었다는 사실이라든가 또 부락에 들어온 마적 때문에 궁지에 빠져든 것을 군 때문에 구원된 사실 같은 데 대한 눈물겨운 삽화가 많습니다.[35]

---

33) 장혁주,『開墾』, 東京 : 中央公論社, 1943, 250면. 원문은 日文, 번역은 인용자, 이하 같음. 인용자가 논지 전개의 편의상 대화의 발화자를 '중', '일'로 표시했다.
34) 장혁주,『개간』, 266~267면.
35) 좌담,「개척지의 과제」,『매일신보』, 1942. 6. 24~27.

이처럼 '만보산 지역 사건'에서 일본 영사나 경찰 등 일본 측을 등장시킨다면 그것은 조선 농민을 도와주고 보호하는 존재로 등장시킬 수밖에 없는 것이다. 이 점에서 1931년의 이토 에이노스케가 보고 쓴 것 ― 일본 측이 조선 농민을 보호하지 않고 방치했다고 하는 것 ― 을 1939년의 이태준이 쓰지 못했다고 비난하는 것36)은 작품의 역사적 맥락을 도외시한 '오독'이다.

6. '만주국'의 과거와 미래에 대한 상반된 시선

「농군」 첫머리에는 "이 소설의 배경 만주는 그 전 장작림 정권 시대임을 말해 둔다."는 서언이 있다. 이에 대해 소설을 쓰는 1939년의 시점에서 '만주국'은 평화롭다는 것을 강조하기 위한 것, 즉 식민지 시대 만주라는 공간은 피식민지인으로서의 조선인이 제국의 '일등국민'으로 도약할 수 있는 현실을 제공하는, 또는 그런 현실을 꿈꾸게 하는 공간이라는 것, 요컨대 이태준이 '만주 유토피아니즘'에 젖어 '선정과 평화의 현재=만주국'을 프로파간다하기 위해 「농군」을 썼다고 해석하기도 한다.37)

사실 「농군」 한 작품만을 놓고 보면 그런 어려운 처지에 대한 묘사가 그 자체 조선 농민의 궁핍을 증언하는 것인지, 아니면 만주개척을 통해 얻을 밝은 미래를 더 극적으로 드러내는 장치인지를 판단하기 어려울 수도 있다. 그러니 유사한 시공간을 가지고 있는 다른 작품과 비

---

36) 김철, 「몰락하는 신생―'만주'의 꿈과 「농군」의 오독」, 『해방전후사의 재인식』 1, 책세상, 2006. 2
37) 김철, 위의 책, 485면.

교해서 그 의미를 따져보는 것이 필요하다.

일제 말기의 소설 중 소설에서 그리는 내용이 '만주국' 수립 이전이라고 굳이 밝히는 경우는 더 있다. 그런데 그런 소설들은 대부분 '만주국' 수립 이전에는 중국 농민뿐만 아니라 중국의 정부와 마적, 그리고 '공비'에 의해서 조선 농민이 고통을 받았다는 것을 중요하게 다루고 있다.

예를 들면, 안수길의 「벼」는 "만주 건국 2년 전 여름이었다."로 시작한 뒤 1920년 무렵 만주로 이주해 와서 논을 개간하면서 중국 농민에게 받은 박해와 1929년의 시점에서 중국정부의 배일 정책에 의해 조선인들이 학교를 지으면서 박해를 받아야 했던 이야기를 쓰고 있다. 특히 주인공 격인 찬수가 매봉둔 마을에 학교를 지으려고 하면서 받는 고통은 중국 정부와 중국 군대에 의한 것이다.

마츠야마 마코토(松山 實)의 소설 「한등(寒燈)」(『춘추』, 1943. 4)에는 "이 작품은 건국 전후 간도 농촌에 생긴 어느 개척실화의 일절이라는 것을 미리 말하여 둔다."라고 밝히고 비적에게 당한 피해와 그들에게 복수했을 때의 통쾌함을 거의 엽기적인 수준에서 그리고 있다. 비적을 '한 마리, 두 마리'라는 식으로 세면서 끓는 물(백열탕)로 그들을 물리쳤으며 '만주국'이 성립되었을 때 "고려촌은 병화를 맞은 이전보다 못지지 않게 복구되어 갔었다. 왕도의 자광 밑에 봄은 찾아왔다."라고 쓰고 있는 것이다.

장혁주의 『개간』의 경우는 '만주국 건국' 이전의 조선 농민들은 공비와 공비토벌의 명분을 내건 중국 군대 양측으로부터 목숨과 삶의 터전을 빼앗긴다. 일찍이 수전을 개척해서 정착했던 조선 농민들은 1930년 '공비'를 피해서 장춘으로 피난을 왔고, 바로 그들이 만보산 지역의 수전 개척에 나섰다가 중국 군대와 그들에게 조종되는 중국 '폭민'들에게 방해를 받는 것으로 되어 있다. 그러고 난 다음 장혁주는 「후기」 에서 조선 농민들의 고통은 '만주국 건국 이전'이라고 분명하게 쓰고 있다.[38]

이런 작품들과 비교하면 「농군」에는 중국 농민들과의 갈등만이 부각 되어 있고 중국 정부나 군대, 그리고 마적이나 '공비'는 아주 희미하게 되어 있다. 또한 『개간』에서 만보산 지역에 조선 농민이 들어가게 되는 계기가 된 사건으로 지목된 1930년의 '간도 사건'과 '공비토벌'을 명분 으로 하는 중국 관헌의 조선 농민에 대한 박해 같은 것은 「농군」에는 아예 언급되어 있지 않다. 중국 농민과 조선 농민 사이의 각자의 농법 과 생활 방식이 달라서 그렇게 된 것이라고 하는 점만 두드러지게 부각 되어 있는 것이다. 그리고 이렇게 중국 정부나 군대가 희미해지면서 이 들에 맞서 조선 농민을 보호하는 존재인 일본 측은 아예 등장하지 않게 되었다. 일본군이 간도로 출병하면서 내건 중요한 구실이 비적을 소탕 하고 치안을 확보한다는 것이었다. 바로 이 지점에 이태준이 「농군」에 서 '말하고 싶지 않은 것'이 있었다.

또한 '만주국'의 과거를 그린다고 하는 것은 밝은 현재와 대비하여 어두운 과거를 놓을 때 밝은 현재를 선전하는 것이 될 수 있다. 1939년 이면 조선 농민의 만주 이주에 대해 정책 당국은 이주, 이민에서 '개척' 이라는 말로 용어를 바꾼다. 이는 그 이전까지 일본 농민을 조선에 이 주시키면서, 조선 농민은 만주로 밀어내는 이주의 형식에서 일본과 조 선의 농민을 동등하게 만주의 '개척'민으로 대우한다는 것이다. 그러면

---

38) "이 소설은 다음 3단계로 나누어져 있다. 장학량 군벌이 항일 정책이라는 명목으 로 우리 이주농민에게 가한 부당한 처우, 새로운 개간지에서 일어난, 나중에 '만 보산사건'으로 알려진 충돌사건, 그리고 만주가 건국된 이후의 밝은 건설 모습을 그리고 있다."

서 '만주개척문학'을 쓰도록 작가에게 요구하였다. 이주와 개척의 거리
는 '만주국'을 바라보는 시선과 긴밀히 연관되어 있다. 그리고 '개척'이
라고 했을 때 그곳은 새로운 삶을 열 수 있는 희망의 땅이 되는 것이다.
장혁주의 『개간』에는 1931년 이전에 만주로 이주하게 된 조선 농민이
그것을 매우 희망에 찬 것으로 묘사하는 다음과 같은 대목이 자주 등장
한다.

> "아주 아주 먼 곳이라고 하는데, 앞으로 평생 못 만날지도 모른다고
> 모두들 말하지만 그래도 같은 육지니까 걱정할 정도는 아니라고 생각
> 한다. 어쩌면 이 목도리가 다 닳을 때면 너희들도 성공을 해 있을 테
> 고 그때 뜻밖에 즐거운 재회를 할 수 있을지도 모르겠구나."[39]

그런가 하면 만보산 지역에서 수전을 개간하여 정착하는 과정은 고
생스럽지만 '나라'의 보호를 받을 수 있어 마음이 편한 것이고, 드디어
'빛나는 세상'이 도래했음을 희망차게 이야기한다.

> 만보산 개척민에게 이 3년간(1931년 여름~1934년 3월 10일)은 철책
> 길의 연속이었다. 그러나 그것은 이미 그 이전에 그들이 받은 습격과
> 는 다른 종류의 재난이었다. 그들이 말하듯 바위에 깔린 듯한 우울한
> 기분은 이제 완전히 사라졌다. 창오가 밝다고 이야기한 것은 이 일을
> 예언한 것 같다. 이 정도로 세상이 변하리라고 그 누가 예상을 했겠는
> 가. 그들이 만보산의 용수로에서 흘린 피가 귀하게도 오늘의 이 빛나
> 는 세상을 불러 온 것이다. 그들은 해방되어서 구름 한 점 없는 맑은
> 하늘 아래로 나아갔다. "그때를 생각하면 마치 꿈같아"라고 창오는 술
> 회했다.
> "정말로 그래. 마치 꿈에 눌린 듯한 느낌이군"하고 삼성이 응했다.

---

39) 장혁주, 『개간』, 10면.

사변을 하나의 경계선으로 그 앞과 뒤는 확실히 밤과 낮 같은 것이었다.
"그때는 암흑시대였지"
"그때의 암흑시대는 영원히 사라졌어"
개간민의 표정은 날마다 변해 갔다. 밝고 생생하며 활기에 가득 차 있었다.[40]

안수길의 「벼」에서도 만주는 그렇게 고난으로 가득 찬 땅만은 아니다. 찬수는 만주로 올 때 조선에서의 생활을 청산하고 새로운 생활을 기대했다.

일시적 실수라고 할까, 이러한 과거에 대한 완전한 결별을 꾀하면서도 달리 넘어디딜 새로운 생활을 찾지 못하고 마치 흐리터분한 날 고래가 메인 온돌에 불을 땔 때 방굽에서와 부엌에서 내는 연기 속에 앉아 있는 거와 같은 질식할 상태에 한 가닥의 신선한 공기, 그것은 찬수한테 절실히 필요한 것이었다. (…중략…) 만주 — 하늘부터 툭 틔었을 만주, 땅은 물론 공기마저 환할 만주, 그곳에 10년간 이룩하여 놓은 제2 응봉리, 아버지와 어머니와 형수며 부형 친구 동생들이 생활하고 있는 곳, 그곳에 가서 맘대로 뛰놀고 맘대로 부르짖고 부조와 형제들과 함께 먹고 일하자, 그들이 호미로 파서 쌓아놓았다면 나는 그들의 2세를 가르치고 키워서 그들의 생활을 굳건히 해주고 빛나게 해주자.[41]

또한 소설 마지막은 "나까모도에게 갔던 사람들은 그때까지 오지 않았다. 그러나 곧 오고야 말 것이다. 총은 하늘을 향하여 놓은 것이었다. 사람은 하나도 상하지 않았다."라고 하여 일본 측의 보호를 기대하고

---

40) 장혁주, 『개간』.
41) 연변대학교 조선문학 연구소 편, 『안수길』, 보고사, 2006, 296~297면.

있다.

　이런『개간』이나 「벼」와 비교해서 「농군」의 묘사는 희망이라고 부르기에는 전체적으로 우울하고 어둡다.[42] 이 소설에서 가장 희망에 차야 하는 소설의 결말, 수로에 처음 물이 흐르는 순간조차도 노인이 죽는 것과 물이 번져나가는 벌판을 제시하는 것으로 끝난다.

　　창권은 가슴이 쩍 갈라지는 것 같았다. 차라리 가슴 복판에 총알이 와 콱 박혔으면 시원하겠다. 노인의 시체를 두 팔로 쳐들고 둔덕으로 뛰어올랐다. (…중략…) 어머니와 아내에게 부축이 되며 주먹을 허공에 내저으며 뭐라고인지 자기도 모를 소리를 악을 써 질렀다. 위쪽에서 악들을 쓰며 달려 내려온다.
　　물은 도랑 언저리를 철버덩 철버덩 떨궈 휩쓸면서 열두 넓이가 뿌듯하게 내리쏠린다. 논자리마다 넘실넘실 넘친다. 아침 햇살과 함께 물은 끝없는 벌판을 번져 나간다.

　여기서 '뿌듯하게'는 '집어넣거나 채우는 것이 한도보다 조금 더하여 불룩하다.'는 뜻으로 물이 도랑 가득 흘러 내려오는 모습을 그린 것이지, 창권이의 가슴이 기쁨으로 벅차오른다든지 하는 것은 아니다. 가뭄 때의 물싸움과 같은 이미지로 제시될 뿐 그 이후의 수확이나 풍요 등 행복한 미래를 상상하게 하는 요소는 완전히 배제되어 있다. 그리고 조선 농민에 사상자가 났다는 식으로 그 비극성, 어두움을 더 극적으로 강조한 것이다.

---

42) 유숙자, 「만주 조선인 이민의 한 풍경」, 『재일본 재만주 친일문학의 논리』(역락, 2004)에서는 「농군」 이후의 「밤길」을 예로 들며 이태준의 「농군」 전후의 작품 전체가 가지고 있는 절망과 애수의 분위기 속에 「농군」도 놓여 있다고 했다.

7. 맺음말

이상의 논의로부터 일제 말기의 작품을 평가할 때는 작가가 어떤 상황에서 무엇을 말하라고 요구받았는지, 절필을 결심하지 않는 이상, 그 중에서 말하고 싶지 않은 어떤 것을 피해가면서 어렵게 작품을 썼는지에 대한 매우 구체적인 고찰이 필요함을 알 수 있었다. 이태준의 「농군」의 경우, 만보산 지역 사건을 소설화하면서 일본을 등장시키지 않는다든지, 사실을 왜곡하면서 결말을 좀 더 극적으로 허구화시킨 것은 당시의 검열(말하라고 시키는 것) 아래에서 말하고 싶지 않은 것을 말하지 않은 결과임을 알 수 있었다. 이는 말하라고 시키는 것에 충실하고 그것을 자신의 것으로 내면화했던 장혁주의 『개간』과 비교함으로써 훨씬 더 분명해질 수 있었다.

「농군」에서 '만보산 지역 사건'의 실상과는 다르게 일본 경찰의 역할을 빼고 조선 농민과 중국 농민의 갈등으로만 해서 중국 군대의 총에 조선 농민 사상자가 생겼다고 허구화시킨 것은 이태준이 '말하고 싶지 않은 것'을 말하지 않기 위해 구사한 방법이었다. 만보산 지역으로 대표되는 만주에서 일본 경찰과 군대가 중국 군벌과 마적으로부터 조선 농민을 지켜준다고 하는 말을 『개간』은 적극적으로 하고 있는 반면, 「농군」은 그런 문제에 대해서는 아예 입을 다물어 버리는 방식으로 일본의 존재에 대해서는 침묵했다. 그리고 수전 개간에 성공한 후 열릴 '만주국' 치하의 밝은 미래에 대해서도 침묵함으로써 만주에서 조선 농민의 고난을 좀 더 포괄적이고 극적으로 드러내었다.

참고문헌

김재용, 「일제 말 한국인의 만주 인식」, 민족문학연구소 편, 『일제 말기 문인들의 만주체험』, 역락, 2007.

김재용, 「친일문학의 성격 규명을 위한 시론」, 『실천문학』, 2002년 봄호.

김　철, 「몰락하는 신생―'만주'의 꿈과 「농군」의 오독」, 『해방전후사의 재인식』 1, 책세상, 2006.

김학동, 「장혁주의 『개간』과 만보산 사건」, 충남대 인문과학연구소, 『인문학연구』 34-2, 2007.

김학동, 『장혁주의 일본어 작품과 민족』, 국학자료원, 2008.

김호웅, 「「만보산 사건을 다룬 동아시아 3국 소설 비교」, 제5회 식민주의와 문학 학술회의 자료집, 『'만주국'과 동아시아문학』, 2009. 9. 26.

박선영 역, 『중일문제의 진상』, 동북아연구재단, 2009.

박영석, 『만보산 사건 연구』, 아세아문화사, 1985.

오오무라 마쓰오, 「이토 에이노스케의 『만보산』과 장혁주의 『개간』」, 제5회 식민주의와 문학 학술회의 자료집, 『'만주국'과 동아시아문학』, 2009. 9. 26.

유숙자, 「만주 조선인 이민의 한 풍경」, 『재일본 재만주 친일문학의 논리』, 역락, 2004.

이상경, 「『조선출판경찰월보』에 나타난 문학작품 검열 양상」, 『근대문학연구』 17, 2008.

이상경, 「만보산 사건과 배화 사건에 대한 한국지식인의 반응―배화 사건을 중심으로」, 제5회 식민주의와 문학 학술회의 자료집, 『'만주국'과 동아시아문학』, 2009. 9. 26.

이옥련, 『인천 화교사회의 형성과 전개』, 인천문화재단, 2008.

임성모, 「중일전쟁 전야 '만주국' 조선 관계사의 소묘―'일만일체'와 '선만일여'의 갈등」, 『역사학보』 202, 2009. 3.

임종국, 『한국문학의 사회사』, 정음사, 1974.

장영우, 「「농군」과 만보산 사건」, 『현대소설연구』 31, 2006.

정혜영, 「1930년대 소설에 나타난 만주―「붉은 산」과 만보산 사건의 수용」, 『어문논총』 34, 2000.

菊池一隆(키쿠지 하지메), 「萬寶山・朝鮮事件の實態と構造」, 『愛知學院大學 人間文化研究所紀要』 22, 2007.

任秀彬, 「'滿洲' 万宝山事件(1931年) 中國 日本 韓國文學－李輝英, 伊藤永之介, 李泰俊, 張赫宙」, 『東京大學校中國語中國文學硏究室紀要』 第7号, 2004. 4. 15.

키시 요코, 「『백란의 노래』 번역으로부터 『교민』까지」, 『제국주의와 민족주의를 넘어서』, 역락, 2009.

白川豊(시라카와 유타카), 「張赫宙 作 『開墾』(解說)」, 『開墾－日本植民地文學精選集(朝鮮編) 3』, ゆまに書房 2001.

張赫宙의 『開墾』과 萬寶山사건

김학동

1. 머리말

1932년에 「餓鬼道」를 일본의 문예잡지 『改造』에 투고하여 입선한 이후 주목을 받기 시작한 장혁주(張赫宙, 1905~1997)는 일본의 문단에서 본격적인 활동을 시작한 최초의 조선인이라 할 수 있다.

장혁주의 초기의 작품에서는 「餓鬼道」와 같이 프로문학적인 경향을 담고 식민지 민중의 참상을 투쟁적인 시각에서 고발하거나, 「산신령(山靈)」처럼 식민지 경제구조의 모순에서 비롯된 하층 민중의 지난한 삶을 그려냄으로써 일제에 저항하려 했던 흔적을 발견할 수 있다.

그러나 1937년 일제에 의한 중국침략 이후의 작품들은 "시류에 교묘히 편승하여 일본문단에서의 입신출세를 지속하려던 장혁주는 마침내 일본제국주의 침략전쟁 수행에 직접 개입할 정도로 타락했던 것이다"[1)]

---

1) 任展慧, 『日本における朝鮮人の文學の歷史—1945年まで—』, 法政大學出版局, 1994, 202면.

라는 비판적인 평가를 받기에 이른다. 이 시기의 대표적인 작품집으로는 『이와모토 지원병(岩本志願兵)』(興亞文化出版, 1944. 1)이 있는데, 조선의 청년들을 황군에 입대시키기 위한 선전을 목적으로 집필된 작품을 주로 수록하고 있다. 그리고 만주로 이주한 조선 농민과 현지 토착민 사이의 충돌로 빚어진 '萬寶山사건'을 다룬 『開墾』은 일제의 만주지배를 정당화하여 대동아 공영의 합리화를 도모한 작품이라 하겠다.

그런데 시라카와 유타카(白川 豊) 같은 연구자는 『開墾』이야말로 "'흉폭한 만주인'에 맞선다는 일방적인 이야기로 끝맺는"2) 김동인의 「붉은 산」이나 이태준의 「農軍」과는 달리 "중립적 시점에 토대를 두고 다면적인 묘사와 구성력을 갖추고 있다는 점에서 수작이라 할 수 있다"3)며 높이 평가한다. 이와 같은 시라카와의 시각은 임진왜란 당시 선봉에 섰던 고니시 유키나가(小西行長)를 인간적인 장수로 그려내 침략전쟁의 미화를 시도한 장혁주의 작품 『和戰 어느 쪽도 不辭하다(和戰何れも辭せず)』에 대한 평가4)와 맥락을 같이 한다 하겠다.

본고에서는 萬寶山사건을 다룬 『開墾』의 고찰을 통하여 일제의 대륙침략에 부응하고자 노력한 작가적 입장을 조명하고자 한다. 이는 『開墾』에 대한 본격적인 작품론이 없었다는 점에 집필의 주된 동기가 있다고 할 수 있으나, 작품의 본질을 희석시킬 우려가 있는 일부 연구자의 견해에 대한 비판도 병행하고자 한다.

---

2) 白川豊, 「張赫宙・作「開墾」について(解說)」, 『開墾─日本植民地文學精選集(朝鮮編)3』, ゆまに書房 解說, 2000, 3면.
3) 주(2), 「張赫宙・作「開墾」について(解說)」, 5면.
4) 白川豊, 「張赫宙『和戰何れも辭せず』について(解說)」, 『和戰何れも辭せず─日本植民地文學精選集(朝鮮編) 11』, ゆまに書房, 2001 ; "(朝日간의)중립적인 시각"에서 그려냈다며 높이 평가한다.

2. 萬寶山사건의 개요

장혁주의 『開墾』은 1943년 4월에 中央公論社를 통해 출간되었는데, 작품의 副題로「萬寶山部落建設記」를 덧붙이고 있는 것으로 보아 萬寶山사건을 겪으면서 건설된 조선이주민 부락을 그려내고 있음을 알 수 있다. 또한 작품 후기에 萬寶山부락과 개척지 시찰에 편의를 제공해준 조선총독부와 新京의 일본대사관에 감사드린다는 말5)을 쓰고 있어서, 일본제국주의의 대륙침략정책에 부응하기 위한 작품이라는 것은 이미 증명되고 있다 하겠다.

작품의 집필 목적이 이와 같은 것이었다면 이의 실현을 위해 실재했던 萬寶山사건을 보다 시국영합적인 내용으로 각색했을 것이라는 것도 짐작하기 어렵지 않다. 본 장에서는 『開墾』에 엿보이는 시국영합적인 내용의 확인에 앞서 萬寶山사건 연구자인 박영석의 『萬寶山事件硏究』6)를 토대로 사건의 개략을 정리해보고자 한다.

萬寶山사건은 중국 동북지방인 吉林省 長春縣鄉의 萬寶山 인근에 이주한 조선 농민과 토착 중국 농민 사이에 일어난 충돌을 말하는데, 이후의 왜곡된 언론 보도로 인해 조선 거주 중국인들에 대한 조선인의 습격이 각지에서 발생하여 처참한 유혈사태로 발전되었다는 데 문제의 핵심이 있다 하겠다.

사건은 長春에 거주하는 중국인 郝永德이 일본 측과 몰래 결탁하여 개인적으로 長春稻田公司를 설립한 뒤, 1931년 4월 16일 伊通河 동쪽 三姓堡 官荒屯 일대를 蕭翰林 등 12戶와 10년 기간으로 계약을 체결하면서 시작된다. 이들이 작성한 계약서 제13항에는 縣政府의 허가 없이

---

5) 張赫宙, 『開墾』, 中央公論社, 1943, 347면.
6) 朴永錫, 『萬寶山事件硏究』, 亞細亞文化社, 1978.

재차 임대하는 것은 무효라는 규정7)이 있는데도 불구하고 郝永德은 이 땅에 다시 조선인 李昇薰 등 9인과 계약을 맺고8) 이주 조선 농민 188명을 불러들였다. 조선 이주민들은 도착하자마자 伊通河의 물을 끌어들이기 위해 수로를 파기 시작했는데, 수로가 지나는 농토의 중국인 지주 41명과 정식계약을 체결하지 않고 작업에 착수한 것이 문제가 되었다. 곧 토착농민의 항의가 일기 시작했고 이들의 탄원에 의해 중국 경찰이 조선 이주민에게 현지를 떠날 것을 여러 차례 통고하였으나 이에 응하지 않았다.

1931년 5월 20일 41戸의 지주와 토착주민 213명이 長春縣政府에 청원하자 縣政府는 魯綺 공안국장으로 하여금 조선 농민을 쫓아내도록 명령을 내렸음에도 이를 실행하지 못하자, 상부 관청인 市政籌備處 處長 周玉柄은 魯綺 국장에게 조선 농민을 모두 체포하라는 명령을 내린다. 그러나 일본영사관 경찰관인 나카가와 요시누마(中川義沼)와 囑託 다카하시(高橋) 등이 현장에서 조선 농민을 보호하고 있었으므로 체포할 수 없었다. 이후 長春市政籌備處와 長春일본총영사관 사이에 서로의 입장을 옹호하는 공문이 여러 차례 오가더니, 양측은 사건에 대한 공동조사에 합의한다.

공동조사의 결론에 있어서도 양측은 큰 이견을 보였다. 정식 허가를 받지 않은 조선 농민의 개간은 불법이며 수로로 인해 중국인의 주변 농지에 큰 수해가 예상될 뿐만 아니라 통행 문제도 발생된다는 長春市政籌備處 측의 주장과, 개간에 필요한 수로 공사에 계약상의 큰 하자는 없으며 장차 농지의 가격이 상승하는 등 토착 주민들에게도 이익이 될

---

7) 주(6), 『萬寶山事件研究』, 84면 ; 「地主蕭翰林張鴻賓等十二人與郝永德所訂租地契約」 十三, 此契於縣政府批准日, 發生效力 ; 如縣政府不准, 仍作無效.
8) 주(6), 『萬寶山事件研究』, 84, 85면 ; 「郝永德與鮮人李昇薰等九人所訂轉租契約」

것이라는 일본영사관 측의 주장이 팽팽히 맞섰다. 이러한 와중에서도 이주 조선 농민들은 장춘일본영사관 경찰의 보호 아래 수로 공사를 계속하였다. 萬寶山사건이 발생하기 며칠 전인 1931년 6월 26일에는 조선 농민 수명이 중국 경찰에 체포된 것과 수로 18尺이 파괴된 것에 대하여 장춘일본영사관이 長春市政籌備處에 항의하였다.

사건 전날인 7월 1일 중국 측 농민 3·4백 명이 제방을 파괴하여 토지를 원상 복귀시키려 하였다. 그러나 조선 농민을 보호하기 위해 주둔하고 있던 일본 경찰이 사격을 가하자 일단 철수했다. 중국 측에서도 경찰 7명이 현장에 나와 중국 농민을 대피시킨 뒤 귀가시켰다.

사건 당일인 7월 2일 새벽 중국 농민이 다시 모여들어 수로를 매몰하려 하자 50명으로 증강된 일본 경찰은 무장시위를 벌이는 한편, 현장을 지휘하던 나카가와 警部는 비둘기를 날려 병력의 증원을 요청하였다. 이렇게 긴박했던 상황이 소강상태로 돌아서자 조선 농민들은 일본 경찰의 비호아래 수로 공사를 계속 진행하였으며 심각한 물리적 충돌이나 사상자가 발생하지는 않았다.

그런데 이 사건이 크게 취급된 것은 장춘일본영사관이 중국동북지방의 침략을 위한 구실로 이용하려 했기 때문이다. 장춘일본영사관은 조선·동아일보 등을 통해 중국동북지방에서 중국인에 의해 조선 농민들이 막대한 피해를 입고 있으며 사태가 심각하게 진행되고 있다는 허위 과장 보도를 유도함으로써, 조선에 거주하던 중국인들이 조선인의 습격을 받아 많은 인명이 살상되는 참극을 불러일으키게 된다.

이와 같은 사건의 전개에 대하여 박영석은 "朝鮮에서의 中國人排斥事件이 다시 中國人을 刺戟하여 在滿韓人에 대한 中國人의 逆報復이 있기를 기대하고 그러한 경우 在滿韓人保護를 빙자하여 中國東北地方 侵略을 적극화할 것을 획책하였다"9)라는 결론을 내리고 있다. 이러한 결론은 萬寶山사건이 처음부터 장춘일본영사관의 계획과 방조에 의해 이루어졌으며, 조선거주 중국인의 탄압으로 이어질 것이라는 예상을 하고 신문에 왜곡된 정보를 흘렸다는 인식에 바탕을 두고 있다 하겠다. 그러나 김철이 萬寶山사건을 다룬 이태준의 「農軍」을 논한 「몰락하는 신생 ― '만주'의 꿈과 「농군」의 오독」에서 "국내 유일의 연구서인 박영석의 『만보산 사건 연구』가 이 사건을 철저하게 일제의 음모론으로 규정하는 것에는 의문이 많다"[10]는 지적을 하고 있는데, 본고에서 정리한 萬寶山사건의 개요 역시 박영석의 연구를 토대로 하고 있는 만큼 장춘일본영사관의 계획된 각본대로 진행되었다는 인상을 풍기고 있는 것이 사실이다.

그렇다 하더라도 장춘일본영사관이 만주 이주 조선 농민을 보호하겠다는 자세를 끝까지 버리지 않고 계속적인 개간 작업을 유도한 것은 박영석의 주장대로 일제의 대륙침략에 대한 야욕이 숨어 있었음을 부정하기 어렵다 하겠다. 또한 그 원인이 어디에 있든 이국땅에서 정착할 곳을 찾지 못한 채 배회하던 조선 농민의 입장에서는 당장의 삶을 위한 농토를 확보할 있다는 사실이야 말로 참으로 고마운 일이 아닐 수 없었을 것이며, 그들로 하여금 일제의 만주지배를 적극 지지하는 태도를 취하게 만들었을 것이다. 따라서 『開墾』은 자연스럽게 일제의 만주경영을 합리화하여 내선일체와 황국신민화의 당위성을 확보할 수 있었던 것으로 보인다.

---

9) 주(6), 『萬寶山事件硏究』, 218면.
10) 김철, 「몰락하는 신생 ― '만주'의 꿈과 「농군」의 오독」, 『해방 전후사의 재인식 1』, 책세상, 2006, 490면, 주(17).

3. 萬寶山사건의 국책적 형상화로서의 『開墾』

『開墾』은 총11장으로 구성되어 있는데, 제1~3장은 在滿조선이주민의 고난의 역사를 다룬 도입부분, 제4~9장은 장춘일본영사관의 보호를 받는 조선 농민과 중국의 토착주민을 이끌고 나온 공안국원들 간의 투쟁을 그린 전개부분, 제10~11장은 만주사변으로 萬寶山사건이 훌륭한 결실을 맺는다는 결말부분으로 나눌 수 있다. 그러므로 작품론을 전개하는 데 있어서도 편의상 도입, 전개, 결말의 세 부분으로 나누어 고찰하고자 한다.

1) 在滿조선이주민의 고난의 역사(제1~3장)

『開墾』의 도입부는 1931년 7월 2일의 萬寶山사건을 계기로 같은 해 9월 18일 발생한 만주사변 이전의 파란만장한 조선인 이주민의 역사를 형상화하고 있다. 이는 만주사변 이후의 조선 이주민의 생활이 얼마나 윤택해졌는가를 그려내기 위한 사전 작업이라 할 수 있다.

그런데 역사적으로 볼 때, 일제와 중국이 1925년 체결한 雙方商定取締韓人辨法綱要 이후에는 중국 관헌의 노골적인 在滿조선인에 대한 압박과 구축이 심해졌다. 그 이유는 중국 측의 대 조선인 정책이 排日운동의 일환으로 수행되었기 때문인데, 조선인을 일제의 주구로 단정하고, 조선이주민이 많은 곳에는 일본의 영사관 혹은 일본 경찰이 조선인을 보호한다는 구실로 상주하며 중국의 주권을 침해한다[11]는 인식에 토대를 두고 있었다. 이러한 만주 이주 조선인에 대한 중국 측의 박해

---

11) 주(6), 『萬寶山事件研究』, 20면.

는 1927년을 넘어서면서 극에 달했으며, 결국 1931년의 萬寶山사건이라는 상징적인 결과를 낳게 된다. 『開墾』에서는 永俊을 비롯한 여러 등장인물로 하여금 "나는 피난하지 않겠네. 안 가고말고. 이제 다른 땅으로 가는 건 질색이네. 낯선 타향에 정처 없이 경작지를 찾아 헤매는 것은 이제 지긋지긋해"12)와 같은 말을 되 뇌이게 하거나, 다음과 같은 회상의 장면을 삽입함으로써 이주 개척민으로서의 고통을 묘사하고 있다.

> 좀 생각해 보게. 노령 기슭에서 신개령, 그리고 이곳까지 흘러들었을 때를 말이야. 나는 그때 겨우 스물을 막 넘겼었는데, 모친을 모시고 갓 시집온 아내를 데리고서 말이야, 가는 곳마다 토착민들이 곤봉을 휘두르며 덤벼들지 않나, 수풀이 무성한 저습지를 개간하고 있노라면 관리라는 자들이 나타나 개간증을 내노라고 하질 않나.
>
> (まあ考えても見い。 老嶺の麓から新開嶺、それからここへ流れて來た時のことをよ。 俺はその時やつと二十になつたばかりだつた。 年寄りを抱へ、もらつたばかりの嫁をつれてな、ゆく先先、土着民は棍棒をふり廻して脅かすし、草ばかりの低地へ鍬を入れると、役人だといふ奴らが出て來て、拓墾證を出せといふしな。)13)

이렇게 질곡으로 가득한 고난 끝에 겨우 생활의 터전을 마련했다 하더라도 이를 노리고 덤벼드는 마적 떼가 있었으며, 또 자신들의 혁명기지로 삼으려는 공비(共匪)들의 집요한 협박에 의한 공작은 커다란 위협이 되었다. 공비들의 습격이 있을 것이라는 정보에 따라 또다시 삶의 보금자리를 옮겨가는 동포 이주민들과는 달리 자신이 죽을 곳은 이곳이라며

---

12) 주(5), 『開墾』, 7면(원문 인용 : 俺は避難しない。 しないともさ。 俺はよその土地へゆくのは眞平だ。 見ず知らずのよその土地へ、あてもなく耕地を探してゆくのはもう懲り懲りだよ。).

13) 주(5), 『開墾』, 7, 8면.

끝까지 남아 있던 永俊의 가족은 공비들에 의해 몰살당하고 만다.

　　마적 쪽은 그래도 손을 쓸 방도는 있었다. 세모가 그들의 두목을 만
나 소작미를 내겠다고 하자 그들은 방화나 부녀자 납치를 하지 않게
되었다. 그런데 공비 쪽은 끈질기게 마을을 맴돌았다. 즉 그들은 마을
의 소유물과 함께 정신까지도 완전히 그들의 것으로 만들어 놓으려 하
였다.
　　(馬賊の方はまた何とかうつ手はあつた。世謨が彼らの頭目に逢つ
て、年貢米を納めるといふ一件で、彼らは放火も婦女掠奪も一切しない
のであつた。が、共匪の方はしぶとく村に付纏つた。つまり彼らは村
の持物と同時に、精神までも完全に彼らのものにしないではおかなか
つたのだ。)14)

　　집요하게 파고드는 공비들의 공작에 순응하지 않던 마을의 젊은이
19명이 그들에게 납치되어 "동리에서 그다지 멀지않은 소나무 숲 속에
서 한사람씩 나무줄기에 묶인 채 모제르총의 세례를 받아"15) 살해당한
일도 있었다. 따라서 또다시 공비들이 들이닥칠 것이라는 정보에 永俊
만을 남기고 모두 피땀으로 이룬 개척지를 떠나 창춘으로 피난을 가게
되었다. 공비에 의한 피해는 비단 이주 조선인만이 아니라 일제에 있어
서도 제국주의 체제를 위협하고 만주지배를 가로막는 심각한 장애물이
었으므로, 일제의 관동군이 만주를 석권하여 이들의 위협으로부터 조선
이주민을 지켜내게 되었다는 작품의 결말은 일석이조의 자연스러운 형
태로 완성되어 간다.

---

14)　주(5), 『開墾』, 14면.
15)　주(5), 『開墾』, 15면. (원문인용 : 村からさう遠くない松林の中で、一人一人松の
　　木の幹に縛りつけられて、モーゼル銃の血の洗禮をうけ)

2) 萬寶山사건의 형상화(제4~9장)

공비의 습격을 피해 장춘에 모여든 피난민들은 일제의 어용단체인 거류민회에서 지내게 되는데, 이때부터 장춘일본총영사관의 다시로(田代) 영사의 역할이 조선이주민들의 운명에 절대적인 영향을 미친다. 처음에는 개간촌 귀환을 목표로 중국 측과 교섭을 벌이던 다시로 영사는 그것이 또다시 개척민들을 위험에 빠트릴 수 있다는 생각에 새로운 개간지를 물색하게 되는데, 그 대상으로 선정된 곳이 다름 아닌 萬寶山 지역 일대였다.

이후의 『開墾』에서 전개되는 萬寶山사건의 과정은 앞에서 정리한 '萬寶山사건의 개요'와 크게 다름이 없으며, 다시로 영사와 나카가와(中川) 경부 등은 실명 그대로 등장한다. 그러나 사건의 본질이라는 측면에서 고찰해 보면 박영석의 『萬寶山事件硏究』와는 상반된 입장에서 그려내고 있음을 알 수 있다. 즉 『萬寶山事件硏究』에서는 조선이주민을 끌어들인 중국인 郝永德이 장춘현으로부터 전조(轉租)의 허가를 얻지 못한 채 수로 공사를 진행시킨 것으로 되어 있으나, 『開墾』에서는 縣長의 남동생을 매수하는 등 우여곡절 끝에 허가를 득한 것으로 그려내고 있다.[16] 다만 郝永德이 지주 대표로 교섭해온 孫永淸과 맺었던 소작료에 대한 두 사람만의 비밀 약속[17]이 탄로 나는 바람에, 다른 지주들이 수로 공사를 거부하고 나선 것으로 설정하고 있다. 이와 같은 작품의 전개는 조선인 이주민과 소작에 관한 계약을 맺어 水田을 개간하겠다는 郝永德의 신청을 현청에서 받아들여 허가를 했으나, 중국인 지주들의

---

16) 주(5), 『開墾』, 221면.
17) 郝永德은 조선 이주민으로부터 1晌當 3石의 소작료를 받아 다른 지주들에게는 2石만 지불하고 남은 1石은 孫永淸에게 돌려주겠으니 지주들을 설득해달라는 비밀 약속을 했다.

내분으로 수로 공사를 방해받게 되었다는 내용으로 변질되는 결과를 초래하게 된다. 따라서 일본영사관과 그 지휘 아래 공사를 계속하는 조선 이주민들에게 정당성을 부여하게 된다. 그러나 국제연맹이 만주사변에 관해 작성한 리턴(Lytton)보고서에는 "郝永德은 長春縣長의 허가를 얻어야 本租地契約이 有效임에도 허가를 받지 않고 在滿韓農에게 轉租契約을 하였다"18)는 기록이 있으므로 작가의 의도적인 왜곡일 가능성이 매우 크다 하겠다.

또한 지주대표 孫永淸은 다른 지주들의 반대를 무마하기 위해 수로가 통하는 농지의 사용료를 소작료 이외에 별도로 징수하자는 제안을 하였으나 郝永德이 받아들이지 않자, "나도 이제 결심했습니다. 용수로를 원상 복귀시킬 것을 요구합시다. 그쪽에서 縣長의 위세를 믿고 그런다면, 이쪽에도 생각은 있소"19)라는 말로 대결의 자세를 드러낸다. 그리고는 해설의 형식으로 "그러나 이미 孫永淸은 연줄을 동원해 郝永德과 조선 농민의 불법행위를 날조한 문서를 만들어 魯공안국장에게 진정을 한 뒤였다"20)라는 내용을 삽입하고 있다. 이러한 전개는 『萬寶山事件硏究』에 전혀 언급되어 있지 않으므로 사실이라고 보기 어려운 면이 있으나, 萬寶山사건의 발단이 전적으로 중국의 관청 간의 대립과 지주들의 이기심에 있음을 강조함으로써 조선이주민과 일본영사관 측의

---

18) 「萬寶山事件及朝鮮ニ於ケル反支暴動」牧野武夫編 『リツトン報告書』(Lytton), 中央公論, 12号付錄, 日本東京中央公論社, 1932, 73~76면(재인용 : 朴永錫 『萬寶山事件硏究』, 亞細亞文化社, 1978, 89면).

19) 주(5), 『開墾』, 233면. (원문인용 : わしはもう決心しました。 あの用水路の方は元に返してもらふやう要求しよう。 先方が縣長の威光を笠に着るなら、 こつちにも考へはある)

20) 주(5), 『開墾』, 233면. (원문인용 : だが、孫はもう肚を決めてゐた。 自分の從弟で、魯公安局長と親交のある永明に、 郝永德と鮮農の不法行爲を捏造した文書を作らせた上、 魯に陳情した後だった。)

앞으로의 대응이 정당한 것으로 묘사하는 데 효과적으로 작용하고 있다 하겠다. 이러한 작가의 의도는 다시로 영사의 대사를 통해서도 드러난다.

　　다시로 영사는 3일 정도를 외교절충으로 보냈다. 일단은 도리를 다해서 상대의 불법행위를 깨우치려 노력했다. 현(縣)정부는 공안당국에 책임을 전가하고, 공안당국은 난폭하기 이를 데 없는 언동으로 교섭을 뿌리쳤다. (…중략…) (이것이 놈들의 상투적인 수단이다)라며 다시로 영사는 굳게 결심했다. (이렇게 되면 스스로를 지킬 수밖에 없다)
　　(田代領事は三日ばかりを外交折衝に過した。 一應は理を盡して、對手の不法行爲を悟らせようとした。 が、縣政府は公安局へ責任を轉嫁し、公安局では橫暴極まる言動で、交涉をはねのけた。 (中略) (これが奴らの常套手段だ)と、田代はすっかり肚を決めた。(こうならば自衛あるのみだ))[21]

　이상과 같은 묘사로 이치적인 면이나 외교적으로도 일본 측에는 하등의 잘못이 없고, 중국 측의 상식에 어긋나는 불법적인 행위로 사태가 악화되고 있음을 강조하고 있다 할 것이다.
　『開墾』은 계속해서 중국의 공안국장을 위시한 수많은 토착민들의 집요한 공격에 맞서는 조선 농민과 영사관경찰의 헌신적인 노력을 그려낸다. 조선이주민들이 한창 수로공사에 열을 올리고 있는 현장에 魯공안국장은 기병대 250여 명을 이끌고 들이닥치더니 3일간의 여유를 주겠으니 떠나라는 경고를 한다. 이때서야 조선 농민들은 영사관에 보호를 요청하기 위해 세 사람을 장춘으로 급히 보낸다. 장춘의 다시로 영사의 명을 받고 급히 도착한 것은 나카가와 경부와 6명의 영사관경찰

---

21) 주(5), 『開墾』, 255면.

에 불과하다. 조선 농민 측도 남녀노소 대부분이 장춘으로 피난을 떠나고 21명만이 현장에 남아 있었다. 그러므로 수적으로는 절대적인 열세에 놓여 있는 셈이다. 다시로 영사가 두 차례의 응원부대를 더 보내어 33명의 무장대원으로 늘어났지만 사건 당일인 7월 2일에는 무장한 폭민(暴民) 1000여 명을 상대하는 것으로 묘사된다. 사건 전날 밤에 다시로 영사는 기관총과 많은 탄약을 제3차 응원부대와 함께 보냈다고 되어 있으나 정확은 인원은 나타나 있지 않다.[22] 어찌되었든 일본영사관 경찰 측이 절대적인 수적 열세에도 불구하고 조선 농민의 보호를 위해 기꺼이 목숨을 버리겠다며 각오를 다지는 장면을 통해서 일제가 얼마나 실질적인 내선일체의 실현을 위해 주력하고 있는지를 묘사하는 데 효과적으로 작용한다.

그런데 이 사건의 전체적인 지휘를 맡고 있는 다시로 영사가 행동에 나서게 된 동기는 두 가지로 묘사된다.

> 너무 혹독하게 부당한 압박을 받아온 조선 농민을 보호하지 않으면 안 된다는 생각과, 이와 같은 조선 농민에 대한 압박을 방치해 두는 것은 장차 일본의 기득권익의 침해를 묵시적으로 인정하는 결과가 된다.
> (これほどまでに不當な壓迫を蒙つてゐる鮮農を保護しないでは居れない、といふ考へと、この鮮農壓迫を放置しておくことは、ひいては日本の既得權益の侵害を暗に認める結果になる)[23]

젊은 영사 다시로의 이러한 생각은 민족의 벽을 넘어 동아시아를 경영하려는 일본제국주의의 이상을 표현하고 있는 것으로 독자들은 받아

---

22) 박영석의 『萬寶山事件硏究』에는 7월 2일에 중국 측과 교전을 벌이는 영사관 경찰이 50여 명으로 되어 있다.
23) 주(5), 『開墾』, 266면.

들인다. 일제 천황의 신민이 된 조선인은 이미 일본인이므로 이를 보호해야 하는 것은 당연한 것이고, 미래의 대동아 공영에 있어 저해가 될 수 있는 사안에는 단호하게 대처하겠다는 의지의 표명은 당시의 조선 독자를 안심시키고 남았을 것이다.

이러한 일제의 의지는 영사관경찰을 이끌고 현장에서 고군분투하는 나카가와 경부를 통해서도 선명하게 드러난다. 장춘의 중국공안대원들이 현장에 도착하여 일본영사관경찰이 왜 이곳에 와 있는가에 대해 묻자 나카가와는 "(사태가) 해결 될 때까지 우리들은 자국민을 보호할 권리가 있다"[24]는 대답을 한다. 조선인은 이미 '자국민', 즉 일본인이기에 보호해야 한다는 것이다. 이와 같은 일제의 의지가 조선 이주민들과 생사고락을 같이 하고 있는 나카가와 경부를 통해 묘사될 때 독자들은 천황의 신민이 되겠다는 각오를 새로이 했을 것이다. 작품의 집필 의도를 효과적으로 이뤄낸 장면이라 하겠다.

그런데 나카가와 경부의 출신과 관련된 독특한 설정이 주목을 끈다. 나카가와와 중국인 폭민[25]을 이끌고 온 지주 孫永淸 사이에 다음의 대화가 오간다.

> "잘난 척 하지 마라. 너도 고우리(고려인, 조선인을 비하하는 말, 인용자) 주제에 일본인인 체 해도 다 알고 있다."
> "고우리도 훌륭한 일본인이다. 너희들의 야만행위를 묵과할 일본인이 아니다."
> (「利いた風な口をきくな。手めえコウリの癖に、日本人面いてゐた

---

24) 주(5), 『開墾』, 261면. (원문인용 : 解決がつくまで、俺たちは自國民を保護する 權利がある)
25) '폭민'은 중국인 토착민을 비하하는 말이지만, 작품에서 사용되고 있는 말이므로 분위기 전달을 위해 그대로 사용했음.

つて、ちやんとわかつてゐるぞ」
　「コウリも立派な日本人だ。お前たちの野蠻行爲を默視するやうな日
本人ぢやないんだぞ」)[26]

　萬寶山사건에서 실존 인물이었던 나카가와 요시누마(中川義沼) 경부의
출신이 조선인이었다는 기록은『萬寶山事件硏究』에서도 확인되지 않고
있어서, 작품에서 암시하고 있는 내용이 사실인지 작가가 가미한 허구
인지 알 수 없는데, 작품 속의 나카가와도 이에 대한 직답을 회피한 채
애매한 대답으로 얼버무린다. 나카가와 경부가 실제로 조선출신이든 아
니든 간에 이를 넌지시 암시한 채 소기의 목적을 보다 효과적으로 이끌
고 있는 작가의 역량은 탁월하다 하겠다. 피지배계층이며 황민으로 거
듭나야 할 대상으로서의 조선민중이 아니라, 일제의 편에 서서 황민화
와 대동아 경영을 이끌며 동족을 위해 자신의 목숨을 초개같이 버리려
는 조선인의 모습을 그에게서 찾아볼 수 있기 때문이다. 그의 말과 행
동에서는 사리사욕을 위한 친일은 보이지 않고 조선민족의 장래와 일
제의 위대한 이상의 실현을 위해 헌신하는 모습만이 있을 뿐이다. 이러
한 작품 구성은 당시의 친일협력자들에게 면죄부를 줄 수 있었을 것이
며, 일본인에게는 감동을, 그리고 피식민지 조선민중에게는 황민으로서
의 자부심과 책임감을 동시에 갖도록 만드는 계기로 작용했을 것으로
보인다.

3) 이상향으로서의 만주국과 萬寶山사건의 의의(제10, 11장)

　『開墾』의 결말에 해당하는 제10, 11장에서는 萬寶山사건이 계기가

---

26) 주(5),『開墾』, 277, 278면.

되어 발생한 만주사변의 당위성을 그려내는 데 초점을 맞추고 있다.

> 만주에 이주한 조선 농민의 30년에 걸친 개간사에 기록되어야 할 피로 얼룩진 참상은 이 만보산사건을 계기로 차례차례 폭로되었다. 그리고 만보산사건보다 수십 배에 달하는 조선 농민에 대한 박해의 참상이 밝혀졌음에도, 후일에 국제연맹의 조사원은 일본 측에 불리한 보고서를 작성하기 위하여 조선 농민의 참상에는 눈을 돌리지 않았다. (…중략…) 어찌되었든 만보산사건을 계기로 해서 일·중 양국의 감정은 점차 소원해지고 첨예화되어 갔던 것이다.
> (滿洲に移住した鮮農が、彼らの三十年に亘る開墾史に記録さるべき血ぬられた悲慘事は、この萬寶山事件を契機として次々にあばかれていつた。そして、萬寶山事件よりも數十倍した鮮農壓迫の眞相が明るみに出されたけれども、後日、國際連盟の調査員は、日本に不利な報告を作製するために、一つとして鮮農のこの哀れな實情には眼を向けなかつたのだ。(中略) ともかく萬寶山事件を契機として、日中兩國の感情は愈々疎隔し先銳化していつたのである。)27)

인용문은 박영석의 『萬寶山事件硏究』에서 중요한 자료로 취급하여 자주 인용한 국제연맹의 「Lytton보고서」를 고의로 일본 측에 불리하게 작성한 것이라고 매도하고 있다. 그리고 萬寶山사건이 계기가 되어 일제와 중국의 감정의 골이 깊어지고 있을 뿐만 아니라, "부정의가 공공연히 행해지고 있는 것을 알게 된 조선인들이 종래에 우호적인 애정으로 접해오던 중국인에 대한 태도를 바꾸기 시작한 것은 당연한 일"28)이라는 내용을 삽입함으로써, 조선인과 중국인을 이간질시켜 일제의 대

---

27) 주(5), 『開墾』, 298, 299면.
28) 주(5), 『開墾』, 298면. (원문인용 : 不正義が公然と行われたことを知つた朝鮮內の人々が、從來友好的な愛情で接してゐた、中國人に對する態度を變え始めたのは當然なことであつた。)

류침략 정책에 대한 협조를 유도하고 있다.

조선 농민들은 7월 2일의 萬寶山사건 이후에도 8월 상순까지는 일본 영사관 경찰의 비호 아래 수로 공사에 매달렸다. 경찰이 철수하고 난 뒤에는 농민 스스로가 경계태세를 유지하면서 개간 작업을 계속하였다. 그러던 중 9월 18일에 발생한 만주사변의 소식을 접하고 모든 고생이 끝났다며 다 같이 흥분을 감추지 못한다. 그리고 "이 사변이 자신들이 싸웠던 만보산사건과 직접적인 관련이 있다는 것을 생각하면서 자부심이 솟구쳐 오르는 것을"29) 느끼게 된다.

세월이 흘러 1934년 3월에는 일제가 세운 만주국의 황제가 등극하고, 장춘이 신경으로 바뀌어 수도가 되었다. 萬寶山 일대의 조선 이주농민들은 자신들이 용수로에 흘린 피가 "존귀한 오늘날의 빛나는 세상을 초래(尊くも今日の輝かしい世界を招來)"30)했다는 감격에 젖는다. 그리고 사변을 기점으로 하여 그 전과 후를 뚜렷한 "밤과 낮(夜と晝)"31)처럼 인식하게 된다. 또한 3년 만에 다시 萬寶山 일대 개간지를 찾은 나카가와 경부는 "이것이 그 누렇게 망령 같은 모습을 하고 있던 농민들 이란 말인가"32)라며 감탄해 마지않는다.

결말을 이렇게 맺고 있는 것은 본래 작품의 집필 목적이 이 점을 부각시키려는 데 있었기 때문이다. 『開墾』은 萬寶山사건과 만주사변이 발생한지 10년이 넘는 시점인 1943년에 집필되었다. 일제는 1937년에 중

---

29) 주(5), 『開墾』, 306면. (원문인용 : この事變が自分たちのあの萬寶山事件に直接
　　の起因があつたことを考へると、なぜともなく自分たちの存在といふものが
　　大きいものに)
30) 주(5), 『開墾』, 317면.
31) 주(5), 『開墾』, 318면.
32) 주(5), 『開墾』, 318면. (원문인용 : これがあのどす黄色い、亡靈のやうな姿をし
　　て居た開墾民と同じ農民であらうか)

일전쟁을 일으켜 중국 본토에 대한 공략을 시작하여 중요한 거점을 점령한 상태에 있었으므로, 새삼스럽게 만주사변을 정당화하기 위해 萬寶山사건을 들고 나왔다고 볼 수만은 없다. 집필 당시의 시점에서 일제가 절실히 필요로 했던 것은 이곳저곳에 전쟁을 벌여 놓은 탓으로 부족한 전투 인력과 물자 생산인력을 원활히 확보하여 총력전을 펼치는 것이었다. 이를 위해서는 대륙침략의 거점이며 인적·물적 보급지로서도 중요한 위치에 있는 조선의 민중을 좀 더 확실하게 황국신민화 할 필요가 있었기 때문이다. 이러한 시대적 요청에 따라 집필된 『開墾』은 만주를 떠도는 조선 농민들이 존재하게 된 근원적인 배경을 도외시 한 채, 이들을 보호하기 위해 심혈을 기울이는 일제의 모습을 그려내는 데 초점을 맞추고 있다. 이 작품은 결국 일제가 횡폭한 중국인을 제압하여 만주국을 건설함으로써 조선의 이주농민들에게 풍요와 평안을 안겨다 주었다는 줄거리로 완성되었는데, 조선의 독자들로 하여금 일본인에 대한 친근감과 함께 황민으로서의 자부심을 느끼게 만드는 데 일조했을 것으로 생각된다.

4. 『開墾』에 대한 평가와 문제점

『開墾』은 앞 장에서 고찰해본 것처럼 만주에 이주한 조선인의 지난한 삶과 일제의 만주국 경영의 이상이 교차되는 상황을 배경으로, 황민으로서의 조선인을 보호하기 위해 최선을 다하는 장춘일본총영사관 영사와 경찰의 모습을 그려내고 있다. 따라서 조선인의 황국신민화에 대한 거부감을 없애고 일제의 대동아 경영에 대한 이해와 협력을 구하고자 한 국책(國策)적 작품이라 하겠다. 그러나 조선의 이주민들이 만주를 배회하는 것은 그들의 삶의 터전을 일본인 식민들에게 내줄 수밖에 없었던 결과로 발생된 것이며, 만주의 관동군과 영사관원들은 현지의 교두보 확보를 위해 식민으로서의 조선인들이 절대적으로 필요했기 때문에 지원했다는 것을 생각하지 않을 수 없다.

그런데도 시라카와와 같은 연구자들이 "표면상 이 작품은 역시 <국책물> 속에 넣을 수밖에 없지만, 중립적 시점에 토대를 둔 다면적인 묘사와 구성력 등의 면에서 상당한 수작"이라며 높이 평가하는 것에 대해 의구심을 떨치기 어렵다. '중립적 시점'이라면, 일제와 중국의 관헌 및 토착민, 그리고 조선 농민을 객관적인 시각에서 묘사를 했다는 것인데, 실제로는 박영석의 『萬寶山事件硏究』와는 상반된 입장에서 일제와 이들의 지원을 받는 조선 농민의 편에서 그려내고 있음을 알 수 있다. 설사 박영석의 연구가 일제의 만주침략을 비판하는 입장에서 이루어졌다 하더라도 여러 증거자료를 상당수 제시하고 있는바, 사건에 대한 객관적인 접근은 가능하다 하겠다. 그런데 『開墾』에 보이는 사건의 전개는 중국 관헌의 불법적인 행태와 행정의 난맥상, 그리고 사리사욕에 눈이 먼 지주들에 萬寶山사건의 원인이 있음을 명백히 하고 있다. 따라서 시라카와의 주장은 사건의 전말을 전혀 고려하지 않은 채 내용의 흐름을 쫓아 막연한 평가를 내렸다는 비판을 면하기 어렵다. 그리고 작가의 다면적인 묘사와 구성력은 인정된다 하더라도, 그 뛰어남이 사건의 본질을 왜곡하기 위해 구사되었다는 점에서 이를 평가하기 어렵다 하겠다.

시라카와는 또 김동인의 「붉은 산」과 이태준의 「農軍」을 예로 들면서 다음과 같이 언급한다.

그러나 이러한 조선의 단편에서 작가가 아무런 의문도 없이 조선 측

입장에 서서 <횡폭한 만주인> 지주와 중국인 농민에 맞선다고 하는
일방적인 이야기로 일관하고 있는 것과 비교하면『開墾』은 그 중립적
인 시점이 주목 받는 작품이라고 먼저 말할 수 있다.[33]

주지하는 바와 같이 김동인의 「붉은 산」은 만주로 이주한 조선 농민
들이 중국인 지주 밑에서 소작인으로 살며 착취당하는 이야기를 다룬
단편이다. '삵'이라는 별명을 가진 주인공은 독하고 교활한 성품으로
조선 이주민 동네에 많은 피해를 끼치고 있었으므로 암적인 존재였다.
그러나 소출이 적다고 중국인 지주에게 숨이 끊어질 정도로 얻어맞은
동네사람의 앙갚음을 하러 갔던 삵의 몸이 기역자처럼 뒤로 꺾인 채 밭
고랑 위에서 죽어간다. 그리고 "마지막으로 죽어가며 붉은 산과 흰 옷
을 입에 올리는 데서 뜨거운 민족주의 의식을 일깨우는 감동"[34]으로
막을 내린다. 이 작품이 발표된 것은 1932년인 까닭에 萬寶山사건을 소
재로 했을 가능성도 있지만, 다루고 있는 내용은 일제의 만주지배 정책
등에서 한 발짝 물러나, 중국인 지주와 조선인 소작농의 갈등을 바탕으
로 조선 농민들의 불우한 처지에 국한되고 있다. 이러한 작가의 자세는
현실적인 문제로 중국인 지주의 횡포를 민족적인 입장에서 고발함과
동시에, 그와 같이 현실의 원인이 되는 일제의 조선에 대한 식민지배를
비판하고 있다고도 볼 수 있다. 따라서 萬寶山사건을 다루고 있다는 확
증이 없는 한, 아니 설사 그렇다 하더라도 현실로서의 부당한 처사를
당하고 있는 동족을 그려냄에 있어 중국인 지주가 악인이 되는 것은 필
연적인 일일 것이다. 이는 장혁주의 『開墾』이 조선민족의 황민화와 일
제의 대륙침략을 정당화하려는 의도로 집필 된 것과 나란히 논할 수 있

---

33) 주(2),『開墾―日本植民地文學精選集(朝鮮編)3』解說, 3면.
34) 申東漢(1993),「金東仁의 작품세계」, 김동인『감자』, 一信書籍, 277면.

는 성질의 작품이 아니라 하겠다.

이태준의 「農軍」은 萬寶山사건의 전개과정과 유사하게 그려지고 있어서 이 사건을 소재로 삼아 집필된 것이 확실해 보인다. 중국의 공안국원이나 토착민들과의 투쟁과정은 『開墾』과 너무 흡사하여 장혁주가 「農軍」의 영향을 받아 집필한 것이 아닌가 여겨질 정도이다. 「農軍」(1939. 7)이 『開墾』(1943. 4)보다 4년 가까이 앞서 발표되었다는 것을 생각하면 그 가능성을 배제하기는 어렵다.

그런데 김철은 「農軍」에 대해 "'만주 경영'이라는 제국주의의 '새로운 시대적 흐름'에 편승한, 다시 말해 당대의 '국책(國策)'에 적극적으로 부응한 소설이며, 그러한 사정을 떠나 소설 자체로 보아도 지극히 무성의하고 불성실한 작품이다"35)라며 혹평을 한다. 그 이유로는 일제의 만주침략정책의 일환으로 발생한 萬寶山사건을 소재로 삼으면서 마치 민족주의적인 내용을 다룬 것처럼 왜곡 묘사하여 일제의 만주국 건설을 합리하고 있다는 점을 강조한다. 이와 같은 결론에 도달하게 되는 직접적인 동기는 조선 농민 중에 다친 사람이 없는데도 불구하고 횡폭한 중국인들에 의해 총상을 입는 것으로 묘사36)하는 등 사건의 본질을 왜곡하고 있다는 점과, 「農軍」이라는 제목과 작가의 이름 사이에 "이 小說의 背景 滿洲는 그전 張作霖의 政權時代임을 말해 둔다"라는 내용이 있는데, 이것을 삽입한 의도가 당시와 같은 불행은 만주국 건설 이후에는 사라졌다는 내용을 암시하고 위한 것이라는 판단에 의한 것이다. 김철의 이와 같은 평가를 부정할 수 없지만 그렇다고 「農軍」을 완전히 국책적 작품으로 매도하기도 어렵다. 만일 이태준이 萬寶山사건을 소재로 삼아 민족의식을 고취하고자 하였으나, 자칫 당국이 일제의 꼭두각시

---

35) 주(10), 『해방 전후사의 재인식 1』, 481면.
36) 주(10), 『해방 전후사의 재인식 1』, 504면.

정권인 만주국을 비방하는 내용이라고 판단한다면 검열의 칼날을 벗어날 수 없을 것으로 보고, 미리 張作霖 정권시대의 일이라고 제목 밑에 붙여 놓으면 오해 살 일을 미연에 방지할 수 있다고 생각했을 가능성도 있기 때문이다.

그러나 어찌되었든 「農軍」에는 『開墾』에 보이는 영사관경찰의 헌신적인 노력이나, 만주국에 대한 적극적인 찬양, 그리고 황국신민화를 위한 노력은 찾아 볼 수 없는데도 불구하고 일제의 대륙침략을 합리화한 작품이라는 평가를 받는다면, 과연 『開墾』은 어떠한 평가를 받아야 마땅한지 궁금하지 않을 수 없다. 그리고 이러한 작품을 「붉은 산」이나 「農軍」에 비해 중립적이고 빼어난 작품이라고 평가할 수 있는가 하는 의구심을 떨치기 어렵다. 유숙자도 『開墾』을 논하면서 "불행했던 조선 농민의 만주 이주는 만보산사건과 만주국의 건설로 인해 이제 행복해졌다는 것이다"37)와 같이 작품의 본질에 접근한 듯한 자세를 보이다가도, "소설 『개간』의 서술방법이 일본 측에만 기울어져 있는 것이 아니라, 중국인 지주나 당국자, 혹은 현지 농민들의 입장도 이해되도록 객관적으로 그렸고, 이해(利害)집단 상호의 충돌을 당시의 국제정세나 정치역학에까지 시야를 넓히고 있다는 점은 주목할 만하다"38)와 같이 무비판적인 견해를 피력하고 있다.

시라카와는 또 장혁주를 김사량과 비교하여, 김사량은 변절행위를 거의 보이지 않았던 만큼 인기도 높다며, 장혁주에 대한 재고의 필요성을 강조한다.

---

37) 유숙자(2004), 「滿洲 조선인 이민의 한 풍경」, 『재일본 및 재만주 친일문학의 논리』, 역락, 196면.
38) 주(37), 『재일본 및 재만주 친일문학의 논리』, 196, 197면.

　　「친일」행위의 정도만으로 문학작품과 작가의 존재전체를 부정하거
　나 긍정하는 것은 너무 극단적인 것이 아닐까. 그 재고를 위한 가장
　중요한 일본어 작가가 다름 아닌 장혁주라 할 수 있다. 굳이 본정선집
　에서 이 작가를 선택한 이유이다.39)

　인용문은『開墾』의 복간을 기념하는 취지에서 붙인 해설의 일부이다.
장혁주의 작품이 평가를 받지 못하고 있는 것이 '친일'작가로 낙인찍혔
기 때문이라면서 이에 대한 재고가 필요함을 입증하는 작품이『開墾』
이기에 복간을 결정하게 되었다고 말하고 있다. 그러나『開墾』은 지금
까지 검토해온 바와 같이 적극적인 '친일' 작품임을 확인해 보았다.

　장혁주는 모두 네 차례에 걸쳐 만주를 시찰하였는데, 그 첫 번째가
1939년 6월 무렵이고, 두 번째는 1942년 5월경, 세 번째는 1943년 9월
이었고, 네 번째는 1945년 5월 무렵이었다.『開墾』이 1943년 4월에 출
간된 것을 고려한다면 첫 번째와 두 번째의 만주시찰을 바탕으로 집필
되었다고 볼 수 있다. 만주시찰에 대한 감상을 기록으로 남긴 것은『나
의 풍토기(わが風土記)』(赤塚書房, 1942. 5)에 수록된「間島・圖們」(1939),「邂
逅」(1940),「滿洲雜觀」(1939. 8) 등으로, 그중에서도「滿洲雜觀」에는 비교
적 소상히 견문의 감상을 적고 있다.「滿洲雜觀」이 집필된 시기로 보아
첫 번째 만주시찰에 대한 기록이라 할 수 있는데, 현지 관리들의 안내
로 만주 이주 조선 농민의 고난에 찬 개척의 역사를 접하면서 느끼는
슬픔을 담담하게 그려내고 있다. 그러나 때때로 "지금은 반도이민에 있
어서는 실로 고마운 시대가 되었다고 하지 않을 수 없다"40)와 같이 시
국영합적인 언급을 끼워 넣기도 한다. 이러한 자세가 두 번째의 만주시

---

39)　주(2),『開墾─日本植民地文學精選集(朝鮮編)3』解說, 2면.
40)　張赫宙(1942),「滿洲雜觀」,『わが風土記』, 赤塚書房, 166면. (원문인용 : けれども
　　今は半島移民にとつては誠に有難い時代になつたと言わねばなりますまい)

찰 이후에는 『開墾』과 같이 적극적인 친일협력적 작품으로 발전된 것으로 보인다. 그런데 일제가 패망하고 30년이 지난 1975년에 출간된 자전적 소설 『폭풍의 시(嵐の詩)』에서는 개척민들과 관련된 일들을 사실대로 쓸 수 없었음을 고백하고 있다.[41] 따라서 『開墾』에서 다루고 있는 내용들도 실제로 작가가 생각하고 있던 사실들과는 상당히 다르게 친일적 형태로 형상화되었을 가능성은 매우 높다 하겠다.

그리고 장혁주의 문학이 외면 받아온 이유가 '친일'작가로 낙인 찍힌 때문이라는 시라카와의 주장에 대해서도 검토할 필요가 있다. 우선 시라카와 자신이 장혁주를 김사량과 비교 연구한 논문을 예로 들어보겠다.

> 장혁주는 넓은 의미로 체험이나 見聞을 바탕으로 하거나 자신의 傳記的 요소가 짙은 작품이 많고 순수 픽션이 그만큼 적다. 이것은 창작 의도와도 연관되지만 혁주의 주된 관심은 自己주변에 있었고 감정과다적인 기질 때문에 그 작품은 그의 愛憎의식이라는 색채가 짙다. 이에 대해 김사량은 다채로운 題材를 통해 사회를 냉정하게 분석하여 객관적으로 묘사할 力量을 보였다. 김사량의 창작 의도는 그 당시의 현실 사회 비판에 있었던 것이다. 일어 작품의 일본어 실력은 김사량이 오히려 장혁주보다 수준이 높았다.[42]

김사량에 비해 장혁주는 여러 면에서 자질이 떨어지는 작가로 평가하고 있어서, 그의 문학이 친일로 낙인 찍인 때문이라는 스스로의 주장과 모순되고 있음을 알 수 있다. 시라카와는 또 장혁주 문학이 다시 주목 받아야 할 작가라는 것을 입증하겠다면서 『開墾』, 『화전 어느 쪽도 불사하다(和戰何れも辭せず)』, 『이와모토지원병(岩本志願兵)』의 세 작품을

---

41) 野口赫宙(張赫宙)(1975), 『嵐の詩』, 講談社, 211면.
42) 시라카와 유타카(白川 豊), 「張赫宙硏究」, 동국대 박사학위논문, 1989, 60면.

복간 출판한다. 즉『이와모토 지원병』은 누가 보아도 시국영합적인 작품이지만,『開墾』이나『화전 어느 쪽도 불사하다』는 시국에 그다지 영합하지 않은 수작이므로 함께 읽어 장혁주라는 작가를 다시 평가해야 한다[43]는 것이다.

『화전 어느 쪽도 불사하다』는 임진왜란 당시에 조선 침략의 선봉장을 맡았던 고니시 유키나가(小西行長)가 자신도 세례를 받은 신자의 입장에서 당시의 기독교 탄압에 대한 갈등과 조선침략을 준비해 가는 과정을 그려낸 작품이다. 이 작품에 대해 시라카와는 "구성도 뛰어나 인간의 내면에 대한 통찰력과 복잡한 인간관계를 잘 그려낸 필력 등이 돋보인다"[44]며 극찬하고, 장혁주의 "공평한 배려와 작가로서의 완숙미(公平な目配りと作家としての円熟)"[45]를 느낄 수 있는 실례라며,『화전 어느 쪽도 불사하다』의 속편으로 집필된『부침(浮き沈み)』의 작가 '후기'를 그 예로 들고 있다.

> 고니시 유키나가에게는 유키나가의 '誠'이 있고, 기요마사나 순신에게는 각각의 '誠'이 있으며, 심유경에게는 또 유경의 '誠'이 있다고 생각한다. / 그 '誠'을 쓰는 것이 이 장편의 안목이고, 전쟁에서의 역할은 그 다음 문제이다.[46]

본고에서『화전 어느 쪽도 불사하다』를 자세히 논하기는 어렵지만,

---

43) 주(2),『開墾―日本植民地文學精選集(朝鮮編)3』解説, 6면.
44) 주(2),『開墾―日本植民地文學精選集(朝鮮編)3』解説, 6면. (원문인용 : 構成も巧みで人間の內面への洞察力や複雜な人間關係を描き切った筆力などに冴えを見せている)
45) 주(4),『和戰何れも辭せず―日本植民地文學精選集(朝鮮編)11』解説, 6면.
46) 張赫宙,「後記」,『浮き沈み』河出書房, 1943, 353면. 白川 豊,「張赫宙『和戰何れも辭せず』 について(解說)」, 『和戰何れも辭せず―日本植民地文學精選集(朝鮮編)11』ゆまに書房, 2001, 6면 재인용.

고니시 유키나가가 세례를 받은 기독교인의 입장에서 이를 보호하려 노력하는 것은 장혁주 자신 역시 세례를 받은 신자로서의 입장을 바탕으로 한 동정적 심리가 작용했다고 생각할 수도 있다. 그러나 한편으로는 조선을 침략한 장수라는 강성 이미지를 완화하기 위한 효과적인 수단으로 활용하고 있다고 보는 것도 가능하다. 그런데 인용한 문장에서와 같이 침략국의 장수나 피해국의 장수 모두가 각각의 '誠'을 가지고 최선을 다했을 뿐이라는 식의 표현은, 고니시의 염려와 촉구에도 불구하고 조선 측이 전쟁을 막아낼 힘을 갖추지 않은 것이 무엇보다 문제였다는 『화전 어느 쪽도 불사하다』의 주제와 일치하는 것이라 하겠다. 이는 『開墾』에 등장하는 장춘총영사관의 영사나 萬寶山사건을 배후에서 조종했다고 알려진 관동군의 참모들 역시 각각의 '誠'을 가지고 움직이는 임진왜란 당시의 장수 고니시 등과 다름없는 인물이라는 결과를 도출해냄으로써 이들의 사고와 행동을 미화하고 있다 하겠다.

구로카와 소(黑川 創)는 '<外地>의 일본어문학선(選)'인 『朝鮮』(新宿書房, 1996)의 편집 책임자로서, 장혁주, 김용제 등의 작품을 이곳에 수록하지 않은 이유를 책 말미의 '해설'에서 밝히고 있다.

> 그것은 나중에 그들이 일본국가에 익찬적인 문학으로 전향한 것과 직접적으로는 관련이 없다. 그것보다 오히려 그들의 일련의 작품에 문학으로서 산만하다는 약점을 느끼지 않을 수 없었던 것이 여기에 수록하지 않은 이유이다. 무엇보다 그러한 문학으로서의 약점이 그들의 정치적인 변전과 결부되어 있다고 나 자신은 생각한다.[47]

짧지만 명쾌하고 적확한 구로카와의 견해에 대해 시라카와는 이의를

---

47) 黑川 創編(1996), 『朝鮮』, 新宿書房, 330면.

제기[48]하고 있지만, 이미 재일조선인 문학 연구자 임전혜는 이와 유사한 평가[49]를 내린 바 있다. 시라카와의 주장과는 달리 많은 연구자나 독자들이 장혁주를 크게 거론하지 않는 것은 몇 개의 단편을 제외한다면 그의 작품성이 전반적으로 떨어지는 까닭에 거론할만한 작품이 별로 없다는 것과, 이러한 자신감의 결여를 극복하여 자신의 영달을 꾀하기 위한 방편으로 시국적 작품에 매달렸다는 사실을 알고 있기 때문이라 할 수 있다.

그런데 본고의 고찰을 통해 확인해본 바와 같이 일부의 연구자가『開墾』과『화전 어느 쪽도 불사하다』와 같은 적극적인 친일적 작품을 예로 들며 장혁주 문학에 대한 재평가를 주장하는 것은 이해하기 어려운 면이 있다. 친일적 문학이라 하더라도 그 존재 가치가 부정되는 것은 아니므로, 필요 이상의 옹호적 언급으로 작품 본래의 성격을 변질시킬 필요는 없다 하겠다.

5. 맺음말

장혁주의 『開墾』은 1931년 7월 2일에 만주의 長春縣 萬寶山 일대에서 발생한 萬寶山사건, 즉 장춘일본총영사관 경찰의 보호를 받고 있던 만주 이주 조선 농민과 중국 토착주민들의 충돌사건을 다룬 작품으로 1943년 4월에 간행되었다. 萬寶山사건은 일제의 만주지배를 획책하기 위해 장춘일본영사관과 만주에 주둔하고 있는 관동군에 의해 계획되거

---

48) 주(2), 『開墾—日本植民地文學精選集(朝鮮編)3』 解說, 6면.
49) 주(1), 「張赫宙と日本文壇への登場」, 『日本における朝鮮人の文學の歷史—1945年まで—』.

나 방조된 사건이라는 것이 연구자들의 일반적인 견해이다.

그렇지만 본고의 고찰을 통해 확인해 본 바와 같이 『開墾』은 만주에 이주한 조선인의 지난한 삶과 일제의 만주국 경영의 이상이 교차되는 상황을 배경으로, 황민으로서의 조선인을 보호하기 위해 최선을 다하는 장춘일본총영사관 영사와 경찰의 모습을 그려내고 있다. 이는 『開墾』이 조선인의 황국신민화에 대한 거부감을 없애고 일제의 대동아 경영에 대한 이해와 협력을 구하려는 목적으로 집필된 국책(國策)적 작품인 까닭이다. 그럼에도 시라카와와 같은 연구자들은 『開墾』이야말로 친일작가로 외면당해온 장혁주를 재평가하게 만드는 우수한 작품이라는 견해를 피력하고, 그의 작품이 소외되어 온 것은 친일작가라는 낙인이 찍힌 때문이라며 이에 대한 재고의 필요성을 강조한다.

그러나 장혁주의 작품이 제대로 거론되지 않고 있는 것은 시국영합적인 작가의 특성상 수준 높은 작품이 적기 때문이지, 친일작가의 작품이라서 외면당하고 있는 것이 아님을 간과해서는 안 된다. 또한 『開墾』과 『화전 어느 쪽도 불사하다』와 같은 작품을 통해 장혁주를 옹호하려는 노력은 일제의 대륙침략정책의 일환으로 자행되었던 조선의 식민지 배를 정당화하려 애쓰는 현재의 일본 우익의 논리와 맥락을 같이 하는 것으로 오해받을 소지가 매우 크다 하겠다.

참고문헌

김　철, 「몰락하는 신생―'만주'의 꿈과 「농군」의 오독」, 『해방 전후사의 재인식1』,
　　　책세상, 2006, 490면.
朴永錫, 『萬寶山事件硏究』, 亞細亞文化社, 1978.
申東漢, 「金東仁의 작품세계」, 김동인 『감자』, 一信書籍, 1993, 277면.
유숙자, 「滿洲 조선인 이민의 한 풍경」, 『재일본 및 재만주 친일문학의 논리』, 역락,
　　　2004, 196면.
任展慧, 『日本における朝鮮人の文學の歷史―1945年まで―』, 法政大學出版局, 1994,
　　　202면.
張赫宙, 「滿洲雜觀」, 『わが風土記』, 赤塚書房, 1942, 166면.
張赫宙, 「後記」, 『浮き沈み』, 河出書房, 1943, 353면.
張赫宙, 『開墾』, 中央公論社, 1943, 347면.
野口赫宙(張赫宙), 『嵐の詩』, 講談社, 1975, 211면.
黑川　創編, 『朝鮮』, 新宿書房, 1996, 330면.
白川　豊, 「張赫宙硏究」, 동국대 박사학위논문, 1989, 60면.
白川　豊, 「張赫宙・作「開墾」について(解說)」, 『開墾―日本植民地文學精選集(朝鮮編)3』,
　　　ゆまに書房 解說, 2000, 3면.
白川　豊, 「張赫宙『和戰何れも辭せず』について(解說)」, 『和戰何れも辭せず―日本植民地
　　　文學精選集(朝鮮編)11』, ゆまに書房, 2001.

'내선일체'의 연장으로서의 '만주국' 인식
― 장혁주의 『행복한 백성』을 중심으로 ―

김재용

1. 한국근대문학과 만주 : '만주국'에 대한 네 가지 인식

한국근대문학에서 만주는 두 가지의 의미를 갖고 있다. 하나는 만주에 이주하여 그곳에서 거주하는 문학인들의 경우이다. 흔히 재만 조선인문학이라고 일컫는 것이 여기에 속한다. 다른 하나는 만주에 거주하지 않고 있지만 만주를 자신의 글에서 재현한 경우이다. 이 글은 이 두 가지 중에서 후자를 다루는 글이다.

만주에 거주하지 않지만 만주를 재현한 문학인들은 매우 많지만 중일전쟁 이후 '만주국'을 바라보는 시각에 있어 급격한 분화가 이루어진다. 중일전쟁 이후 일제의 총동원체제가 가속화되면서 조선 작가들은 내부적으로 급격한 분화를 겪게 된다. 일제 식민주의에 대해서 협력하는 문학인들이 속출하는가 하면, 그것에 협력하지 않고 침묵, 우회적 글쓰기 그리고 망명을 통하여 협력하지 않는 문학인들도 매우 많아졌다. 이러한 양극화는 일제가 상대적 자율성을 갖고 있는 부르조아 엘리

트 층을 키우지 않았기 때문에 더욱 강화될 수밖에 없었다. 협력과 비협력 사이를 넘나들 수 있다는 가능성의 환상이 자리잡기 어렵던 것이다. 따라서 협력을 하든가 아니면 협력하지 않든가 하는 것이지 그 사이의 영역은 꽤 좁았던 것이다.

이러한 문학적 분화는 만주 인식에 있어서도 여지 없이 드러났다. 만주국을 일제의 식민주의 입장에 포섭되어 바라보는 이가 있는가 하면, 그것과 길항하면서 포섭되지 않는 이들도 존재하였다. 식민주의에 대한 포섭 여부에 따라 크게 두 가지로 나눌 수 있다. 첫째는 이민의 시각이다. 재만 조선인은 조선에서 떠나지 않고 살고 싶어 하지만 식민지 자본주의의 전면화 속에서 소작도 제대로 할 수 없어 고향을 등지고 이주할 수밖에 없었다는 것이다. 둘째는 개척의 시각이다. 재만 조선인은 경제적 가난 때문에 고향을 등지고 만주로 이주하는 것이 아니라 동아 경제블록 구축이란 국책의 차원에서 새 영역을 일구어 나간다고 보는 것이다.

이민의 시각 내부에서도 일정한 차이가 존재한다. 첫 번째는 민중생활의 시선이다. 만주를 인식할 때 조선에서 살 수 없는 소작농민들이 어쩔 수 없이 만주로 이주하는 딱한 처지에 공감하면서 이를 재현한 경우이다. 이태준이 그 대표적인 인물이다. 소설 「농군」를 비롯한 만주기행문은 당시 조선 농민들이 어쩔 수 없이 만주로 건너가지만 그곳 역시 땅의 임자가 있기 때문에 결코 자유롭게 살 수는 없다는 인식이 지배적이다. 두 번째 시선은 일본 제국주의의 비공식적 식민지였던 만주국의 전체상 속에서 재만 조선인의 경제적 이민을 보고 이를 우회적으로 비판한 경우이다. 한설야를 그 대표적인 작가로 들 수 있다. 『대륙』에서 한설야는 우회적 비판이란 방법을 통하여 만주국에서의 일본 중심주의를 비판하고 있다.

개척의 시각 내부에서도 일정한 차이가 존재한다. 첫 번째는 '선만일여(鮮滿一如)'의 시선이다. 일본제국과 만주국이 동아경제의 활성화를 위하여 합의한 조선인의 만주개척이란 국책을 충실하게 따르는 것이다. 분촌운동을 다루고 있는 유치진의 『대추나무』와 같은 작품이 이것의 대표적인 경우이다. 두 번째 시선으로는 '내선일체'의 입장에서 만주국을 바라보는 것이다. 만주국의 이념인 '오족협화'와 일본제국의 이념인 '내선일체'가 길항할 때 내선일체의 입장에서 서야 한다고 믿는 입장이다. 장혁주가 이러한 입장을 취하였고 장편소설 『행복한 백성』은 그 대표적인 작품이다.[1]

이 글은 네 가지 입장 중에서 네 번째에 해당하는 즉 '내선일체'의 입장에서 만주국을 다룬 장혁주의 장편소설 『행복한 백성』을 다루고자 한다. 이 작품을 읽어내기 위해서는 우선 두 가지의 사항을 점검해야 한다. 하나는 '개척정신'이고 다른 하나는 '내선일체'이다. 『행복한 백성』은 기본적으로 개척정신과 내선일체에 대한 이해가 있어야만이 깊이 읽어낼 수 있기에 『행복한 백성』 이외에 이 무렵 만주와 관련된 그의 글을 중심으로 이 두 사항을 밝히고자 한다.

2. 국책이주로서의 개척과 개척정신

장혁주의 『행복한 백성』은 1943년에 일본에서 출판되었다. 이 작품은 그의 만주국 방문과 취재에서 얻은 구상의 결과이다. 1942년 5월에 조선총독부의 척식과의 주선으로 만주의 개척촌을 둘러보는 기회가 있

---

1) 이상의 네 가지 입장에 대한 자세한 연구로는 이 책에 실린 필자의 글 「일제 말 한국인의 만주인식」을 참고.

었다. 유치진 정인택 유아사(湯淺克衛)와 더불어 만주의 개척촌을 방문한 장혁주는 주로 간도 지역을 중심으로 답사를 하였다. 이때 취재한 것을 토대로 작품을 발표한 것이 장편소설『개간』,『행복한 백성』그리고 단편소설「어느 독농가의 술회」이다.

그런데 이 방문이 처음은 아니었다. 장혁주는 이미 1939년 중반에 만주국을 방문한 바 있다. 일본에 있을 때부터 만주 개척에 대해 높은 관심을 갖고 참여한 바 있다. 1939년 2월에 일본에서는 대륙개척문예간화회가 발족하는데 장혁주는 여기에 참여하였다. 그해 4월 대륙개척문예간화회의 회원 자격으로 만몽개척청소년의용군훈련소를 방문한다. 이 훈련소는 만주국에 들어가 개척하려고 하는 사람들을 미리 일본에서 단련시키는 곳이다. 그해 6월 대륙개척문예간화회의 회원으로 처음으로 만주국을 방문한다. 3개월에 걸친 이 여행을 마친 후에『국민신보』에 장문의 여행기를 발표한다.

두 번째의 방문인 1942년 5월의 방문은 1939년 6월의 첫 방문과는 뚜렷한 차이를 갖고 있다. 첫 번째 방문은 조선인들의 이주가 국책으로 인정받기 전에 이루어진 것이기에 전통적인 이주로서의 단순이주인 이민과 별다른 차이가 없던 시대에 이루어진 것이다. 물론 1936년 이후 만선척식회사에 의해 이루어진 집합이민이 자유이민과 더불어 진행되고 있었기에 어느 정도 국책적 요소가 있다고 말할 수 있다. 1939년 말에 이르러 일본 정부와 만주국 사이에 '만주 개척정책 기본 요강'이 이루어졌고 이로써 조선인들의 만주 이주는 일본인의 국책 이주와 동등하게 인정받기 시작하면서 집단이민이 새로 생기기 시작한 것과는 차이가 났다. 그런 점에서 개척정신에 입각한 국책이민이라고 할 수는 없는 것이다. 실제로 이러한 정책에 의해 조선의 농민들이 만주로 이주하기 시작한 것은 1940년 중반 이후의 일이었기 때문에 장혁주가 만주국을 방문하였을 때는 이러한 정책과는 직접적 연관 없이 이루어졌던 것이다.

1939년의 첫 방문을 마치고 난 다음 조선에서 발간되던 국민신보에 투고한 방문기 <만주잡감>을 보면 당시 이러한 인식을 엿볼 수 있다. 이 글은 일본 식민주의에 대한 장혁주의 확고한 지지에 기반을 두고 있다. 그가 오랫동안 주장해오던 프롤레타리아 국제주의라는 것은 이제 실현 불가능한 것이기 때문에 내선일체를 통한 조선인의 차별 극복이야말로 가장 현실적인 방도라고 생각하고 있다. 과거에 얽매여 앞을 제대로 보지 못하는 강경애에 대하여 오히려 측은한 느낌을 가질 정도로 장혁주는 변하였다. 용정에 서 있는 가등청정의 비석을 보면서 느끼는 감회를 비롯하여 만주인들에 대한 멸시 그리고 반만주국 항일운동을 하는 사람들에 대한 비아냥 등은 이 시기에 장혁주는 일본의 식민주의 정책에 깊숙이 포섭되어 있음을 말해준다.2)

하지만 이 글에서는 만주 개척에 대한 자신의 확고한 입장을 보여주지 않고 있다. 실제로 그가 이 글에서 소개한 조선인 이민이라는 것은 자유이민과 집합이민이 전부인 당시의 현실을 그냥 전하는 것뿐이다. 앞서 말한 것처럼 집합이민이라는 것 자체가 만선척식회사에 의해 이루어지는 것이기 때문에 국가가 일정하게 개입하고 있는 것이기에 국책이라고 할 수 있다. 그러나 이것은 조선인 이민이 일본인 이민과 동

---

2) 당시 장혁주의 이러한 태도에 대한 현경준의 비판(<문학풍토기—간도 편>, 『인문평론』, 1940. 6)은 당시의 정황을 더욱 잘 말해주고 있다. "장씨는 조선 사람이다. 조선 사람이라면 만주에 온 이상 더구나 그 목적이 만주의 조선인 생활의 실지 답사로 거기에서 산 문학을 창조하려고 한다면 좀더 조선인의 생활을 엿보며 또한 생활해보아야 할 것이 아닌가? 내지인 고등 학숙방 어느 구석에 조선인의 생활이 있었으며 눈물이나 비애가 있었는가? 이 기회에 나는 장씨에게 감히 당시의 불만을 호소하며 앞으로의 씨의 창작태도에 일조가 되면 만행으로 생각하고 경고를 발하는 것이다."

등하게 대우받으면서 이루어지는 국책 이주와는 여전히 다른 것이기 때문에 일정한 차이가 있다고 할 수 있다. 그렇기 때문에 장혁주 역시 간도성 척무성에서 얻은 자료들을 소개하는 정도이지 그 이상으로 조선인 이민에 대해 이야기하지 않게 되는 것이다.

장혁주는 1942년에 만주를 방문한 후 한 다음의 발언은 1939년의 방문과 1942년 방문 사이의 차이를 아주 명징하게 보여준다고 할 수 있다.

> 방면은 다르지만 소화 14년에 갔다 온 일이 있는데 그 때는 개척이 시작된 시초인만치 모든 것이 정간되어 보이질 않았는데 이번에 축설기(築設期)라는 감이 깊더군요[3]

1939년에 만주를 방문했을 때의 인상을 개척 초기인지라 모든 것이 정돈되어 있지 않다고 말하고 있는데 그렇기 때문에 1939년 방문기에서는 조선인 이민에 대한 자신의 생각과 느낌을 거의 드러내지 않았던 것이다. 또한 1939년의 방문은 일본의 대륙개척문예간회회의 회원으로 간 것이기 때문에 주로 일본인들의 개척 이주 지역에 대한 답사가 주를 이루었고 용정을 비롯한 간도 지역은 조선인 이주보다는 풍속과 지인에 대한 관심에 그쳤던 것이다.

그런데 1942년의 방문에서는 확고하게 조선인 이주가 갖는 국책적 성격을 강조하고 열정적으로 드러내고 있다. 방문을 마친 후에 신문과 잡지에 발표한 글에서 느낄 수 있는 가장 큰 차이는 개척정신에 대한 강조이다. 이번의 방문에서 그가 답사한 곳은 집단이민이 살고 있는 곳은 한 곳도 없다. 1939년과 마찬가지로 자유이민과 집합이민촌이었다.

---

3) 『매일신보』, 1942. 6. 24.

만보산은 자유이민에 해당하고, 영흥과 회덕은 집합이민에 해당하기 때문에 집단이민촌은 제외되어 있다. 하지만 그가 쓴 방문기를 보면 조선인 이주에 대한 시각이 전적으로 다른 것이다. 조선인 이주민들은 조선에서 살 수 없어서 만주로 이주하는 것이 아니고 새 토지와 넓은 땅에서 마음껏 개척하기 위하여 이주한다고 보고 있는 것이다.

> 만주 개척민으로 가는 것만 해도 조선 안에서는 살 수 없으니 할 수 없이 만주로 이민간다. 이런 생각을 가져서는 못쓴다는 것이다. 새 토지와 더 넓은 지역으로 새로운 농토를 장만하러 간다는 왕성한 의지가 없고는 어디가든지 성공하기 어려운 것이다. 인구가 불면 자연 경작지가 적어지는 이치겠으나 만주로 가서 개간하는 것은 조선 안에서 적은 토지로 영농해 나가는 노력보다 더 힘이 들고 의지가 강해야 하는 것이다.[4]

동척 등에 의한 농업 이민과 식민지 자본주의화로 인하여 조선의 농민들이 조선 내에서 살 수 없어 만주로 이주하는 현실에 대해서 장혁주는 애써 눈을 감고 개척정신만을 강조하는 것이다. 이태준의 「농군」을 비롯한 작품들이 조선에서 살 수 없어 만주로 이주하는 농민들의 애환을 다룬 것과는 명백하게 대조되는 것이다. 그렇기 때문에 조선에서 소작인으로 살다가 만주로 이주하는 농민에 대해서는 일언반구도 없고 오로지 조선보다 더 넓은 땅에서 농사를 하기 위하여 농민들이 이주한 것처럼 말하게 되는 것이다.

또한 조선 등지에서 폐인이 된 사람이 만주에서 갱생하는 것에 초점을 둠으로써 만주를 약속의 땅인 것처럼 묘사하고 있는 것 역시 이러한 개척정신과 일맥상통한 것이다. 1942년의 방문지 중 회덕촌은 이러한

---

4) 「개척정신」, 『半島の光』, 1942. 8.

의도에서 준비된 것이다. 회덕촌은 지난 날 밀수업자이거나 혹은 민족주의나 사회주의와 같은 '불온사상'을 갖고 있다고 전향한 사람들을 모아 만든 마을이다. 밀수업자와 불령선인을 한 곳에 모아놓고 새로운 인간으로 바꾸어 나가는 것 역시 만주의 개척정신이라고 장혁주는 보고 있는 것이다. 그가 굳이 이 마을을 선택한 것 역시 만주를 약속의 땅으로 보고 개척정신으로 강조하기 위한 것이다. 실제로 장혁주는 여기에 있는 인물을 모델로 하여 단편소설 「어느 독농가의 술회」라는 작품을 쓴다.

이런 점들을 고려할 때 1939년과 달리 1942년의 방문은 만주에 대한 일제의 식민주의적 시각을 내면화하고 있음을 알 수 있다. 조선에서 살 수 없어 만주로 떠나가는 생활이주로서의 이민이 관심의 대상이 아니라, 새로운 땅을 개척하는 개척정신으로 무장한 이들이 국가의 정책에 호응하여 떠나는 국책이주로서의 개척이 관심인 것이다. 슬픔과 비애의 이민이 아니라 기쁨과 설레임의 개척인 것이다.

3. 오족협화와는 구별되는 내선일체

『행복한 백성』은 만주국을 배경으로 하고 있음에도 불구하고 오족협화가 아닌 내선일체의 이념을 그 기본으로 하고 있다. 오족협화와 내선일체 모두 일본 제국주의의 지배 이데올로기이지만 조선에서는 내선일체를, 만주국에서는 오족협화를 내세웠다. 그런데 이것이 재만 조선인에게는 심각한 갈등으로 다가오는 것이다. 만주국 내에 살고 있는 조선인들은 한편으로는 만주국의 국민으로서 오족의 하나임에 틀림없다. 또한 조선인은 강점 이후 일본 국민이기 때문에 일본 국민이기도 한 것이다. 따라서 재만 조선인은 내선일체의 대상이기도 하고 오족협화의 대상이기도 한 것이다. 만주국과 관동군은 재만 조선인을 오족협화의 하나로 보려고 하였기에 당연히 만주국 국민으로 간주하였다. 이에 반해 조선 총독부는 내선일체를 강조하면서 재만 조선인을 일본국민으로 간주하였다. 1936년 미나미 총독이 내선일체를 강조하기 시작하면서 이러한 갈등은 더욱 커지게 되었다. 그 이전에만 해도 재만 조선인들이 일본국민이기는 하지만 조선 조선총독부 스스로 일시동인 정도로 보았지 내선일체까지는 나아가지 않았기에 그렇게 큰 문제는 없었다. 하지만 조선총독부가 전쟁 동원을 하기 위하여 내선일체를 강조하면서부터 갈등이 생기기 시작하였다. 특히 1937년 만주국에서 치외법권이 철폐되면서 이러한 갈등은 한층 심화되어 갔다.

'만주국 국민'과 '일본제국신민'사이의 충돌은 크게 세 가지 사항에서 표면화되었다. 첫째는 재만 조선인 교육행정권 이관문제였다. 둘째는 재만 조선인 국적문제였다. 셋째는 재만 조선인의 징병문제였다. 이 세 가지 문제는 내선일체에 입각한 '일본제국신민'과 오족협화에 입각한 '만주국 국민'이라는 두 가지 정체성을 둘러싸고 벌어진 길항의 대표적인 사례였다.[5] 여기서는 당시 재만 조선인에게 가장 큰 관심거리였을 뿐만 아니라 장혁주 자신에게도 큰 관심이 되었던 재만 조선인 교육행정권 이관문제를 중심으로 살펴보자.

만주국의 치외법권이 철폐된 이후에도 일본인 교육은 일본 측에서 담당하게 되는 반면, 재만 조선인의 교육은 만주국에서 관장한다는 사실이 알려지면서 재만 조선인들은 혼란을 겪었다. 관동군은 치외법권이

---

5) 이들 문제에 대한 구체적 연구로는 다나까 류이치(田中隆一)의 논문「滿洲國民の 創出と 在滿朝鮮人 問題」,『東アジア 近代史』제6호(2003년 3월)를 참고할 수 있다.

철폐되었기 때문에 조선인에 대한 교육 행정은 만주국에서 담당해야 한다고 주장한 반면, 조선총독부에서는 재만 일본인의 교육은 일본 측에서 담당하면서 재만 조선인의 교육만 만주국이 담당한다면 조선 내에서 널리 선전되는 '내선일체'가 애써 감추고자 하는 차별의 허구성이 드러날 것이며 이는 조선 통치에 장해물이 될 것이라고 하면서 재만 조선인 교육 행정을 만주국으로 이관하는 것을 반대하였다.

조선총독부와 관동군 사이의 대립은 결국 조선총독부의 자금문제로 인하여 만철 연선 주요지를 제외한 재만 조선인 교육 행정권을 조선총독부가 만주국에 넘기기로 합의하였다. 이러한 결정이 나면서 간도성에 살고 있던 대부분의 조선인들에 대한 교육 행정권은 조선총독부에서 만주국으로 이관되었다. 그렇기 때문에 간도성의 조선인들은 만주국의 교육행정을 따르게 되었다. 이것은 내선일체를 강조하는 사람들에게는 받아들이기 어려운 사항이었다. 장혁주가 1942년 두 번째 방문을 마치고 돌아와 매일신보의 좌담에서 하는 다음과 같은 발언은 내선일체의 관점에서 만주국을 바라보는 사람만이 할 수 있는 내용이다.

> 회덕의 교장은 본촌이라는 반도출신이었습니다. 그런데 제가 이 교육 문제에 대하여 느낀 것은 개척지의 학교는 만주국의 경영으로 되어 있다는 사실이었습니다. 그러니까 근본적으로 반도인으로서 내선일체의 정신 하에서 교육 방침을 세워야 하겠는데 학교 자체가 만주국의 경영이니까 이 교육 정신의 통일 문제가 대단히 곤란한 문제였습니다.[6]

장혁주가 문제 삼고 있는 것이 바로 재만 조선인 교육행정이 만주국

---

6)『매일신보』, 1942. 6. 27.

으로 넘어간 후 내선일체와 오족협화 사이의 갈등으로 인해 내선일체의 정신이 제대로 관철되지 않고 있는 것에 대한 것일 터이다. 1942년이면 치외법권 철폐 이후 재만 조선인의 교육행정권이 만주국에 이관된 후 상당한 시간이 지났던 것을 감안하면 장혁주의 이러한 불만은 당시 내선일체의 틀 속에서 만주를 보려고 하는 사람들이 공통적으로 갖고 있는 것에 틀림없다. 이로써 장혁주는 내선일체의 시각에서 만주국을 보고 있다는 것이 확인된다.

장혁주의 이러한 시각은 『행복한 백성』에 그대로 드러난다. 이 작품은 기본적으로 내선일체의 시각에서 만주국을 보고 있기 때문이다.

4. 『행복한 백성』의 두 가지 조건 : 개척과 내선일체

1942년 중반에 만주국을 방문하여 취재한 것을 기초로 한 이 작품은 용정 부근의 집합이민촌을 배경으로 하고 있지만 기본적으로 조선인 이주가 일본의 국책으로 인정된 후에 이루어진 일련의 개척에 바탕을 두고 있다. 먼저 들어온 사람들 이외에 새로 들어온 사람들은 각각 경북과 강원도 출신이었다. 그리고 이들 이외에 일본에서 들어온 이주민들이 존재한다. 이들 네 부류의 집단들이 서로 도와 가면서 만주의 역경을 극복한다는 것이 이 작품의 핵심적인 이야기이다. 특히 이 과정에서 조선인과 일본인들이 상호간의 벽을 넘어 일체화되는 것이다. 이 작품의 주인공으로 등장하는 이와무라는 경북에서 건너온 사람으로 이마을에 2차로 들어온 인물이다. 그는 이미 들어온 이주민들과 좋게 지낼 뿐만 아니라 일본에서 들어온 이주민들과도 다툼없이 살아가는데 핵심적인 역할을 하는 인물이다. 이 인물은 여러 난관을 극복하여 결국 행복한 백성이 되는 것이다. 이와무라를 위시하여 처음에는 이들과 대치하던 최팔과 같은 인물도 본류에 합류하여 조화롭게 살아가는 것에는 크게 두 가지의 조건이 있다. 하나는 이민의 시대가 아닌 개척의 시대라는 점이고, 다른 하나는 조선인과 일본인이 일체화된다는 점이다.

이 작품의 시대적 배경은 개척의 시대이다. 이민의 시대가 아니라 개척의 시대라는 것은 이 작품에서 매우 중요한 의미를 차지한다. 이민의 시대와 개척의 시대가 달라지는 지점은 만주 이주가 조선에서 살 수 없어서 어쩔 수 없이 이루어지는 슬픔과 비애의 것이 아니라 개척 정신을 가지고 새 땅에서 역사를 일군다는 의식을 갖고 기쁨과 열망에 충만된 것이라는 점이다. 그렇기 때문에 여기에 등장하는 조선인과 일본인은 과거 조선과 일본에서 소작인으로 찌들어 살던 사람이 아니라 피하기 어려운 운명의 곡절 끝에 만주로 이주한 것으로 배치된다. 조선에서 살다가 만주에 들어온 조선인 이와무라는 원래 소작인이 아니다. 그의 아버지가 술과 도박으로 빚을 지고 결국 이 빚 때문에 살 수 없게 되어 새로운 출발을 하기 위해 만주로 들어왔다. 이와무라는 아버지가 죽고 난 다음 어머니를 모시고 만주로 이주하여 새로운 생활을 꿈꾸고 있기에 아버지와 자신의 가족을 망가뜨린 술은 일체 입에 대지 않는 것이다. 이와무라와 비슷한 시기에 이 마을에 들어온 일본인 하라다 역시 소작농 출신이 아니다. 자작농의 아들로 태어나 대도시인 오사카로 나가 공장에서 일을 하다가 신경쇠약으로 고향으로 돌아가 문득 바다를 보면서 만주를 떠올리게 되어 이곳으로 온 사람이다. 그렇기 때문에 하라다는 "하나하나 정복해가는 기쁨"에 모든 것을 걸고 살아가는 사람이다. 그런 점에서 하라다는 이와무라와 다르다. 하라다가 갖고 있는 만주 낭만이 이와무라에게는 없다. 분명 이와무라는 힘들어서 만주를 선택한 것이지 결코 하라다처럼 만주에 대한 낭만적 기분으로 들어온 것은 아닌 것이다. 하지만 이와무라 역시 당시의 많은 조선 이주 농민들이 겪는 것처럼 소작농민으로 살 수 없어서 들어온 것은 아니다. 그의 아버지가 술과 도박으로 인하여 가산을 탕진하였기 때문에 들어온 것이다. 조선 사회의 구조 때문이 아니라 어디까지나 자기 아버지의 개인적 실책으로 인하려 빚어진 것이다. 이런 점들을 고려할 때 이 작품은 어디까지나 이민의 시대가 아닌 개척의 시대를 배경으로 한 것임을 알 수 있다.

이 작품이 개척정신을 바탕하고 있다고 하는 것을 보여주는 것으로는 인물의 과거뿐만 아니다. 이미 들어온 사람들 중에서도 이 개척정신을 이해하지 못하고 살아가는 사람들과 개척정신으로 살아가는 사람들과의 대조에서도 드러난다. 이와무라가 이주하기 이전에 이미 이 마을에 들어와 살았던 사람들 중에 가네다와 최팔의 대조에서 잘 드러난다. 가네다는 개척정신을 이해하고 살아가려고 하였기 때문에 처음으로 이 마을에 들어오는 사람들과 공존하면서 마을과 땅을 개척할 의향을 보인다. 이와무라를 처음 만났을 때 그에게 이 마을을 잘 안내해 줄뿐만 아니라 같은 부락장으로 마을 전체의 발전을 위해 공헌을 하게 된다. 궁극적으로 이와 대조로 최팔의 경우는 개척정신을 이해하지 못하고 과거의 습성과 사고 속에서 살아가는 인물로 되어 있다. 처음 들어온 이와무라를 술집에 데리고 가려고 하는가 하면 마을 사람들이 겨울 내내 새끼를 꼴 때 자신은 다른 사람들을 꾀어 내 도박판을 벌이기도 한다. 나아가 동네 처녀 순희를 탐내다가 여의치 않자 술집 여자를 데리고 살기도 할 정도이다. 그리고 본인은 항상 이 만주에서 다른 사람들에 대해서는 아랑곳하지 않고 지주로 살아가고 싶어 하는 것이다. 개척시대에 살면서도 개척정신을 이해하지 못하고 살아가는 인물에 대한 작가의 이러한 비판적 묘사를 통해서 이민시대가 아닌 개척시대의 중요성을 강조하고 있는 것이다.

이 작품에서 가장 두드러진 것이 바로 내선일체이다. 작가는 조선인과 일본인이 이웃한 곳에 살고 있는 마을을 공간적 배경으로 삼고 있다. 조선인 마을의 대표적인 인물로 이와무라가 있다면, 일본인 마을의 대표적인 인물로 우시지마가 등장한다. 이 두 인물은 개척정신으로 무장한 이들로 서로 사이좋게 지낸다. 처음에는 이 낯선 곳에서 다른 풍습으로 인하여 일정한 벽을 느끼기도 하지만 결국은 이를 극복하여 내선일체를 이룩하는 것이다.

겨울에 도박이나 술에 빠지지 않기 위하여 새끼 꼬기 하는데 일본인들은 이것을 하지 못한다. 일본인들을 빼고 하자는 의견도 있었으나 이와무라가 우시지마에게 새끼 꼬는 것을 배워줌으로써 일본인들도 쉽게 조선적 풍습에 익숙해지는 것이다. 처음으로 해 보는 것이기 때문에 조선인들과 같이 능률적으로 하지는 못하지만 점점 시간이 지나면서 같아지는 것이다. 능률이 낮은 일본인들과 같이 이런 작업을 하면 손해라고 생각하여 반대를 하였던 최팔이 결국에는 승복하지 않을 수 없었던 것도 이러한 사정 때문이다.

반대로 조선인들이 곤경에 빠졌을 때 일본인들이 도와주기도 한다. 이와무라가 부녀자 유괴 혐의로 경찰에 잡혀가게 되는데 이것 역시 최팔이 꾸민 흉계였다. 최팔이 마치 영란의 남편이라도 되는 것처럼 일을 꾸며 경찰에 신고하였기 때문에 최팔의 마수에서 벗어내기 위하여 영란이를 먼 곳에 가게 한 이와무라는 부녀자 유괴 혐의를 받게 되었던 것이다. 노름과 술로 인생을 망친 남편을 두었던 이와무라 어머니는 자식이 다시 이러한 죄로 경찰에 잡혀간 것을 보면서 망연자실할 때 일본인 우시지마가 나서서 경찰과 교섭하였고 이로 인하여 이와무라는 풀려나게 되었던 것이다. 우시지마가 단호하게 나서지 않았다면 훨씬 어려울 일이 그로 인하여 쉽게 풀린 것이다.

이처럼 일본인과 조선인이 만주에서 서로 도우면서 화목하게 살아가는 것을 매우 강조하여 다루고 있다. 그리하여 처음에는 조선인들이 일본인과 같이 살아가는 것에 반대하던 최팔마저도 마지막에는 뉘우치고 내선일체의 길에 들어서는 것으로 구성되어 있다. 이러한 점은 이 작품에 등장하는 인물들의 창씨개명에서도 확인할 수 있다. 개척정신을 이해하지 못하고 예전의 습속에서 벗어나지 못하는 최팔만 빼놓고 모든 조선인은 창씨개명한 인물도 등장한다. 이 작품의 주인공 이와무라를 비롯한 대부분의 조선인들이 창씨개명한 것으로 되어 있다. 유독 최팔과 같이 이기주의자만 인물만 창씨개명하지 않은 조선식 이름과 성을 갖고 있는 것으로 그리고 있다. 이런 점들을 감안할 때 작가 장혁주가 내선일체에 대해서 거는 기대가 얼마나 큰가 하는 것을 알 수 있다.

이 작품에서 내선일체는 일본인 하라다가 조선인들에게 행하는 연설에서 가장 극적으로 드러난다.

우리들은 일본에서도 동해에 면한 마을에서 왔습니다. 그곳은 고래로부터 조선과의 관계가 밀접한 곳이라 들었습니다. 특히 남부 조선과 동부 조선의 사람들과는 지금도 같은 피가 흐르고 있다고 합니다. 우리가 마을을 떠날 때에 단지 우리들의 마을에 대해서만 생각했기에 이곳에 와서 여러분들과 같은 지역에 살게 되었다고 들었을 때는 솔직히 말씀드려 조금 복잡할 것 같다는 생각도 들었습니다. 그러나 지금은 100배 200배 희망으로 빛나고 있습니다. 마을을 떠날 때의 외로움 따위는 한꺼번에 날아가 버렸습니다. 하나로 힘을 합쳐 이상적인 마을을 만들지 않겠습니까?

일본 시마네 현 출신으로 만주에 낭만적인 기분으로 건너온 하라다가 조선인들에게 하는 연설의 한 대목인 위의 인용문에서 내선일체의 극적인 표현을 확인할 수 있다. 장혁주는 일본에 있는 고마신사를 내선 일체의 근거로 자주 들고 있다. 고대로부터 조선과 일본은 하나였다는 움직일 수 없는 사실을 고마신사를 통해 알 수 있다고 믿었으며 또한 현재 조선이 일본과 하나가 되는 것은 결코 작위적인 것이 될 수 없다고 생각하였다. 장혁주는 일본 패전 직후인 1947년부터 1997년 사망할 때까지 이러한 것을 스스로 실천하기 위하여 고마신사가 있는 사이다마현 日高 지역에 거처를 정하고 살았을 정도로 내선일체에 대한 집착이 강하였다.

5. 육화된 내선일체의 황민화와 식민주의에의 협력

만주국 이외의 지역에 거주하고 있던 조선인 작가들이 만주국을 재현하려고 할 때 그것은 만주국 그 자체에 국한될 수 있는 성질의 것이 아니다. 당시 식민지인 조선을 어떻게 보고 있는가 하는 문제와 밀접한 연관 속에서 이루어지는 것이다. 장혁주도 예외가 아니다. 그는 두 차례의 만주 방문을 마친 후 두 편의 장편소설과 한 편의 단편소설 그리고 여러 기행문을 남긴 바 있다. 그 후에도 만주를 몇 차례 방문하지만 이때처럼 열정적으로 작품을 남기지는 않는다. 오히려 만주를 다룬 작품을 1943년 중반 이전에 마무리하고 그 이후에는 이것에서 벗어나 조선인 징병문제와 징용을 다룬다. 징병과 징용을 다루는 그의 입장은 역시 내선일체이다. 서구 근대의 극복으로서의 동양의 발견과 같은 당시 식민주의에 협력한 많은 문학인들이 즐겨 다루었던 주제를 다루지는 않는다. 오로지 그가 관심두고 반복적으로 다루는 것은 내선일체의 문제이다. 단지 그 대상이 만주에서 징병이나 징용으로 바뀌었을 뿐이다.

장혁주는 철저하게 내선일체의 황민화에 포섭되어 있었다. 스스로는 이렇게 함으로써 조선인이 받는 차별을 넘어설 수 있다고 생각하였던 것으로 보인다. 이러한 허위의식은 그로 하여금 식민주의에 철저하게 협력하는 결과를 빚게 되었다. 일본 제국주의의 강제와 억압에 의해서가 아니라 자발적으로 행해진 이러한 협력은 식민주의에 대한 환상 속에서 이루어진 것이다. 만주국 재현에 있어 식민주의에 철저하게 포섭된 장혁주의 『행복한 백성』은 식민주의에 대한 우회적 비판의 일환으로 만주국을 재현한 한설야의 『대륙』과 대척점에 놓인 것이다.

참고문헌

김재용 등, 『재일본 및 재만주 친일문학의 논리』, 역락, 2004.

김창호, 「동아시아 '타자' 형상 비교 연구 : 만보산사건을 수용한 한중일 소설을 중심으로」, 『中國現代文學』 제31호, 2004년 12월.

박선영, 「완바오산(萬寶山) 사건과 구화(仇華) 폭동에 관하여」, 『中國史硏究』 제33집, 2004. 12.

박영석, 『만보산사건』, 아세아문화사, 1978.

이태준, 「농군」, 『문장(증간호)』, 1937. 9.

임성모, 「중일전쟁 전야 '만주국' 조선 관계사의 소묘-'일만일체'와 '선만일여'의 갈등」, 『역사학보』 202, 2009. 3.

장혁주, 『개간』, 중앙공론사, 1943.

장혁주, 『わが風土記』, 赤塚書房, 1942.

만보산사건을 다룬 동아시아 3국 소설 비교
— 안수길의 중편소설 「벼」를 중심으로 —

김호웅

1. 문제의 제기

만보산사건(萬寶山事件)은 일본이 만몽(滿蒙)에 대한 침략의 계기를 마련하기 위해 의도적으로 조작해낸 사건으로서 일, 중, 한 3국의 이해관계가 얽히고설킨 동아시아 현대사를 살아온 조선인 이주자들의 험난한 처지와 운명을 극명하게 보여준다.

만보산사건은 동아시아 3국에 커다란 파장을 몰고 왔을 뿐만 아니라 중, 일, 한 작가들에 의해 소설로 형상화되었다. 작품이 발표된 시간적 순으로 보자면 일본 이토 에이노스케(伊藤永之介)의 단편소설 「만보산」(1931. 10), 중국 이휘영(李輝英)의 장편소설 『만보산』(1933. 3), 이태준의 단편소설 「농군」(1939), 안수길의 중편소설 「벼」(1941) 등이다.[1]

이 글에서는 사학계와 문학계의 기존 연구 성과를 참조하면서 상술

---

[1] 이외에도 재일조선인작가 장혁주의 장편소설 『개간』(1943)이 있으나 이에 대한 비교연구는 다음 기회로 미룬다.

한 4편(부) 작품이 어느 정도 역사사건을 존중하고 있는가? 역사사건의 본질을 어느 정도 적확하게 포착하고 반영하고 있는가? 역사사건의 본질을 존중하면서도 어떻게 인물과 사건을 변용시키고 있는가? 안수길의 중편소설 「벼」는 기타 3편(부)의 작품에 비해 어떠한 특성을 가지는가를 살펴보고자 한다.

이러한 연구를 진행함에 있어서 만보산사건에 참여한 조선인 농민들은 본질적으로 무국적자, 즉 디아스포라들이며 중국과 일본의 이익관계가 첨예하게 상충하는 만주에서 양자택일의 실존적인 고뇌를 겪고 있었다는 사실, 4명 작가들의 처한 각이한 환경과 각이한 작가의식은 동일한 소재를 서로 다른 양상으로 형상화하게 된 중요한 원인으로 된다는 사실을 전제로 한다. 또한 역사의 논리와 예술의 논리는 서로 다른 것으로서 문학은 허구, 변용, 우의 등 방법을 통해 우회적으로 역사의 본질에 접근한다는 사실을 존중하고자 한다. 따라서 안수길의 중편소설 「벼」를 만보산사건을 소재로 하면서도 허구를 통해 해당시기 '만주지역'에 있어서의 중, 일, 한의 미묘한 역학관계와 재만 조선인의 삶의 실상과 비참한 운명을 가장 리얼하게 표현한 작품으로 새롭게 주목하고자 한다.

2. 재만 조선인의 법적지위와 만보산사건

재만 조선인의 법적지위를 구명하는 것은 만보산사건의 발발 원인과 그 본질을 알 수 있는 열쇠로 된다.

일본이 만보산사건에 개입하고 재만 조선인들을 만몽침략의 희생양으로 이용하는 것은 이미 오래 전부터 획책해온 것이라 할 수 있는데,

그 단초는 적어도 1907년 8월 간도영유권 전담기관으로 용정에 통감부 임시간도파출소를 설립하고 그 이듬해에 청나라와 간도협약을 체결하던 때로 거슬러 올라간다. 간도파출소는 설치에서 폐쇄에 이르기까지 다양한 실지조사 자료와 정보를 제공하는 척후병의 역할을 수행했다. 말하자면 간도파출소의 설치과정은 러일전쟁 이후 일본에서 고조된 '식민열'을 반영하는데, 일본은 이른바 '보호국'인 조선을 발판으로 해서 대륙진출의 야욕을 드러냈다. 간도파출소의 임무는 크게 세 가지로 볼 수 있다. 그것들로는 간도의 영유권에 대한 조사연구, 조선인에 대한 '보호' 행정, 그리고 간도의 산업조사였다. 그중 간도의 영유권에 관한 조사가 가장 현실적이고 중요한 것이었다. 조선인에 대한 '보호'는 간도파출소 설치의 명분에 불과한 것으로서, 청조의 반발을 피하려는 의도였다. 애초에 간도파출소는 청조의 영유권 주장을 부정하고 간도는 조선의 영토'라는 확실한 입장을 표명하였다. 하지만 간도파출소의 조사결과는 정책에 반영되지 않았다. 일본의 외교정책라인은 현지 실무자의 의견을 의도적으로 무시하였다. 오히려 간도파출소의 주장에 부담감을 느꼈다. 결국 간도영유권 문제는 일본이 1909년 9월 간도협약을 체결함으로써 일단락되었다.

바로 이 간도협약에서 간도지역 조선인의 법적지위가 불확실하게 이루어졌고 이러한 법적지위의 불안정성은 그 후에 체결된 수많은 조약의 변화와 적용에서도 극명하게 드러났다. 비록 간도협약 제3조에 조선인의 간도지역 거주권이 보장되었고 제5조에 조선인의 부동산 소유권이 인정되었지만[2] 조선인은 결코 안정된 법적 지위를 누리지 못하였다.

---

2) 간도협약 제3조 : 청국정부는 종래와 같이 도문강 이북의 개간지에 한인의 거주를 승인한다. 제5조 : 도문강북 잡거지역 내에서의 한인 소유 토지 가옥은 청국정부로부터 청국인민의 재산과 동일하게 완전하게 보호받는다.

중일 간에 조선인의 권리를 두고 사사건건 충돌하였다. 중국은 부동산 소유권에 대해 조선인이 귀화하지 않으면 새로운 토지취득을 허가하지 않았지만, 일본은 조선인의 부동산 취득을 인정하여 양국의 인식차이를 드러냈다.[3]

중국은 동북지역에 거주하는 조선인과 기타 지역에 거주하는 조선인에 대해 서로 다른 대우를 하였다. 기타 지역의 조선인은 영사재판권이 있는 일본교포 수준으로 대우함으로써 차별성을 두었다. 간도협약 제4조에서 "중국관리는 조선인과 중국인을 동등하게 대우한다"고 규정하였고 일본영사관 측이 법정에 와서 심리하는 것을 경청하거나 중대한 안건에 대해 재심을 요청할 권한은 있었지만 중국 법정의 판단결과를 간섭할 권한은 없었다.

그러나 일본이 재판 입회권, 재심권 등 변형적인 영사재판권을 이용하여 조선인에 대한 실질적인 재판권을 교묘하게 이용하여 잡거지에 거주한 모든 조선인에 대한 실질적인 재판권을 행사하자 청정부가 이에 강력히 반발하였다. 청정부도 일본의 재판권을 이용하여 조선인의 국적을 장악하려는 것을 발견하고 그와 대등한 수단으로 잡거지 조선인에 대한 단속을 강화함으로써 조선인은 경제적으로 이중의 착취와 압박을 받고 정치적으로 이중의 통치를 받는 사실상의 무국적인(無國籍人)으로 전락하였다. 간도협약은 간도 거주 조선인의 법적 지위를 청조로부터 일본의 보호를 받는 '교민'으로 되게 하였는데[4] 이는 조선인의 법적지위를 두고 논란을 불러올 수밖에 없게 하였다.

---

3) 金春善, 『延邊地區朝鮮族社會的形成研究』, 吉林人民出版社, 2001, 144~146면. 孫春日, 『"만주국"의 재만한인에 대한 토지정책 연구』, 백산자료원, 1999, 48~51면.
4) 유병호, 『재만한인의 국적문제연구(1981~1911)』, 중앙대학교 사학과 박사학위논문, 2001, 156~157면.

1910년 일본의 한국 병탄은 조선인에게 어떤 법을 어떻게 적용해야 하는지의 문제가 새롭게 불거지게 하였다. 일본제국의 신민(臣民)이 된 조선인에 대해 간도협약에서 규정한 재판 관할권이나 거주 및 부동산 소유권 문제는 새로운 법해석을 야기할 수밖에 없었던 것이다. 실질적으로 간도협약에서 규정한 조선인의 법적지위는 한일병탄으로 무효화되어 일본은 간도협약의 소멸론을 주장하였는데, 그것은 각기 다른 법 사이에서 내용상 충돌할 여지가 많았기 때문이다. 일본이 간도협약 소멸을 주장한 근거는 다음과 같다. 첫째, 조선인은 더 이상 존재하지 않으므로 간도협약 제3조, 4조, 5조 등 조선인 존재를 전제로 하고 설정한 규정은 당연히 폐기되어야 한다. 둘째, 한일병탄 당시 간도협약을 마땅히 폐기했어야 했지만, 그것을 묵인한 것은 간도 조선인의 거주권, 영업권, 토지소유권 등이 상실될 것을 염려해 편법으로 인정한 것이며, 이제 만몽조약으로 만주에서의 일본인의 제반 권익이 보장받을 수 있으니 간도협약은 폐기되어야 한다. 셋째, 만몽조약 제8조는 만주에 관한 중, 일 기존 조약 내용 가운데서 새롭게 규정된 사항은 신조약에 따라 실행하고 이에 저촉되는 부분은 모두 폐기한다는 의미이기 때문에, 동북지역 조선인의 거주권, 재판권, 토지소유권에 관한 간도협약 제3조, 4조, 5조는 소멸되어야 한다.[5]

요컨대 간도협약에 의해 간도에 거주하는 조선인은 청정부의 법권에 복종해야 했지만 1910년 한일병탄으로 조선인은 일본제국의 신민으로 되었기 때문에 종래와 같이 중국의 사법권에 복종할 의무가 없다고 보았던 것이다.

이 무렵 위기의식으로 팽배해 있던 청정부는 더욱 강경하게 조선인

---

5) 손승회, 「만주사변 전야 만주한인의 국적문제와 중국 일본의 대응」, 『중국사연구』 31, 2004, 336~339면.

에 대한 국적정책을 실시하였다. 1909년 말 청조는 『대청국적조례(大淸國籍條例)』를 반포하여 표면적으로는 귀화한 조선인은 청인과 동등한 권리를 향유한다고 하면서도 「대청국적조례시행세칙」에서는 조선인은 입적하여도 지방관리나 순경 또는 군인이 될 수 없다고 차별시하는 정책을 폈다.6) 조선인이 많은 훈춘현과 왕청현에서는 조선인이 경작하던 청인의 토지를 회수하고 조선인이 소작지에 가옥을 신축하는 것을 금지하였으며, 개간한 지 1년이 못되는 훈춘 경내의 조선인 토지는 몰수하는 식으로 위협하여 귀화토록 하였다. 돈화에 거주하는 50여 호의 조선인들에게 협박적인 언어로 치발(薙髮)할 것을 강요하였고 서간도 황성에서 청정부의 관헌은 1200~1300명 조선인에 대한 강제 귀화를 단행하면서 조선인의 머리카락을 자르고 호복을 갈아입게 하면서 만약 일본관헌에게 고발하면 체포, 처형할 것이라고 협박하였다.7) 각종 수단을 동원하여 조선인을 귀화토록 한 후 입적수속 과정에서 입적비용을 구실로 조선인을 수탈하였다. 또한 조선인의 귀화를 권유하여 간도협약과의 관계를 끊도록 유도하면서 조선인이 새로 관부의 황무지를 개간하는 것을 금지시키고 청인을 이주시켜 민족비례를 개변시키고 청인이 조선인에게 토지를 매각하지 않도록 유도하는 등 온갖 수단과 방법을 동원하여 일본의 간섭을 차단하려 하였다.

게다가 1915년 일본은 중국에 21개 조약을 요구하였고 이를 기반으로 '남만주 및 동부 내몽골에 대한 조약', 즉 만몽조약을 체결하고 이를 이용하여 조선인을 일본인이라고 천명하였다. 간도협약에서 조선인의 재판권을 중국이 가졌지만 만몽조약에서는 일본이 조선인의 재판권을

---

6) 楊昭全, 孫玉梅 主編, 『中朝邊界沿革及界務交涉史料匯編』, 吉林文史出版社, 1994, 1275~1284면.
7) 『극비 : 일본의 한국침략사료총서20』, 한국출판문화원, 1989, 573면.

회복하고자 하였다. 이에 대해 중국은 일본이 조약과 문항을 고쳐 실제적인 효력을 발생시키는 것과 그 조항의 구속력 문제에 대해 별도로 의논하는 것으로 규정하여 해석하는 것에 대해 반대하였기 때문에 그것은 양국이 끊임없이 충돌을 하는 요인으로 되었다.

만몽조약 성립으로 일본은 간도협약 제3조(조선인거주권), 제4조(조선인 부동산 소유권), 제5조(중국재판권)가 소멸된 것으로 보았지만 필요한 경우에는 상황에 따라 2개의 조약을 다 활용하였다. 1915년 8월 13일 일본 각의(閣議)에서 토지상조권과 영사재판권은 만몽조약에 의거하고 토지소유권은 간도협약에 의거하여 행사하도록 기본 방침을 결정하였던 것이다.

어떠한 조약으로 조선인의 법적 지위를 규정한다 해도 그것은 조선인의 법적 지위를 보장해 주려는 목적으로 제정한 것이 아닌 이상 중일 양국의 필요에 따라 법이 해석되고 적용될 수밖에 없었다. 결국 간도협약으로 간도영유권이 중국에 귀속된 이후 조선인은 자신의 정체성을 유지하고 법적권리를 향유할 수 있는 상태가 아니라 중일 양국의 자의적인 판단에 의해 실질적인 무국적자로 전락되어 인권이 침해되고 유린되는 결과를 가져왔다.[8]

이러한 조선인의 불안정한 법적지위는 만보산사건이 터진 장춘지역에서도 마찬가지였다. 수전을 개발하기 위해 징집되어 온 조선인들은 그 대부분이 중국으로 온 후 정착을 하지 못한 사람들이었다. 이들은 살길을 찾아 동북지역에서 떠돌아다녔는데, 이를 두고 권혁수는 '아리랑대오'[9]라고 하였다. 이들 조선인들은 상술한 원인으로 말미암아 중국

---

8) 申奎燮, 『제국일본의 민족정책과 재만 조선인』, 동경도립대학대학원 박사학위논문, 2002. 3.

9) 권혁수, 「만보산사건에서의 조선족농민들」, 『중국조선족발자취총서2 불씨』, 연변

국적을 취득한 자가 다수였고 애초에는 중국인 지주들의 집에 자리를 잡고 용수로공사에 동원되었는데 이들은 본질적으로는 무국적자요, 디아스포라들로서 중국과 일본 사이에서 양자택일의 갈림길에 서 있었다.[10] 이러한 의미에서 만보산사건의 본질은 중일 사이에 끼인 무국적자요 디아스포라들인 조선인 농민들의 희생이요, 고뇌에 찬 갈등과 삶의 선택의 문제라고 볼 수 있다.

만보산사건은 바로 재만 조선인의 이러한 불안정한 법적지위를 빌미로 일본에 의해 조작된 사건으로서, 1931년 7월 2일 중국 길림성 장춘현(長春縣) 만보산 지역에서 조선인 농민과 중국 농민의 사이에 벌어진 충돌사태를 말한다.[11]

조선인 농민들이 만보산 일대에 나타나기 시작한 것은 1931년 4월초였다. 장춘 장농도전공사(長農稻田公司) 경리 학영덕(郝永德)은 소한림(蕭翰林), 장홍빈(張鴻賓) 등 10명의 중국인 지주들과 장춘현 제3구내의 이통하 동쪽의 생황숙지 약 500쌍을 10년 기한으로 소작을 맡아 수전을 개간하기로 계약을 체결하였다.[12] 도합 13조로 된 이 계약서는 마지막 제13조에서 현정부의 허가를 거쳐야 효력을 발생할 수 있다고 규정하고 만약 '허가를 얻지 못하면 무효'라고 하였다. 그리고 이 땅들을 누구에게 다시 소작을 주든지 간에 지주들이 상관할 수 없으며 용수로가 차지하는 땅은 별도로 한 쌍에 벼 3석씩 수로세로 지불하되 장농도전회사

인민출판사, 1995.

10) 权赫秀, 『关于 1931年万宝山事件当时朝鲜族农民情况的调查资料分析』, 2008. 5, 中国朝鲜民族史学会(北京 : 中央民族大学) 年会.

11) 대표적인 연구업적으로는 朴永錫, 『萬寶山事件硏究 : 日帝大陸侵略政策의 一環으로서의』, 亞細亞出版社, 1985와 王林, 高淑英 主編, 『萬寶山事件』, 吉林人民出版社, 1991, 1.

12) 王林, 高淑英 主編, 『萬寶山事件』, 吉林人民出版社, 1991, 9~12면, 22~31면.

에서 책임지며 용수로로 인해 분쟁이 발생하였을 때에도 장농도전회사에서 책임을 진다고 규정하였다. 학영덕은 본래 남만철도주식회사 산하의 장춘역에서 일하던 인부였는데 일제와 결탁하여 만철부속지에서 기생집, 투전판 등을 경영하면서 벼락부자가 되었다. 그는 장춘의 일본총영사관 총영사 다시로(田代)의 도움을 받아 장농도전공사를 설립하고 만보산 일대의 토지를 소작 맡아 조선인 농민들에게 다시 소작을 주었는데 이번에도 이승훈(李昇薰) 등 9명의 조선인 농민에게 10년 기한으로 다시 소작을 주었다. 당시 심의달, 심형태 등 조선인들도 장농도전공사에 참여하였는데 그들은 동북 각지로부터 188명의 조선인 농민들을 만보산에 불러들였다.

조선인 농민들은 선후 4차례 만보산 지역으로 몰려들었다. 1931년 4월초에 제일 먼저 이 일대로 들어간 조선인 농민들은 모두 82세대에 188명이었는데 그중 3분의 2도 넘는 140명이 중국국적을 가지고 있었다.[13]

그들의 원 거주지는 장춘, 쌍양, 길림, 영길, 교하, 반석, 개원, 봉천, 액목, 황해도, 경상북도 등 여러 지역인데 그중 길림, 장춘 일대에서 온 집이 66세대로서 가장 많았으며 조선 국내에서 온 사람은 3명뿐이었다. 이들은 두만강, 압록강을 넘어 중국에 온 후에도 한 곳에 정착을 하지 못하고 살길을 찾아 여기저기 떠돌던 조선인 농민들이었다. 1930년 하반년에 송화강 유역에 큰 장마가 들었고 또 1930~1931년 사이에 동만, 길림, 돈화 일대에 조선인들을 중심으로 한 '공산폭동'이 빈번히 일어나고 일제와 중국정부의 탄압도 더 가심해지자 상술한 '아리랑대오'는 자연히 조선인이 적고 논농사에도 적합한 만보산 같은 지역으로 모

---

13) 동상서, 22~31면.

여들게 되었던 것이다.

이 188명의 조선인 농민들은 4월 9일부터 13일까지 3차에 걸쳐 만보산 부근의 승가툰, 요와보, 삼가자, 동가촌, 강가와보 등 마을에 들어와 중국인 지주들의 집에 기거하였다. 이들은 서둘러 이통하에 가서 제사를 지내고 18일부터 용수로공사를 시작하였다. 소작 맡은 땅을 수전으로 개답하기 위해서는 10여 리 밖의 이통하 물을 끌어와야 했던 것이다. 용수로공사는 소작을 맡은 제3구의 장홍빈 등의 땅으로부터 시작하여 4월말에 이르러서는 제2구에 있는 손영청 등 41호의 땅에서도 시작하여 서남방향으로 이통하기슭의 마가초구까지 뻗어나갈 계획이었다.

그러나 용수로공사가 손영청 등 41호의 지주 및 인근 한족농가에 미치는 피해가 점점 커지자 중국 농민들의 반발도 심해져 장춘현정부 및 길림성정부까지 나서게 되었다. 5월 31일 장춘현 공안국 로기(魯綺) 국장이 200명의 경찰들을 거느리고 마가초구의 공사현장으로 나와 조선인 농민들을 제지시켰다. 사실의 진상을 알게 된 조선족농민들은 자진해서 해산하겠다고 다짐하고 신영균 등 6명의 대표들은 보증서까지 쓰고 손도장을 찍었다. 선량한 조선인 농민들 역시 중국 농민들에게 손해를 줄 생각이 없는지라 그날로 100명의 조선인 농민들이 외지로 떠나고 나머지 80여 명도 떠날 차비를 하고 있었다.

그런데 이튿날, 즉 6월 1일 50여 명의 조선인 농민들이 현장에 있었던 로기 국장을 찾아서 용수로공사를 계속하겠다고 제출하자 신영균 등 10명의 대표는 당장 구속당하였다. 그것은 바로 5월 31일에 장춘의 일본총영사관 서기 쯔찌야가 2명의 일본 경찰을 데리고 마가초구까지 와서 조선인 농민들을 협박하였고 장춘성 내에 거주하고 있는 심형택 등도 용수로가 경유한 땅까지 다 소작을 맡아놓았으니 걱정 말고 계속 일하라고 부추겼기 때문이다. "일본사람의 명령을 받고 벼농사 하러 왔다"14)는 신영균 등 농민대표들의 말과 "(일본)영사의 명령이 있어야만 공사를 중지할 수 있다"15)는 나카가와 경부의 말에서 볼 수 있다시피 만보산사건의 배후조종자는 장춘 일본영사관 영사 다시로를 대표로 한 일제의 침략세력이었다. 6월 3일부터 일본영사관 경찰들은 아예 마가초구에 주둔하고 조선인 농민들을 독촉하기 시작하였다. 그리하여 만보산 지역에서 중일 양측의 군사대결이 당장 벌어질 형국이었다. 하지만 조선인 농민들로서는 이미 어쩔 수도 없는 상황이었다. 사실상 5월 31일 이후의 만보산사건은 만몽침략을 꾀하고 있던 일제의 침략세력과 중국정부 및 농민들과의 직접 충돌로 격화되었고 정치적으로나 경제적으로 모두 힘없는 조선인 농민들은 일제경찰들의 강박과 감독 하에 부득불 일을 하지 않으면 안 되었다.

6월 2일 장춘에서 다시 나온 100여 명의 조선인 농민들은 현장에 남아 있던 사람들과 합세하여 공사를 다그쳐 소작을 맡은 땅으로부터 이통하까지 10여 리의 용수로공사를 거의 끝내가고 있었다. 일본 경찰들의 감독 하에 일하고 있는 조선인 농민들의 심정은 매우 흥분되어 있었는데 학영덕과의 거래를 소개한 한족중매인 마만산, 한전성을 구타한 일도 바로 6월 2일에 일어났다.

6월 3일 로기 국장이 다시 마가초구로 나와 용수로공사를 제지하자 조선인 농민들은 그 요구에 응하려 하였으나 옆에서 총을 들고 감독하고 있던 일본 경찰들은 자기들의 명령이 없는 한 맹동하지 말라16)고 으름장을 놓았다. 6월 5일 장춘일본령사관에서는 6명의 경찰을 증파하여 조선인들을 '보호'한다는 명의로 조선인 농민들을 감독하고 독촉하

---

14) 동상서, 18, 41, 52면.
15) 『국문주보』 제8권 27기.
16) 『길림문사자료』 제11집, 135면.

였다.

6월 8일 중일 양측에서 쌍방의 경찰들을 전부 철수하고 용수로공사를 즉시 중단한다는 내용의 임시협정을 달성하고 그 이튿날부터 공동으로 현지조사를 진행하였다. 하여 6월 10일에 일본 경찰들은 장춘으로 철퇴하고 조선인 농민들도 공사를 중지하였다. 그러나 사건해결책에 관한 중일쌍방의 교섭이 결과를 보지 못하게 되자 12명의 일본 경찰은 6월 13일에 105명의 조선인 농민들을 데리고 다시 만보산 지역으로 들어와 그 이튿날부터 용수로공사를 재개하였다. 조선인 농민들은 사실의 진상을 아는지라 몇 번이나 이곳에서 농사하지 않고 외지로 떠나겠다고 하였으나 일본 경찰들은 7월 5일 전으로 공사를 완성해야 한다고 불같이 독촉하였다.

6월 21일 용수로공사와 수전정비가 거의 완성되자 일본 측에서는 장춘으로부터 130자루의 볍씨를 실어다가 산종(散種)을 하게 하였다. 일본 측이 때늦은 산종을 강행한 것은 사태를 기성사실화 하기 위해서였다. 이리하여 만보산 일대의 분위기는 일촉즉발의 수위에까지 와있었다. 중국 농민들은 일본 측과 조선인 농민들에게 식량을 팔지 않았다. 그래서 장춘의 일본영사관에서는 중동철도를 이용하여 270자루의 쌀과 기타 식료품 6~7상자를 만보산 부근에 있는 미사자역까지 보내왔다. 미사자역에서 만보산까지는 30여 리나 되었으나 당지 중국인운수업자들은 그 누구도 물품을 운반해주려 하지 않았으므로 일본 경찰들은 조선인 농민들을 동원하여 운반하였다. 한창 장마철이라 조선인 농민들은 무거운 짐을 지고 30여 리의 진흙길을 오가야 하였다. 일본 경찰들은 채찍과 몽둥이로 조선인 농민들을 사정없이 휘몰아쳤다. 조선인 농민들은 "노하여도 감히 말하지도 못하고 눈물을 흘리면서"17) 사흘 동안 짐을 날랐다. 가끔 도망을 치는 사람도 있었다. 6월 24일 밤 마가초구 부근의 중국 농민들이 18여 장의 용수로를 파괴한 사건이 일어나자 현지에 있던 17명의 조선인 농민들도 밤새 어디론가 도망쳐버렸다. 당시 현장취재로 나왔던 중국기자의 보도에 의하면 조선인 농민들의 처지는 매우 비참하였다고 한다. "조선인들의 일손이 조금만 늦어져도 일본 경찰들의 힐책, 심지어는 구타를 당하게 되어 그 시달림을 견딜 수 없어 감시가 늦추어지는 틈을 타서 도망가는 사람도 있었다."18)

6월 30일에 수로공사가 완공되고 이통하의 봇둑도 완공되었다. 그러자 중국 농민들의 반발은 더욱 거세어졌다. 7월 1일 마가초구 부근의 중국 농민 300~400명이 삽과 괭이들을 들고 2리 남짓한 용수로와 버들가지로 만든 봇둑을 파괴하였는데 조선인 농민들은 "옆에 서서 구경만 하고"19) 있었다. 애초에 조선인 농민들은 중국 농민들과 싸울 생각이 없었으니 사건은 조선인 농민들과 중국 농민들 사이의 대결과 충돌이 아니라 일본 경찰과 중국 농민들의 대결과 충돌로 번졌다.

만보산사건이라고 하는 7월 2일의 충돌사건 역시 용수로파괴작업을 하던 중국 농민들과 일본 경찰간의 충돌이었다. 그날 아침 7시 30분부터 400~500여 명의 한족농민들이 다시금 마가초구로 모여와 수로를 파괴하기 시작했다. 현장에는 일본 경찰 60여 명과 장춘현 공안국 제2분국 전석의 국장과 제3분국 조룡표 국장이 거느린 중국 경찰도 있었다. 처음에는 중국 경찰들이 나서서 중국 농민들을 말리었으나 8시경부터는 일본 경찰들도 나서서 제지하였다. 쌍방의 언성이 점점 높아지고 서로 밀치고 닥치고 하는 판에 몇몇 중국 농민들이 일본 경찰들에게 구속되었다. 이때 조선인 농민들은 충돌에 참여하지 않았다. 중국 농민들

---

17) 王林, 高淑英 主編, 『萬寶山事件』, 吉林人民出版社, 1991, 52면.
18) 『상해신문보』, 1931. 7. 13.
19) 王林, 高淑英 主編, 『萬寶山事件』, 吉林人民出版社, 1991, 61, 64~69면.

의 반항이 점점 거세어지자 일본 경찰들이 먼저 헛총질로 위협하고 한족농민들 역시 휴대했던 총으로 사격을 가하였다. 약 반시간이 지난 후 중국 농민들은 중국 경찰 측의 권고에 의하여 자진 해산하였다.[20] 일제가 날조하고 조선일보 특파원 김리삼(金利三)을 통해 전파된 소위 '화선농민충돌'은 완전히 시비가 전도된 사실이라는 것은 이미 많이 지적되고 있지만, 7월 2일의 충돌에 조선인 농민들이 전혀 참가하지 않았다는 점은 아직도 명백히 지적된 적이 없다.

당시 수백 명의 중국인 인부들이 수로공사에 참가하였던 일도 역시 오늘까지 분명히 지적되지 못했다. 권혁수의 조사[21]에 의하면 조선인 농민들이 만보산으로 들어가 용수로공사를 시작한지 얼마 되지 않아 장춘으로부터 200명의 산동성출신의 인부들이 고용되어 용수로공사에 참가하였다. 당시 만보산 지역에 있던 조선족농민은 도합 188명인데 그중 용수로공사에 참가할 수 있는 장정들은 100여 명밖에 되지 않았다. 하기에 200명 중국인 인부들은 자연 용수로공사의 주력으로 되었다. 이 200명 중국인 인부들은 근 두 달 동안이나 용수로공사의 주력으로 일하다가 5월 31일에야 장춘현 공안국 로기 국장의 명령에 의해 해산되었다. 7월 2일의 만보산사건이 발생한 후에도 40여 명의 중국인 인부들이 고용되어 파괴된 수로를 복구하는 작업에 참가하였다.[22]

240여 명의 중국인 인부들이 선후로 용수로공사에 참가했던 사실은 기존 연구에서 한 번도 밝혀진 적이 없다.

7월 2일 충돌사건 후 마가초구의 일본 경찰은 60여 명으로 증파되었

---

20) 동상서, 64~69면.
21) 권혁수, 「만보산사건에서의 조선족농민들」, 『중국조선족발자취총서2 불씨』, 연변인민출판사, 1995.
22) 王林, 高淑英 主編, 『萬寶山事件』, 吉林人民出版社, 1991, 61, 69면.

다. 그들은 조선인 농민들을 독촉하여 삿자리로 간이주택을 짓게 하고 파괴된 용수로공사를 다시 복구하게 하였다. 7월 7일의 조사에 의하면 당시 만보산 일대에 거주하고 있던 조선인 농민들은 모두 37세대에 210명이었는데 그중 7세대가 요녕성 개원현에서 왔고 거의 절반이 되는 17세대는 길림, 장춘 지역에서 왔다.[23] 당시 여성들과 늙은이, 어린이들은 만보산 부근에 집거하고 있었고 마가초구 현장에는 70여 명의 장정들만 남아 새로 고용한 40여 명의 중국인 인부들과 함께 일본 경찰들의 감독을 받으며 봇둑을 쌓고 있었다. 마침내 용수로가 복구되어 이통하 물이 논으로 흘러들었다. 본래 소작 맡은 땅은 500쌍이었으나 사실 10여 쌍밖에 되지 않는 논에 겨우 때늦은 산종을 하였다. 7월 중순인지라 모가 노랗게 말라 들어 수확을 볼 것 같지 않았다.

일제는 저들의 침략음모를 실현하기 위하여 조선인 농민들을 이용하였을 뿐 그들의 사활에 대해서는 전혀 관심을 갖지 않았다. 당시 만보산 지역의 조선인 농민들은 엄중한 식량난으로 말미암아 심지어 밤중에 중국 농민들의 콩밭으로 가서 콩잎을 몰래 뜯어먹기까지 하였다.[24]

8월 8일 중일 쌍방의 교섭 결과 마가초구에 있던 일본 경찰 26명은 장춘으로 전부 철수하였다. 당시 만보산 일대의 강가와보 등 마을에는 의연히 22세대에 60여 명의 조선인 농민들이 남아 있었지만 장춘 일본 영사관의 외무주사 구라모도는 각자 마음대로 다른 곳으로 떠나가라고 하면서[25] 그들의 운명에 대해서는 전혀 관심하지 않았다. 농사철이 다 지난 8월에 와서야 다른 곳으로 떠나라 하는 것은 기실 이지가지 없는 조선인 농민들을 사경에 몰아넣는 것이나 다름이 없었다. 당시 중국외

---

23) 동상서, 35, 73면.
24) 천진 『대공보』, 1931. 8. 9.
25) 王林, 高淑英 主編, 『萬寶山事件』, 吉林人民出版社, 1991, 97면.

교부 길림특파원 종육과 길림일본총령사관 총영사 이시 사이에 진행된 중일교섭에서 일본 측은 '만보산 한농의 출로' 문제를 가지고 계속 옥신각신하고 있었으나 기실 사건현장의 조선인 농민들에 대해서는 전혀 관심하지 않았던 것이다.

만보산사건에 관한 중일교섭은 6월부터 시작되어 석 달 열흘이 지났지만 결과를 보지 못한 채 9월 18일의 만주사변이 터지는 바람에 중단되고 말았다. 권혁수의 조사26)에 의하면 만주사변이 일어난 후 만보산 지역의 조선인 농민들은 모두 다른 곳으로 피난을 가버렸다. 1931년 11월 20일 심양 일본총영사관의 통계에 의하면 당시 철도 연선으로 모여든 조선인 농민은 5,800여 명이었고 그 이듬해 봄에는 19,300여 명이었다고 한다.27) 이처럼 일제에 의해 기만당하고 이용당했던 조선인 농민들은 갖은 고생을 겪었지만 그해 농사는 짓지도 못하고 다시 방랑의 길에 오르게 되었으니 이들은 만보산사건의 주요한 피해자였다.

만주사변 이후 만보산 지역에서는 일제에 의해 다시 논농사가 시작되어 대규모의 농장이 설립되고 조선인 농민들도 많이 들어가 400여 세대나 살았다고 한다. 그러나 1945년 8·15광복과 함께 만보산 지역의 조선인 농민들에 대한 중국 농민들의 폭행사건이 빈번히 일어나 조선인 농민들은 부득불 구태, 길림 등지로 떠나 버렸다. 오늘의 만보산사건 현장에는 '고려구자(高麗溝子)'라는 비석이 외롭게 세워져 조선민족의 한 단락 비참한 역사를 말해주고 있다.28)

---

26) 권혁수, 「만보산사건에서의 조선족농민들」, 『중국조선족발자취총서2 불씨』, 연변인민출판사, 1995.
27) 만주국사편찬간행위원회, 『만주국사』(하) 중역본, 261면.
28) 권혁수, 「만보산사건에서의 조선족농민들」, 『중국조선족발자취총서2 불씨』, 연변인민출판사, 1995.

3. 이토 에이노스케의 「만보산」과 이휘영의 『만보산』

일, 중, 한 문학에서 만보산사건을 제일 먼저 소설화한 작가는 일본의 프로문학작가 이토 에이노스케(1903~1959)이다.29) 그는 1931년 10월 『개조』지에 단편소설 「만보산」을 발표하였다. 宇野浩二는 「문학의 조망」이란 글에서 근작으로 「만보산」은 "황량한 만주의 길 아닌 길을 정처 없이 떠돌아다니는 일가족과 그 동포들"30)을 다룬 수작이라고 평가하였다. 하지만 宮本顯治는 「藤森成吉의 '전환시대'와 그 외의 작품들」이란 글에서 「만보산」은 현상적인 리얼리즘의 견본이라고 할 만한 작품으로서 이런 소설 100편을 읽기보다『산업노동시보』 8월호에 실린 「만보산문제」라는 짧은 기사를 읽는 편이 오히려 구체적으로 문제의 본질을 잡을 수 있을 것이라고 하면서 만보산사건의 본질적인 계기로 되는 제국주의모순의 첨예한 대립을 다루지 않았다고 혹평하였다.31) 임수빈(任秀彬)은 그의 「'만주'·만보산사건(1931)과 중국, 일본, 한국문학」에서 "만보산사건은 그 형식에 있어서 중국의 동북지방 조선 농민들의 생존권을 일본의 경찰이 지켜주려는 것처럼 전개시켰다. 이토 에이노스케의 '만보산' 속에서는 일본 경찰이 방관적인 태도를 취함으로써 중, 일, 조의 역학관계가 진실과는 달리 뒤바뀌었다. 이는 조선 농민의 비참한 상황을 강조하기 위한 것이지만 일본 경찰이 적극 관여한 사실을 무시하면 사건의 진실을 볼 수 없게 된다"32)고 하였다. 그렇다면 이토 에이노스케의 단편소설 「만보산」은 어떤 작품인가?

---

29) 작가소개와 창작경위는 오황선의 「이토 에이노스케의 '만보산'론」, 일본학보, 1997년 참조할 것.
30) 『改造』, 1931. 11.
31) 『東京日日新聞』, 1931. 9. 25.
32) 『東京大學中國語中國文學硏究室紀要』 第7号, 61면.

먼저 작품의 내용을 보자. 지주의 핍박과 착취를 받은 조선인 농민 조판세(趙判世) 일가는 정든 고향을 떠나 정처없이 떠돌다가 만주의 어느 낯선 고장에 이른다. 그는 몇몇 조선인 농민과 함께 물도랑을 파고 벼를 심고자 했으나 중국 당국에 의해 제지당한다. 그러나 그들은 계속 물도랑을 판다. 그러자 중국기병들이 달려들어 조판세를 잡아간다. "손에 장총과 권총, 삽 등을 든 지나(支那) 농민들은 마치 들쥐처럼 평원을 습격하였고, 사격을 한 것도 주로 그들"이라고 하는데, 그들의 목적은 "조선 농민들을 이곳에서 내쫓고, 파종을 기다리는 5백 쌍의 논도 몽땅 빼앗으려는데 있었다." 이 사건으로 "조선 농민들은 쫓겨나 다시 남부여대하고 정처 없이 광야를 떠돌게 되었다."33) 만보산사건의 역사적 진실과 대조해보면 이 작품은 적어도 아래와 같은 문제점을 드러내고 있다.

첫째, 만보산사건은 일본 측이 만몽침략을 위해 고의적으로 획책하고 참여한 사건이지만, 이 작품에서 일본 측은 만보산 지역의 수전개발과 조선인 농민에 대해 미온적인 태도를 취한다. 수전개발과 관련하여 중국 측에서는 조선인 농민의 배후에 일본이 그들은 중국에 귀화한 조선인 농민의 명의로 토지를 매입하려 한다고 보고 있었다. 말하자면 만몽에 있는 수십 만의 조선인 농민들을 앞잡이로 내세워 방대한 토지를 자신의 것으로 만들려 한다는 것이다. 하지만 이 작품에서 일본 측은 "선농(鮮農)이 어떤 피해를 받아도 별 관심이 없다." 중국 기병에 의해 수로공사가 중지되고 조선인 농민들이 체포되었을 때도 일본 경찰은 사건이 발생한 다음 날 저녁에야 도착한다. "그들은 한 대의 마차에 모포, 천막, 양동이 등을 가득 싣고 겨우 5명만이 천천히 찾아왔다." "사

---

33) 伊藤永之介, 「萬寶山」, 『日本現代文學全集』 第89卷, 東京 講談社, 1980.

람들이 화물 사이에 기관총을 숨겨두었다"고 수군거리지만 수백 명의 중국 농민과 관헌의 위협에 직면해 5명의 경찰만을 파견하였다고 함으로써 만보산개발에 대해 일본 측은 소극적으로 대처하였음을 강조하고 있다. 이는 분명 역사의 진실을 왜곡한 것이다.

둘째로 이 작품은 일본 측의 책임을 묻지 않고 있을 뿐만 아니라, 동질(同質)의 조선인 농민들만 등장시킴으로써 그들과 중국인들을 불공대천의 관계에 놓이게 한다. 조선인 농민들은 중국 농민들의 반발, 저항과 중국 관헌과 핍박, 탄압을 받는다. 이를테면 조판세 가족은 만보산에 오기 전에 벌써 중국 관헌에게 두 차례나 쫓겨난 적 있고 조판세는 그 때 입은 총상으로 몸에 흉터를 지니고 산다. 조판세는 용수로공사 도중에 중국 관헌에게 체포되는데 그 사이 부인 배정화(裵貞花)는 무지막지한 중국군인들에게 겁탈을 당한다. 아들도 역병(疫病)에 걸려 죽는데 배정화는 남편의 생사도 확인하지 못한 채 또다시 정처없이 떠돌게 된다. 이 작품에는 중국인 지주가 등장하는데 그 역시 중국 관헌의 눈치만 보고 조선인 농민을 압박하는 존재로 묘사된다. 이처럼 이 작품의 기본 대립구도는 조선인 대 중국인의 갈등과 충돌로 표현된다. 조선인들도 계급적으로 분화되지 않고 중국인들도 계급적으로 분화되지 않는다. 중국인에게 한인은 쫓아내야 할 대상이고 토지점유의 경쟁 상대이며 불온한 정치집단에 불과하다. 조선인 농민들은 만보산개발을 통해 식민지 백성의 서러움을 풀고 비참한 떠돌이생활에 종지부를 찍고자 노력한다. 그들에게 제국주의란 아리송한 이데올로기에 불과했고 다만 역병, 기아, 유랑, 죽음의 현실만이 무서운 존재였다. 여기서 일본인은 '들쥐', '들개' 등에 대비되는 '양복 입은 의사'로 상징되는 문명인이고 한인과 중국인의 대립과 충돌을 강 건너 불구경식으로 지켜보는 '국외자'일 뿐이다.34)

특히 조선인과 중국인의 갈등과 대립을 다룸에 있어서 조선인의 편을 들어 중국인을 매도하는 경향까지 보이고 있다. 하기에 중국학자 이홍혜는 이 작품의 기본적인 경향성을 긍정하면서도 다음과 같이 불평을 토로하고 있다. "조선 농민이나 중국 농민이나 모두 일본제국주의분자와 한 줌도 못 되는 중국 망나니들에게 피해를 입었다. 하지만 반드시 지적해야 할 것은, 조선 농민들은 일제의 정치, 경제 침략의 도구로 되어 불법적으로 만보산 지역에 침입하였으니 실지에 있어서 중국의 주권을 침범하고 현지 농민들의 이익에 손해를 주었다. 조선 농민들도 손실을 입었거니와 중국 농민들도 막대한 손실을 입었다. 하지만 '만보산'에서 작가는 두 나라 인민들이 피해를 받은 상황을 묘사할 때 분명 조선 농민의 역성을 들고 있다. 작가가 그린 중국 농민들은 모두 반면적인 형상들이다. 소설은 첫머리에서 중국의 순경과 '지나인'들이 버들가지를 다듬고 있는 조씨라는 조선 농민네 집에 뛰어드는 장면을 그리고 있을 뿐만 아니라 그 뒤에도 중국 농민들이 총을 꼬나들고 조선 농민들의 집에 뛰어드는 장면을 여러 번 묘사하고 있다. '만보산'은 조선 농민들의 손실과 고난스러운 삶에 대해서는 눈물이 나게 묘사하고 있지만 중국 농민들의 고난에 대해서는 별로 언급하지 않고 있다."[35]

그럼 이휘영(1911~1991)의 『만보산』을 보기로 하자. 이휘영은 1933년 3월 상해의 호풍서국(湖風書局)을 통해 장편소설 『만보산』을 펴냈다. 그는 만주사변이 일어나기 전 상해에서 좌익작가동맹의 일원으로 활동하였기 때문에 작품에도 그러한 작가의식이 잘 드러나고 있다. 이 작품이 발표되자 중국의 문호 모순(茅盾)은 동방미명(東方未明)이라는 필명으로 다음과 같이 쓰고 있다. "작가는 김씨라는 한 조선교민의 입을 빌어 조

---

34) 孫承會, 「소설 '萬寶山'과 萬寶山事件」, 『大東文化研究』 제54집, 194면.
35) 李弘慧, 「萬寶山事件與 '萬寶山'」, 東北師大學報(哲學社會科學版), 1995年 第1期.

선인의 고통과 일제의 흉포함을 하소연함으로써 한 차례 정치적 선동을 하고 있다. 또한 만보산 농민들이 압박받고 있는 조선농노들에 대해서 점차 '계급동정'을 느끼던 나머지 그들이 최종적으로 어떻게 하나의 전선(戰線)을 이루고 있는가에 대해 쓰고 있다. 작가의 노력에 의해 계급의식은 민족의식을 극복하게 되었다."36) 적중한 지적이라 하겠다.

장편소설 『만보산』의 내용을 요약하면 다음과 같다. 일제의 앞잡이 학영덕은 일본특무 나카가와와 결탁하여 만보산 지역의 농민들을 속여서 토지 500쌍을 조선 농민들에게 세를 준다. 중국 농민 마보산 등은 논이 개간되면 자신들에게 불리하다고 생각한다. 이 즈음 조선 농민들은 속속 이곳으로 모여드는데, 이들은 일제의 꼬임에 속아 온 자들로서, 헐벗고 굶주리면서 노예와 같은 생활을 한다. 이에 중국 농민들은 동정을 보낸다. 한편 중국 농민들은 토지문제를 해결하기 위해 지방정부에 상황을 보고한다. 그러나 뇌물을 먹은 구역장이 파견한 경찰들은 아무런 관여도 하지 않는다. 오히려 뒤에 나타난 일본군경들과 우호적인 관계를 유지한다. 이때 장춘에 사는 청년학생 이경평(李竟平)이 와서 농민들에게 "제국주의에 의해 핍박받는 민족들은 서로 단결해야만 비로소 제국주의를 타도할 수 있다"37)고 하면서 조선 농민 중 독립운동에 참가한 적 있는 김복(金福) 일가를 소개한다. 이에 용기를 얻은 농민들은 자신들의 문제를 스스로 해결기로 결의한다. 그들은 용수로를 메우기 위해 농기구를 들고 현장에 갔으나 중국과 일본 측에서 보낸 군경과 충돌하게 된다. 조선 농민들도 김복을 중심으로 동족을 착취하는 데 앞장선 조선인 주구들과 대치한다. 그러자 중국과 일본 군경은 합세해서 무력으로 조선과 중국 농민들을 진압한다. 조선과 중국의 농민들은 "전

---

36) 『文學』第一卷 第二期, 1933. 7.
37) 李輝英, 『萬寶山』, 『東北現代文学大系』, 沈阳出版社, 1996, 522면.

세계 혁명 성공 만세!”를 외치며 산을 타고 퇴각한다. 이처럼 이휘영의 소설에서는 조선과 중국 농민간의 모순을 두 민족의 단결에 의한 반제 반봉건투쟁으로 전환시키고 있다. 이러한 의미에서 모순의 분석과 평가는 이 작품의 정곡을 찔렀다고 하겠다.

좀 더 구체적으로 분석해 보면, 이 작품의 기본적인 대립구도는 일본 영사－나카가와 경부－학영덕－마현장－지주－감공(監工)을 한편으로 하고 마보산－일반 중국 농민－이경평(李竟平)－조선 농민을 다른 한편으로 하는 갈등과 충돌로 되어 있다.

장춘일본영사관 영사 다시로는 만보산사건을 도발하고 추진한 일본 측의 우두머리로 등장한다. 그는 나카가와 경부(中川警部)로부터 개간사업에 대해 보고를 받고 근업공사(勸業公司)로부터 차관을 빌려 개간사업을 재정적으로 뒷받침한다. 또한 만보산 지역 농민들의 폭력저항이 일어나자 조선일보 장춘 특파원 김리생(金利生)에게 뇌물을 먹여 사건을 왜곡보도하게 함으로써 조선 각지에서 배화 폭동(排華暴動)이 일어나게 한다. 만보산 지역에 수전을 개간하는 일본 측의 논리는 나카가와 경부의 말을 통해 보다 분명히 제시된다. 즉 무엇보다도 핍박받고 유랑하는 재만한인을 위한 것이고 만주 전체 수전개발의 시금석이 될 것이며 개발 이후 재만한인은 일본제국의 신민으로서 치외법권을 보장받을 수 있다는 것이다.

학영덕은 철저히 일본 측에 빌붙은 부정적인 인물로 나타난다. “일본인이 사람이라면” 그 “자신은 돼지에 불과하다”고 떠들고 다니던 그는 만보산을 답사하고 중국 관헌에게 뇌물을 먹이며 중국인 지주에게서 토지를 임대받고 조선인 농민과 임대계약을 맺으며 그들을 동원하여 황무지를 개발하는 등 모든 일을 주동적으로 추진한다. 그는 자신을 ‘매국적’, ‘매국노’라고 뒷손가락질을 하는 줄 잘 알고 있기 때문에 마음의 평정을 유지하지 못하고 마음속으로 번민한다. 그러나 나카가와 경부가 찔러주는 5,000원의 뇌물을 받고 부상관(扶桑館)의 기녀 목단(牧丹)을 품에 안으며 자랑스러운 '천황의 공민'이 되기 위해서는 마침내 일본 측의 앞잡이가 되고 만다.

이 작품에 나오는 중국인 지주들은 일본 또는 그의 사주를 받은 학영덕의 눈치를 보며 금전적인 이익만을 추구하는 존재로 그려진다. 이들 지주들은 일반 농민들의 근심걱정은 뒤로 하고 학영덕과의 임대계약을 맺은 후 축하연을 벌이고 술을 마신다. "벌주 마시기 놀이를 했고 흥에 겨워 노래를 부르며 떠들어댔다. 모두들 모든 고통과 불만을 잊어버린 듯 뱃속에 마실 것을 가득 채워 넣었다. 시골뜨기든, 성안사람이든 모두 신이 나서 연방 술을 붓고 마셔댔다. 그 행동거지의 방탕함이 극에 달하자 소리를 질러대는데 그 환호성은 창문을 통해 거실에서 제국주의가 분할한 조계 시가지로 퍼져나갔다." 이처럼 질탕하게 술을 마셔대고 떠들어대는 장면은 임대계약의 부당성 내지는 부도덕성을 암시하고 있다.

일본 측과 결탁한 중국관헌 역시 부정적인 존재로 부각된다. 만보산 농민들에게 경비병(警備兵)은 청향(淸鄉)이란 명목으로 지역을 수탈하는 '순경 개새끼(巡警狗)'에 불과하며 조선인 농민에 대한 학영덕과 감공(監工)의 관할권을 보장하는 존재에 지나지 않는다. 이러한 중국관헌의 있기에 감공 등은 가혹한 노동조건에 항의하는 조선인 농민들을 붙잡아 두도구에 있는 일본 경찰서로 보내고 중국 농민과의 접촉을 차단할 수 있었다. 일본 경찰에 대한 중국관헌의 태도도 만보산 농민들의 분노를 불러일으킨다. 이를테면 만보산 지역의 용수로와 수전개발이 완성됨에 따라 중국 농민과의 충돌이 예상되는 시점에서 일본 경찰은 30명까지 증파되어 낮에는 초소와 용수로 근처에서 감시하고 밤에는 대왕가툰에 주둔한다. 중국 공안국에서도 30~40명의 경찰을 현장에 파견한다. 하지만 이들 양측은 적대행위를 전혀 취하려 하지 않아 무엇 때문에 파견됐는지 모를 지경으로 서로 어울려 다녔다. 몇몇 중국 경찰과 일본 경찰은 용수로 근처를 함께 순찰하며 때때로 이통하에서 목욕을 하고 밤에는 모여앉아 투전판을 벌이는 등 서로 잘 아는 친구가 되었다. 따라서 조선인 농민과 중국 농민들은 일본 경찰도 싫지만 중국 경찰을 더 미워하게 된다.

조선인 측도 분화를 보인다. 즉 만보산개발에 고용된 조선인 농민과 그들을 감시하는 '일본의 주구'인 감공으로 분화된다. 소설은 전자에 대해서는 경계와 의심의 대상, 동정의 대상, 연대의 대상으로 점차 평가의 변화를 보이고 있지만, 후자에 대해서는 시종일관 강한 비판적 입장을 견지한다. 이들 조선인 감공들은 학연덕과 마찬가지로 '귀두(鬼頭)', '귀뇌(鬼腦)'들이다. 이들은 일반 조선인 농민들과 달리 교활하고 음흉하며 학영덕의 지령에 따라 조선인 농민들을 감사하고 감독한다. 또한 이들은 "군경들과 히히거리며 농담을 주고 받지만" 조선인 농민들에 대해서는 험상궂은 얼굴로 대하며 "돼지처럼 먹을 줄만 알고 일할 줄은 모르는 놈들"이라고 모욕적인 언사를 던진다. 이처럼 이휘영의 경우는 중국 농민과 중국관헌의 핍박과 탄압을 받고 있는 동질의 조선인 농민만을 다룬 이토 에이노스케의 소설과 차이를 보인다.

조선인 농민에 대한 일반 중국 농민들의 인식변화과정을 보여주는 인물은 마보산이다. 그는 만보산의 황무지가 본격적으로 개발되고 용수로가 건설되자 중국 농민들을 이끌고 용수로를 파괴한다. 물론 수전개발을 반대하는 사람만 있는 것은 아니다. '관황지(官荒地)'로 알려진 이통하 주변지역은 50~60년 동안 버려진 대로 있었기에 까마귀조차 날아들기 꺼리는 곳이었다. 그러므로 이 고장 사람들에게 수전개발은 새로운 희망이기도 하였다. 특히 이 고장 지주들에게는 더욱 그러하였다. 하지만 마보산의 생각은 지주들과 달랐다. 수전개발을 위해서는 이통하와 연결시키는 용수로를 빼야 할 터인데 이럴 경우 인근 농지에 침수가 생길뿐만 아니라 지하의 용맥(龍脈)을 건드려놓아 큰 홍수를 불러올 수 있다는 것이다. 게다가 개발에 자극을 받아 질 나쁜 사람들까지 끼어들어와 지역민을 현혹할 것이다. 때문에 학영덕이 예상하듯 '만보전(萬寶田)'이 아니라 만조전(萬糟田)이 될 터였다. 여기서 황무지개발은 이곳 사람들의 희망이라는 설정은 중국 농민과 조선인 농민들의 갈등과 대립을 원초적으로 희석시키는 구실을 한다. 하지만 마보산의 예상과 과격적인 반발은 장춘에서 온 이경평이라는 젊은이, 즉 '개입된 인물'의 선전과 선동에 의해 쉽사리 해소된다.

이건평은 일제의 본질과 그 대변인 학영덕, 그리고 이들과 결탁한 중국관원의 정체를 폭로함과 아울러 관부(官府)에 대한 저항을 꺼려하는 중국 농민들을 투쟁에 나서게 촉구하고 조선인 농민에 대한 부정적 인식을 전환시켜 그들을 반일통일전선의 동지로 받아들인다. 따라서『만보산』속의 중국 농민들은 이건평 등의 선전, 선동과 조직 활동의 영향을 받아 이전과는 다른 두 부류로 구분된다. 한쪽은 소한림을 중심으로 하는 관황둔(官荒屯)의 지주들로서 그들은 12세대라는 소수를 차지한다. 그들은 소작료에 의지해 사는 불로소득자이며 둔(屯) 내부에서 상당한 부를 축적한 자들이다. 나머지는 일반 농민들이다. 그들은 모두 자작농이거나 소작농으로서 조선인 농민들이 관전툰을 개간하여 논농사를 짓는 데 반대한다. 이들 중국 농민들은 투쟁과정에서 관부에 청원, 고발하여야 한다고 주장하는 합법적 온건파와 직접적인 무장행동을 강조하는 과격파로 구분된다. 반란(造反)에 반대하는 궁덕(宮德)이 전자를 대표한다면 농민들로부터 난당(亂黨)으로 몰릴 정도로 과격한 입장을 취했던 황복상(黃福祥, 별명은 黃鼠狼)이 후자를 대표한다. 이 둘의 대립은 투쟁이 고양되고 적이 정체가 명확해짐에 따라 하나로 통일되어 간다. 특히 학영덕이 석방되고 농민들이 '반역자'로 몰려 집회가 해산되자 중국 농민들은 "관이 핍박하니 민이 반란을 일으킨다(官逼民叛)"는 구호를 외치면서 불만을 더욱 노골적으로 드러낸다. 이에 이건평은 마보산에게 전체 농민의 정식회의와 문서를 통한 정리된 결론도출이 필요함을 강조하면서 회의 절차, 규약 등에 대해 설명하고 회의 진행을 돕는다. 회의 결과 학영덕 처벌, 손해배상, 일본 경찰과 감공 처벌, 중국 경찰 처벌, 자위군 설치, 조선 농민과의 통일전선 등을 결정한다. 이러한 소설의 구도나 내용 전개 그리고 궁국적 목적은 중국공산당의 입장에서 크게 벗어나지 않았음을 확인할 수 있다. 중국공산당은 중조 인민 모두가 피압박민족으로서 이들의 통일전선을 통해서만 일제를 물리칠 수 있다고 보았기 때문이다.

하지만 이러한 인물관계와 대립구조는 만보산 지역 수전개발과 용수로공사를 둘러싼 중국 농민과 조선인 농민 사이의 분쟁이라는 사실을 너무 안이하게 처리함으로써 역사적 사실을 왜곡하고 있다. 그 외에도 일제와 국민당군벌의 노골적인 결탁, 일본 경찰과 중국 경찰이 함께 농민들을 공격했다는 것과 같은 설정은 지주와 중국관헌에 대한 중국 농민과 조선인 농민의 계급투쟁과 일제에 저항하는 피압박민족들 간의 통일전선을 이끌어내기 위한 소설적 장치로서 역사발전의 필연성을 가지는 것은 자명하다. 하지만 이는 분명 이 작품의 진실성과 리얼리티를 떨어뜨리는 결과를 빚어냈다.

4. 이태준의 「농군」과 안수길의 「벼」

이토 에이노스케와 이휘영의 경우와는 달리 이태준은 만주 현지를 여행하면서 취재해서 만보산 관련 기행문을 쓴 후 「농군」이란 단편소설을 창작하여 발표하였다. 이태준의 단편소설 「농군」의 내용은 다음과 같다.

유창권(柳昌權)네 일가족이 만주의 장춘을 바라고 봉천행 열차를 타고 간다. 20대의 창권 내외, 이른 고개를 넘은 창권의 아버지와 어머니 이렇게 네 식구다. 기차가 황해도 사리원을 지났다는 구절이 있으니 아마도 이들은 황해도 이남의 사람들인 것 같다. 창권의 아버지는 콜록콜록 기침을 하는데 일가족의 초췌한 얼굴과 주고받는 이야기에는 희망과 불안의 빛이 엇갈린다. 장춘 지역은 흙이 댓진38) 같고 대여섯 해 거름을 내지 않아도 조 이삭 하나가 개꼬리만큼씩 수그러진다고 믿는다. 하지만 창권의 아버지는 고향마을 윗골에 있는 서깟39)을 팔아버린 것을 후회하고 70년 살던 고향을 버리고 타향에 가서 묻힐 일이 못내 근심스럽다. 창권의 아내는 산 설고 물 설은 타국에서 집 없는 고생을 할 일이 또한 근심스럽다. 열차 안에서 차표를 검사하는데 차장 뒤로 따라다니던 양복쟁이(사복경찰)가 창권을 불러내다가 꼬치고치 검문을 한다. 여기서 창권네 일가족은 같은 동네서 살다가 3년 전에 먼저 만주에 들어간 황채심(黃采心)이라는 사람의 부름을 받고 가는 길임을 알 수 있다.

창권네 일가족은 마침내 가없는 평야에 외로운 섬처럼 자리를 잡은 장쟈워푸(姜家窩柵)라는 조선동네에 도착해 중국옷을 입은 황채삼이가

---

38) 담뱃개 구멍에 긴 까맣고 끈끈한 진.
39) 서깟 사람이 잘 관리하여 키운 나무.

시키는 대로 황무지 15쌍(晌 약 10만 평)을 3백 원을 내고 샀다. 그리고 백양목을 사서 찍어다 얼추 집을 짓고 쌀, 옥수수가루, 소금과 겨우내 땔 조, 기장, 수수 따위의 곡초를 사서 쌓아놓고 볍씨도 장만한다. 이젠 본격적으로 이통하(伊通河)의 물을 끌어오는 30리 봇도랑을 째는 역사(役事)를 시작하는데, 삯전을 내고 중국인 쿨리(苦力)들을 부린다. 창권은 "쿨리 다섯을 데리고 넓이 열두 자, 깊이 다섯 자로 얼기 전에 뚫어놔야 한다." 하지만 조금만 눈을 팔면 쿨리들은 꾀를 피웠고 우묵한 양지쪽에 앉아 이를 잡지 않으면 꺼덕꺼덕 졸았다. 빨리 하라고 소리를 치면 오히려 그네들이 알아들을 수 없는 말로 마주대고 투덜거렸다.

헌데 땅이 얼어서 일하기가 무척 힘이 드는데 설상가상으로 더 큰 일이 생긴다. 난데없는 토민(土民)들이 갈가마귀떼처럼 달려들어 창권을 치고박고 한다. 다른 데서 일하던 조선인 농민들이 내려왔고 그중 한 사람이 괭이를 둘러메고 닥치는 대로 찍으려 하자 토민들은 와— 흩어진다. 봇도랑은 조선인 농민들의 목줄인데 토민들은 한 덩어리가 되어 한사코 봇도랑을 내는 것을 반대하는 것이다. 이유는 이러하다. 봇도랑을 내어 논을 풀면 자기네 한전(旱田)에 침수가 되어 농사를 망치게 된다. 자기네는 벼농사를 지을 줄도 모르거니와 쌀밥은 고소하지도 않을 뿐만 아니라 배가 아파 도무지 먹을 수 없다는 것이다.

추위는 하루하루 극성을 부리고 창권의 아버지는 끝내 운명하고 마는데 토인들의 반대로 봇도랑을 낼 수가 없다. 하지만 겨울이 가고 봄이 오자 조선인 농민들은 땅이 한 치가 녹으면 한 치를 걷어내고 반자 녹으면 반자를 파냈다. 그러자 토민들이 사생결단을 하고 달려든다. 뿐만 아니라 자기네 관청에 진정서를 낸다. 마침내 순경들이 말을 타고 나타난다. 조선인 농민들은 현정부로부터 현지사의 인(印)이 찍힌 거주권과 개간권 허가장을 내어보였으나 토인들은 자기네 관청문서마저 무시하고 달려든다. 그리고 군부의 유력한 인사에게 돈을 먹여가지고 순경 대신 군대를 동원한다. 조선인 농민들도 고육지책으로 진정서를 꾸며가지고 장춘현 정부에 사람을 띄운다. 하지만 매번 함흥차사이다.

한편 조선인 농민들은 군인들의 제지에도 불구하고 봇도랑을 팠다. 군인들이 저쪽으로 가면 이쪽에서 파고 이쪽으로 오면 저쪽에서 팠다. 약이 오른 군인들은 총을 쏘았다. 하지만 조선인 농민들은 웃통을 벗어던지고 보라는 듯이 흙삽을 더 높이 떠올렸다. 창권은 넓적다리에 총알을 맞았지만 쏟아져내려오는 물줄기를 보면서 눈물을 쏟는다. "아침햇살과 함께 물은 끝없이 번져나간다."

이 작품은 이토 에이노스케의 작품과 마찬가지로 조선인과 중국인의 갈등을 주로 다룬다. 하지만 전자에서 만보산사건의 발발 원인은 일본의 식민정책에 있다는 사실을 분명히 짚고 넘어갔지만 후자에서는 아예 일본인을 제외시켜버린다. 부동한 농경문화의 갈등, 중국 농민과 조선인 농민과의 충돌만이 굵은 선으로 그려진다. 이태준은 중국인과 조선인 쌍방에 희생자가 없음을 번연히 알면서도 조선인 늙은이가 총에 맞아 죽게 만들었고 주인공 창권 역시 총상을 입는 것으로 처리하였다. 만보산사건 후 조선인 농민들은 현지를 떠났으나 이 작품에서는 갖은 고난과 시련을 이겨내고 현지에 정착한 것으로 만든다. 이처럼 문학적인 허구와 상상을 가미해 조선인 이주민의 고난을 가중시키고 개척의 어려움을 특별히 부각시켰다.

만보산사건은 중국 농민과 조선인 농민과의 갈등, 일제에 음모와 모략에 의한 중국인과 조선인 농민의 희생과 통일전선의 형성이라는 두 가지 주제를 암시한다고 하겠는데, 이태준은 첫 번째 주제에만 집착하고 일본과의 관계는 의식적으로 회피한다. 이는 작가가 작품의 앞머리에서 이 소설의 배경이 되는 만주는 '장작림정권시대'라는 점을 분명히 밝히고 있는데서도 일목요연하게 볼 수 있다. 역사의 진실을 외면하고 왜 중, 조, 한 삼자의 관계에서 일본만을 빼놓았을까? 이는 일제의 검열과 관련된다. 1930년대 말에는 삼엄한 검열제도가 실시되어 시대적인 상황이나 현실적인 사회문제를 다룬 작품은 거의 발표할 수 없었다. 바꾸어 말하면 상대적으로 표현의 자유가 주어진 일본에서 창작활동을 했던 이토 에이노스케나 좌익작가들이 운집한 중국의 상해에서 창작활동을 했던 이휘영의 경우와 이태준의 처지는 현격한 차이가 있었다. 이태준은 족쇄를 찬 무녀(舞女)에 지나지 않았다. 이러한 의미에서 이태준의 「농군」을 '시국협력적인 작품', '친일적인 작품'40)으로 보는 견해는 재고되어야 하리라 생각한다.

안수길의 중편소설 「벼」는 『만선일보』에 1941년 11월 15일에서 12월 25일까지 연재된 작품이다. 이 작품 역시 이태준의 「농군」처럼 "만주건국 이년 전 여름이었다"라는 말로 일제 검열관의 눈을 가린다. 하지만 역시 만보산사건과 같이 만주에 있어서의 중, 일, 한의 미묘한 역학관계를 염두에 두고 조선인 농민들이 일본과 중국 세력의 틈바구니에서 어떻게 살아왔고 또 어떻게 살아가야 하는가 하는 생존의 문제를 예술적으로 탐구하고 있다.

이 작품에 대해서 일찍 김윤식은 민족의식이 약화된 작품41)이라고 하였고 윤영애는 "궁극적으로 작가 안수길이 지닌 역사의식의 허약성"42)을 의미한다고 지적하였다. 이에 반해 김재용은 이주 한인들의 강한 생명력을 예찬한 작품43)이라고 하였고 정덕준은 "안수길의 소설은

---

40) 『東京大學中國語中國文學硏究室紀要』, 第7号, 66면.
41) 김윤식, 『안수길연구』, 정음사, 1986.
42) 윤애경, 「안수길의 초기소설과 역사의식 연구」, 『우리어문학회』, 2004, 505면.

일제와 중국 두 나라 간의 정치적 역학 관계와 질곡 아래 삶의 터전을 일궈내야만 했던 조선인의 고투에 대한 생생한 증언"[44]이라고 하였다.

필자는 김재용과 장덕준의 견해에 기본상 동의하면서 새로운 시각으로 좀 더 면밀하게 작품을 분석해 보고자 한다. 필자는 일제의 잔재를 극복하고 민족의 정기를 살리는 일은 바람직하나 친일문학에 대한 논의는 역사주의 원칙에 준해 해당 작품 발표 당시의 내적, 외적 상황을 충분히 고려해 세밀하게 텍스트를 분석해야 한다고 주장한 바 있다.[45] 오늘의 시점과 잣대로 식민지시대의 작품을 재단하고 혹평한다면 많은 우수한 작품을 '친일(親日)'적인 작품으로 매도해버릴 소지가 있다. 문학은 본질적으로 메타포이며 다층적 의미구조를 가진다고 전제할 때 눈가림으로 장식한 '왕도낙토'요, '오족협화'요 하는 친일 또는 국책 영합적 언사에 촉각을 곤두세울 것이 아니라 해당 작품의 인물성격이나 기본 갈등의 배후에 숨어 있는 작품의 보다 심오한 내면적 의미에 더 깊은 관심을 가져야 한다.

중편소설 「벼」의 내용은 다음과 같다. 조선인 홍덕호는 길림성 ××현에 위치한 H평원의 W하 부근에 살았는데 그는 H평원의 토지가 비옥할 뿐만 아니라 W하가 근처에 있다는 것도 알았다. 그것은 마치 고향의 지형과도 비슷하였다. 홍덕호는 이곳에 논을 풀기로 결심하고 현장에게 신청서를 제출하여 허락을 받았다. 그러나 평야가 넓기 때문에 자기 가족만으로는 개간할 수 없었다. 그는 고향 친구들에게 편지를 써서 함께 논을 경작하자고 제의한다. 그들은 중국인 지주 방치원(方致遠)을 통하여 중국 농민들로부터 토지를 세내었다. 그러나 생각처럼 일은 순

---

43) 김재용 등, 『재일본 및재만주 친일문학의 논리』, 역락, 2004, 47면.
44) 정덕준, 「안수길소설연구」, 한국문예비평연구회, 『한국문예비평연구』, 2004, 372면.
45) 김호웅, 「대일(對日) 협력과 저항의 몇 가지 양상」, 『한중인문과학연구』, 2006.

탄하지 않았다. 비록 그들의 계획이 중국 지방정부의 지지를 얻었지만 중국 농민들은 "바가지를 보퉁이에 매달고 거지떼같이 몰려오는 조선인 농민들에게 적잖은 적개심을 느끼고 그들을 모멸하였다." 중국 농민들은 자신들의 토지가 조선인 농민들에 의해 잘못될까봐 걱정하였던 것이다. 결과 중국 농민과 조선인 농민들 사이에 충돌이 빚어지고 익수가 맞아죽는 일이 생긴다. 사건 후 현정부에서는 중국 농민들을 설득하고 사죄하게 함으로써 분쟁은 해결되고 용수로공사도 순조롭게 마무리를 지을 수 있었다. 그러나 3년 뒤 북경대학 출신으로서 배일사상을 갖고 있는 소현장이 부임하면서 중국 농민과 조선인 농민의 마찰은 다시 일어난다. 소현장은 일본세력이 들어오는 것을 원천적으로 차단하자면 무엇보다 먼저 조선인들을 축출해야 한다고 판단하고 완공된 지 얼마 아니 되는 운봉학교에 불을 지르고 두 민족의 농민들을 이간시킨다. 조선인 농민들은 방화를 한 장본인이 중국 농민들이라고 판단하고 그들을 향해 몰려가지만 중도에서 중국군인이 쏜 총소리를 듣고 자신들이 개간한 논에 엎드린다. 무거운 침묵만 지속된다. 정덕준이 지적한 바와 같이 안수길의 「벼」는 조선인 개척이주민 집거촌의 생존조건과 강한 정착의지를 깊이 있게 통찰하고 "이주민 사회의 수난사를 총체적으로 형상화"[46]하였다.

　이주 초기 중국은 러시아의 영토침입을 막고 황무지를 개간해 농지를 만들고 세원(稅源)을 확보한다는 현실적 요청에 따라 조선인의 간도 이주를 정책적으로 장려하였었다. 특히 조선인의 논농사는 경제적인 이윤이 컸던 만큼, 중국인 지주들은 조선인의 이주와 정착을 적극 돕는 입장이었다. 또한 이주한 조선인들이 광활한 만주지역에서 황무지를 개

---

46) 정덕준, 「안수길소설연구」, 한국문예비평연구회, 『한국문예비평연구』, 2004, 358면.

간하고 벼농사를 하게 하기 위해서는 용수로시설을 마련하고 농사에 필요한 노동력을 집중시킬 필요가 있었다. 이주 초기의 집거촌은 이러한 현실적 요구에 따라 자연스럽게 형성되는데, 「벼」의 전장(前章)에는 이를 배경으로 조선인 이주민의 정착과정을 그리고 있다. 박첨지를 비롯한 조선인 이주민들은 중국인 지주 방치원의 주선으로 매봉둔에 조선인부락을 만들고 논농사를 시작한다. 방치원은 황무지를 개간하여 3년 동안 무상으로 농사를 짓되 첫 해 영농비를 지주 쪽에서 부담하고 수확은 '3·7제'(지주 3, 소작인 7)라는 좋은 조건을 제시하면서 조선인 이주민들을 적극 후원한다. 애초부터 중국 농민들의 저항이 거세고 조선인 이주민들의 희생이 적지 않았지만 "매봉둔 황무지는 해마다 논으로 변해갔"다.

하지만 이 작품의 메타포로 사용한 개구리처럼 조선인 이주민에게는 숙명적인 불안과 위기가 찾아온다.

> 널 우에 고인 물에는 개고리 여러 마리 목욕을 하고 있었고 어떤 놈은 깡충깡충 물 없는 널판에서 뜀뛰기를 하고 있었다.
> 자연의 한때 작난으로 만드러진 운동장에서 세상 모르고 목욕 감고 있는 개고리──문득 찬수는 이것이 매봉둔 주민들의 운명이 아닌가 하고 생각하였으나 이내 그것을 부정하고 말았다.
> 해가 나면 위선 물은 증발하여버릴 것이겠고 그렇지 않아도 학교 교실로 씨울 널장 우에 고여 있는 물이라 곳 목수와 미장이의 손으로 퍼냄을 받거나 쎌리움을 당할 것이니 개고리 제아모리 즐거웁게 노닌다 하여도 천생의 논물이나 개울물에서와 같이 안전을 얻을 수는 만분 없는 일이요, 몰리우고 쪼김을 받는 것은 시간문제로 되어 있는 것이다.
> 찬수는 이런 생각이 들자 곳 매봉둔 주민의 운명을 이 개고리의 운명과 한가지로 느끼었던 생각을 요사스러운 것으로 여겨 이내 부정한 것이었다.[47)]

　　매봉둔 사람들은 논농사로 어느 정도 생활터전을 마련하게 되자, 학교를 세워 2세들을 교육시키고 정착민으로 살아갈 계획을 세운다. 그들은 지주 방치원의 적극적인 지원 아래 지식인 찬수를 초빙하여 운봉학교 설립과 교육을 맡긴다. 찬수는 매봉둔 조선인들의 정착의지에 감동하여 "개척의 한 쪽 팔"이 되고자 학교 설립에 박차를 가한다. 그러나 새로 부임한 소현장 때문에 뜻밖의 난관에 부딪친다. 방치원과는 달리 중국인 민족주의자로서 철저한 배일사상으로 무장한 소현장은 조선인 이주민사회의 규모와 영향력에 경악한다. 그는 조선인 이주민들을 일본인과 똑같이 간주하고 무조건 축출하려 한다. 마침내 소현장(邵縣長)의 명령으로 말미암아 조선인촌민들이 힘겹게 세운 운봉학교가 불타버리고 이에 항의하는 조선인촌민들을 진압하기 위해 중국육군 편의대가 출동한다. 격분한 조선인촌민들은 나카모토를 통해 일본영사를 불러오는 한편 원주민들의 마을로 짓쳐 들어간다. 하지만 제방에 이르러 중국육군 편의대와 맞닥뜨리게 된다. 조선인촌민들은 일제히 논밭에 엎드린다.

　　매봉둔 사람들은 온갖 박해를 견뎌내며 피땀으로 일궈낸 땅, 제2의 고향 삼아 정착하려 했던 마을에서 쫓겨날 처지에 놓이게 된 것이다. 그야말로 매봉둔 조선인 이주민의 운명은 "널판자 위에 고인 물 속에서" 살겠다고 헤엄치는 개구리, "쫓김을 받는 것은 시간문제로 되어 있는" 개구리의 처지에 다름 아니다. 하지만 조선인 이주민들은 총부리를 대고 마을을 떠나라는 위협에도 불구하고, 더 이상 남의 나라, 남의 땅을 정처없이 떠돌 수는 없었다. 그래서 그들은 일본영사관의 힘을 빌려서라도 매봉둔을 지키려고 한다. 당시 일제는 중국 침략의 일환으로 조

---

47) 안수길, 「벼」, 『북원』, 예문당, 1943, 270면.

선인 이주민들을 책략적으로 관리하고 이용해 온 것인데, 그러한 일본 영사관의 도움에 자신들의 생존을 맡겨야 하는 비극적 상황에 놓인 것이다. 아무튼 조선인 이주민들의 이와 같은 결정은 "매봉 너머로 아침 해가 빠끔히 머리를 내밀" 때까지 논물 속에 머리를 파묻은 채 "볏모를 끌어 안"고, 고작 "이대루 엎드린 채 이곳에서 모두 죽자"는 다짐밖에 할 수 없는 현실에 비추어볼 때 불가피한 선택이라 하겠다.

간도의 초기의 조선인 이주민들은, 「벼」의 매봉둔 조선인 이주민들이 그러했던 것처럼, 거친 황무지를 논과 밭으로 개간하여 삶의 터전을 마련한다. 그러나 1909년 간도협약(1909) 이후 만몽조약(1915)과 삼시협정(1925) 체결로 중국과 일본의 조선인 이주민에 대한 지배정책이 강화됨에 따라 그들의 정착은 위기에 봉착한다. 제1장에서 언급한 바와 같이 간도협약 체결 무렵 중국과 일제는 조선인 이주민들을 각각 관리, 감독하는데 만몽조약 이후 재만 조선인의 이중국적문제로 서로 대립하던 중국과 일제는 조선인 이주민들을 무국적자로 만든다. 조선인들은 만주에서 나라 잃은 백성의 설움과 고통을 겪게 된 것이다. 일제는 조선인 이주민들의 중국에의 귀화를 인정하지 않았을 뿐만 아니라 중국으로 귀화한 조선인마저도 그들의 '신민'으로 간주 하고 만주 전역에서 영사, 재판권을 행사하려 했고, 중국 또한 조선인 이주민들에 대한 통제를 보다 강화하였다. 이러한 상황은 1929년에 이르러 더욱 악화된다. 중국은 조선인 이주민들을 이용하여 황무지개척과 수전경작의 이윤을 추구하는 한편, 그들을 앞세운 일제의 영향력을 차단하기 위하여 철저하게 통제하였다. 일제 또한 조선인들을 이용하여 중국에서의 영향력과 경제적인 이윤을 추구하는 한편, 항일운동단체와의 관련을 차단하기 위하여 호구조사라는 명목으로 조선인 이주민들의 동향을 파악하고 철저하게 통제하였다. 이러한 일제의 책략 때문에 중국인들 사이에서 민족주의정서가 고조하기 시작하면서 반일성향의 중국인 관리들이 조선인 이주민들을 구축하는 일이 종종 벌어지기도 하였다. 이 시기 조선인 이주민들은 중국과 일제의 정치, 경제적 책략에 따라 자신들의 생존 여부가 좌우되는 망국민, 디아스포라의 설움과 고통을 겪어야 했던 것이다.

「벼」의 후장(後章)은 이러한 당대 사회현실을 배경으로 이주민의 시련과 좌절을 여실하게 보여주고 있다. 이러한 의미에서 이 작품이 보여주는 매봉둔 사람들의 선택, 이러한 결말은 민족의식의 약화, 역사의식의 부족이라는 비판적 지적을 받기도 하지만, 장덕준이 정당하게 지적한 바와 같이 "이것은 물론 총과 권력을 쥐고 있는" 중국 당사자 앞에서 "호미만 들고 있는" 조선인 이주민들이 남의 나라, 남의 땅인 만주에서 살아남기 위한 비극적인 생존 전략, 본능적인 자기 방어에 다름 아니라고 할 수 있다. 「벼」는 원주민과의 갈등 속에서 논농사에 성공하여 삶의 터전을 닦아나가는 이주개척민들의 간고한 삶, 일본을 등에 업고서라도 삶의 터전을 지키려 한 정착의지 등, 만주국 건국직전 이주 조선인 사회의 생활을 형상화한 또 다른 간도 조선인 이주민들의 보고서인 것이다.[48] 말하자면 일제의 검열을 지혜롭게 피하면서 디아스포라로서의 조선인 이주민의 고난에 찬 삶과 실존적인 선택 및 그 끈질긴 생존의지를 예찬한 안수길의 리얼리즘적 성취는 반드시 높이 평가되어야 할 것이다.

---

48) 정덕준, 「안수길소설연구」, 한국문예비평연구회, 『한국문예비평연구』, 2004, 362~363면.

5. 마무리

본고는 만보산사건에 비추어 동아시아 3국 작가들이 쓴 4편의 소설을 고찰했다. 동일한 역사사건을 형상화하였음에도 불구하고 4편의 소설은 해당 작가의 세계관과 가치관, 예술적 취향과 방법이 다름에 따라 작품의 인물성격, 대립구도 및 사상경향성에 있어서 커다란 차이를 보인다.

일본 이토 에이노스케는 프로작가임에도 불구하고 민족주의적 경향을 탈피하지 못했기에 그의 단편소설 「만보산」(1931. 10)에서는 주로 중국 농민과 조선인 농민의 갈등을 다루면서 조선인 농민의 디아스포라적인 운명과 고난에 깊은 동정을 표시하면서도 만보산사건에 임하는 일본 측을 미온적인 방관자로 다룸으로써 만보산사건의 본질을 왜곡하였다. 특히 조선인 농민이 편에 서서 중국인을 비하시킴으로써 일본의 계획적인 음모에 의해 중·한 두 나라 농민들 모두가 피해자로 되었다는 사실을 보아내지 못했고, 아이러니하게도 프로문학작가임에도 불구하고 민족주의의 함정에 빠져 중·한 농민의 반일통일전선의 사상까지는 나가지 못했다.

중국 이휘영(李輝英)은 상해에서 활동한 좌익계열의 작가로서 그의 장편소설 『만보산』은 만보산사건의 역사적 진실과 본질을 깊이 있게 파헤치고 있음에도 불구하고 중국공산당의 민족통일전선사상에 기초한 도식적인 인물성격과 작위적인 대립구도를 보여준다. 말하자면 중국인과 조선인의 계급적 분화를 통해 민족모순을 극복하고 계급모순에 의한 중·한 민족의 통일전선을 결성한다는 작품구도는 중·한 두 민족의 갈등 및 조선인 농민의 디아스포라의 운명을 너무 안이하게 다룸으로써 작품의 리얼리티를 떨어뜨리고 있다. 특히 '개입된 인물'인 이경평에 의한 선전선동과 작 관념화된 장면들은 인물성격발전 논리에 위배됨으로써 그것들을 '시대정신의 단순한 메가폰'으로 만들고 있다.

이태준의 단편소설 「농군」(1939)은 일제의 검열을 피하기 위해서는 만보산사건의 미묘한 대립관계를 형성하는 중·일·한 세 축(軸) 가운데서 일본과의 관계는 외면하고 중국 농민, 중국관헌과 조선인 이주민의 갈등을 주선으로 다루면서 조선인 이주민의 강한 생명력과 정착의지를 표현하고 있다.

안수길의 중편소설 「벼」는 만보산사건을 염두에 두었으되 조선인 농민들의 삶을 보다 포괄적으로 다루고 있다. 논농사와 운봉학교 건설은 이 작품 중요한 사건으로 되는데 이 모두 중국 농민과 중국관헌의 반대에 부딪힌다. 조선인 농민들이 기댈 곳은 일본영사관밖에 없다. 이는 무국적자이며 '집 없는 디아스포라'인 조선인 농민들의 막부득이한 선택이며 이를 사실주의적으로 형상화했을 뿐이지 이를 가지고 작가 안수길의 친일적인 성향을 증명하는 것은 무리가 따른다. 오히려 「벼」는 만보산사건을 소재로 다룬 일·중·한 삼국의 소설들 가운데서 만주에 있어서의 중·일·한의 미묘한 정치역학관계와 중·일 양국의 틈바구니에서 "널 판 위의 고인 물에 사는 개구리"처럼 극한적인 상황에서 생존을 모색해야 했던 조선인 디아스포라의 삶과 고뇌를 가장 리얼하고 균형감 있게 보여준 작품이라 해야 하겠다.

이러한 점은 만보산사건을 가지고 노골적으로 만주지배와 대동아공영권의 꿈을 소설화한 장혁주의 장편소설 『개간』과 비교한다면 더욱 극명하게 드러날 수 있겠지만, 「벼」와 『개간』에 대한 비교는 편폭의 제한으로 다음 기회로 미룬다.

참고문헌

伊藤永之介, 「萬寶山」, 『개조』 1931~1910.

伊藤永之介, 「萬寶山」, 『日本現代文學全集』, 第89卷, 東京 講談社, 1980.

李輝英, 『萬寶山』, 上海湖風書局, 1933. 3

이태준, 『무서록』, 박문서관, 1944.

이태준, 「농군」, 『文章』 增刊號, 1939.7.

이태준단편선, 『글누림한국소설전집8－달밤』, 글누림출판사, 2007.

안수길, 「벼」, 『만선일보』, 1941. 11. 16~12. 25.

안수길, 『북원』, 예문당, 1943.

연변대학교조선문학연구소 편, 『안수길소설편』, 보고사, 2006.

張赫宙, 『開墾』, 中央公論社, 1943.

박영식, 「만보산사건을 圍繞한 중, 일 간의 교섭」, 『사총』 제17권, 1973. 1.

박영식, 『만보산사건』, 아시아문화사, 1985.

김윤식, 『안수길연구』, 정음사, 1986.

김학동, 「장혁주의 ‘개간’과 만보산사건」, 『인문학연구』 제34권 제2호, 충남대학교
    인문과학연구소, 2007.

김학동, 『장혁주의 일본어작품과 민족』, 국학자료원, 2008.

손승희, 「일본제국주의 팽창과 동아시아 : 소설 ‘만보산’과 만보산사건」, 『대동문화연
    구』 54, 성균관대학교 대동문화연구원, 2006.

손승희, 「만보산사건과 중국공산당」, 『동양사연구』, 동양사학회, 2003.

정혜영, 「1930년대 소설에 나타난 만주－‘붉은산’과 만보산사건의 수용」, 『어문논총,
    서헌 유기룡 교수 정년퇴임 기념호』, 한국문학언어학회, 2000.

오황선, 「이토 에이노스케의 ‘만보산론’」, 『일본학보』, 한국일본학회, 1997.

정덕준, 「안수길소설연구－‘북원’의 주제의식을 중심으로」, 『한국문예비평연구』, 한
    국현대문학비평회, 2004.

윤애경, 「안수길의 초기소설과 역사의식 연구－‘벼’의 인물형상화와 서술양상을 중
    심으로」, 『우리어문학회』, 2004.

김수남·서옥란, 「안수길의 ‘북원’ 연구」, 『새국어교육』, 2003.

장영우, 「‘농군’과 만보산사건」, 『현대소설연구』, 2006.

장미영, 「이태준연구―단편소설을 중심으로」, 『한성어문학』, 1990.

김　영, 「근대만주 벼농사 발달과 이주 조선인」, 국학자료원, 2004.

박　환, 『만주지역 한인유적답사기』, 국학자료원, 2009.

권혁수, 『중국조선족발자취2』, 연변인민출판사, 1995.

权赫秀, 『关于 1931年万宝山事件当时朝鮮族農民情况的调查资料分析』, 中国朝鲜民族史
　　　　学会(北京 : 中央民族大学) 年会, 2008. 5.

김창호, 「동아시아 ‘타자’ 형상 비교 연구―만보산사건을 수용한 한중일 소설을 중심
　　　　으로」, 『中國現代文學』 제31호, 2004. 12.

박선영, 「완바오산(萬寶山) 사건과 구화(仇華) 폭동에 관하여」, 『中國史硏究』 제33집,
　　　　2004. 12.

박영석, 「만보산사건 연구」, 아세아문화사, 1978.

박영석, 「만보산사건과 조선에서의 중국인배척이 ‘일본’에 미친 영향」, 『인문과학논
　　　　총』 제8집, 건국대학교, 1975.

박영석, 「만보산사건으로 인한 중국에서의 배일운동」, 『건대사학』 제4집, 건국대학교
　　　　사학회, 1974.

박영석, 「일제의 대륙정책과 만보산사건」, 『건대사학』 제2집, 건국대학교사학회, 1972.

박영석, 「만보산사건이 조선에 미친 영향」, 『아세아연구』 제8집, 고려대학교 아세아
　　　　문제연구소, 1972.

이재령, 「남경국민정부시기 중국의 한국인식―만보산사건에 관한 여론동향을 중심으
　　　　로」, 『중국사연구』 제31권, 2004.

김재용 등, 『재일본 및 재만주 친일문학의 논리』, 역락, 2004.

정덕준, 「안수길소설연구」, 『한국문예비평연구』, 한국문예비평연구회, 2004.

조경이, 「이태준의 ‘농군’ 담론 분석」, 연세대학교 교육대학원 석사학위청구논문,
　　　　2007.

장영우, 「‘농군’과 만보산사건」, 『현대소설연구』 제31권, 한국현대소설학회, 2006.

방용남, 『안수길 소설의 서사구조 연구―만주이주민소설을 중심으로』, 한림대학교
　　　　대학원 석사학위청구논문, 2007.

와다나베나오키, 「장혁주의 장편소설 ‘개간’(1943)에 대하여」, 『현대문학의 연구』 제
　　　　36집, 2008.

정혜영, 「1930년대 소설에 나타난 만주」, 『어문논총』 제34집, 경북어문학회, 2000.

이용범, 「만보산사건연구」, 『아시아연구』 제22집, 1997.

만보산사건과 한·일 소설의 대응
―「萬宝山」·「農軍」·「벼」를 중심으로―

장영우

1. 만주의 선농(鮮農)과 만보산사건

조선인이 만주 지역으로 이주하기 시작한 것은 19세기 중반부터의 일이다. 1869년 조선 북부에 극심한 흉년이 들자 많은 조선인이 압록강과 두만강을 건넜고, 이들의 숫자는 해가 갈수록 늘어나 1880년에는 즙안시에만 1천 가구가 넘는 조선인이 거주했다는 통계도 있다. 그러나 조선인의 본격적인 만주 이주는 1910년 이후에 이루어진다. 그 일차적 원인은 1916~1917년 사이에 발생한 남부지방의 흉작과 1919년 3·1 운동 탓이다. 이후 조선인의 만주 이주는 꾸준히 증가하여 1910년 3만여 명, 1915년 12만여 명, 1920년 17만여 명, 1925년 2만 4천여 명, 1930년 10만여 명으로 증감하다가 '만주국' 건설 이후인 1935년 17만 5천 명, 1940년 56만 5천 명으로 급증한다. 이 통계에 따르면 1930년 현재 만주 지역에 거주하는 조선인은 모두 85만여 명 정도로 추산되고 있다.[1] 조선인의 만주 이주는 1910년대만 하더라도 함경·평안지역의 농민이 대종을 이루었으나 1930년을 전후로 하여 남부지역 농민이 대거 이 대열에 동참한다.

조선 농민이 만주로 이주한 가장 커다란 이유는 가난 때문이다. 만주 이주민의 대부분은 "조선에서도 막다른 골목에 다다른 빈농 궁농 계층"[2]인데, 이들은 황량한 만주벌판과 산야에서 몇 년 동안 화전을 일구다가[3] 벼농사를 지으면서 정착한다. 만주의 지주와 관리가 조선 농민을 본격적으로 괴롭히고 착취하는 것도 이때부터다.

> 그들(북방군벌의 군경과 순경, 인용자)은 칼(サ-ベル)과 대포로 개미처럼 무력하고 근면한 선농들을 착취한다. 그들이 선농에게 부과하는 세목을 들어보면, 호별부과세, 인두세, 보위단식비, 마적토벌비, 중국민병식비, 소금세, 우마세, 수리세, 불령선인방위비 등 전혀 통일도 아무것도 없는 엉터리다. 그것을 거부하면 바로 감옥에 끌려간다.[4]

나카니시 이에노스케(中西伊之助)에 따르면 조선 농민은 세계에 유례가 없을 정도로 가혹한 소작제도 때문에 집과 밭을 잃고 고향을 떠나지만, 만주에서도 만주군경의 과도한 세금과 수탈로 적빈 상황에서 쉽사리 벗어나지 못한다. 인용문에서 보듯, 중국관헌이 조선 농민에게 부과하는 세금은 이현령비현령에 가깝다. 중국 국민당정부는 만주 조선 농민에게 호구세[付戶捐], 수리세[水利捐], 토지세[地畝捐], 종우두세[種牛痘捐],

---

1) 강만길 외, 『한국사14 : 식민지시기의 사회경제2』, 한길사, 1976, 189~190면 참조.
2) 中西伊之助, 「萬寶山事件と鮮農」, 『中央公論』, 1931. 8, 267면. 중국공산당도 만주선농을 '일제의 압박을 피해 이주한 파산 농민'으로 인식하고 있었다(「中共滿洲省委關于滿洲韓國民族問題決議案」, 1931. 5. 26. 손승회, 「만보산사건과 중국공산당」, 『동양사학연구』 83집, 2003. 6, 118면에서 재인용).
3) 中西伊之助, 「滿洲に漂迫ふ朝鮮人」, 『改造』, 1931. 8, 174면.
4) 위의 글, 174~175면.

마적토벌세[土賊捐], 목축세(牧畜稅), 소금세 등의 명목으로 호당 30~40위안(元)에 달하는 세금을 부과했을 뿐만 아니라, 임의적으로 체포 구금하고 귀화나 출국을 강제하는 등5) 일제에 못지않은 억압과 수탈을 자행했다. 중국군벌이 조선 농민을 이처럼 억압하는 이유는 중국으로 귀화한 선농의 이중국적 문제 때문이다. 만주에 거주하는 조선인도 중국에 귀화하면 거주 및 토지 소유 등 경제활동의 자유를 인정받았으나, 일본은 귀화한 조선인도 일본신민이라 강변하면서 그 이유를 '구한국국적법'에서 찾는 모순적 태도를 취하였다. '구한국국적법'의 문제 조항은 "조선인은 외국에 이주해도 원래의 국적을 상실하지 않는다"는 것인데, 일본은 식민치하 조선인도 일본신민이라 주장하면서도 상황에 따라 '구한국국적법'을 들이대며 조선인의 완전한 중국 귀화를 방해했던 것이다. 나카니시도 이러한 사실을 알고 있었을 테지만, "중국에 귀화한 조선인은 이중국적자가 되기 때문에 중국군벌 정부는 귀화선인을 중국인으로 보아 징세 및 공과, 형벌 법령을 적용하지만, 자국에 이익이 되지 않는 경우 일본인으로 보아 토지 소유권을 인정하지 않고 소작권도 주지 않는다"6)며 모든 책임을 중국에 전가하는 태도를 취한다. 만주선농의 이중국적은 치외법권 문제와 직결되므로 일본과 중국 모두 쉽사리 물러설 수 없는 상황이었다. 일본은 일본국적을 지닌 조선인을 통해 간접적인 대륙으로의 경제적 진출을 도모하려 했던 것인데, 이런 일본의 의도를 잘 알고 있는 중국에서 만주선농의 이중국적을 인정할 리는 만무했다. 중국관헌의 조선인 박해가 만철연선(滿鐵沿線) 등 일본세력권과 근접한 지역에서 자주 발생하고 오지에서는 적었던 까닭도 여기 있었다.7) 그런데 나카니시는 만주선농에 대한 중국 관헌의 억압과

---

5) 손승회, 앞의 글, 119면.
6) 中西伊之助, 「滿洲に漂迫ふ朝鮮人」, 176면.

수탈은 강조하면서도 정작 일본의 대륙진출 야욕과 이중적 법령해석 등에 대해서는 구체적인 언급을 하지 않는다. 그는 만보산사건이 발발하자 곧바로 「만보산사건과 선농」·「만주에서 떠도는 조선인」 등의 글을 발표하여[8] 만주 조선인들의 비참한 생활상을 폭로하고 있지만, 정작 사건의 근본원인과 배경에 대해서는 정확한 사실을 적시하지 않음으로써 사건의 본질을 호도하고 있는 것이다.

만보산사건이란 만주에 이주한 조선 농민들이 벼농사를 짓기 위해 이통하(伊通河) 지역을 관통하는 수로를 파다가 중국 농민과 갈등을 벌이는 과정에서 중국관헌과 일본 영사관경찰이 개입하여 총격까지 벌어진 우발적 사태를 가리킨다. 이 사건은 만주에서 토착민과 조선 농민 사이에 간헐적으로 발생했던 물리적 충돌의 하나였으나, 일본이 만주침략의 기운을 북돋우기 위해 중국 측의 불법행위를 대대적으로 선전했고,[9] 국내 일간지의 오보로 말미암아 화교배척 사태가 빚어짐으로써 중국과 일본 사이의 민감한 정치적 사건으로 비화한다. 사건이 발발한 다음날 『조선일보』는 "중국 관민 팔백여 명과 이백 동포 충돌 부상"이란 호외를 발간하였고, 이를 본 한국인들이 인천·서울·평양·신의주 등지에서 화교를 습격하여 사망 127명, 부상 393명[10]에 이르는 대규모

---

7) 민두기, 「만보산사건(1931)과 한국언론의 대응」, 『동양사학연구』 65집, 1999. 1. 149면.

8) 「만보산사건과 선농」은 1931년 7월 9일, 「만주에 떠도는 조선인」은 7월 11일 조선에서 쓴 것으로 되어 있다. 나카니시는 만주에서의 만보산사건과 조선에서의 화교 테러사건이 벌어질 당시 조선에 거주하면서 두 편의 글을 쓴 것이다. 뿐만 아니라 그는 만주사변이 발발하자 직접 중국 동북지방을 돌아보고 「慘憺する, 在滿朝鮮同胞」(『改造』, 1931, 12)라는 글을 쓰기도 했다.

9) 山室信一, 『キメラ－滿洲國の肖像』, 中央公論新社, 1993, 39면, 와타나베 나오키(渡邊直紀), 「식민지 조선의 프롤레타리아 농민문학과 '만주'」, 『근대의 문화지리 : 동아시아 속의 만주/만슈』, 동국대학교 한국문학연구소 제26차 국제학술대회 발제문, 2007, 2면에서 재인용.

인명살상이 빚어졌던 것이다. 만보산사건이 중국 농민과 조선 농민 사이의 단순한 물리적 충돌이었는지, 아니면 그 배후에 일제 혹은 중국국민당이 개입되어 있는지는 분명하지 않다. 이 사건에 대한 이제까지의 학문적 접근이 일제의 대륙침략 정책의 일환,11) 조선 내 유력 신문의 상이한 보도,12) 중국국민당과 공산당의 판이한 인식13) 등 다각적인 관점에서 이루어져온 데서 알 수 있듯이, 사건을 바라보는 한·중·일의 시각은 극단적인 차이를 보인다. 한·중·일 문인들도 이 사건에 민감한 반응을 보여, 이토 에이노스케(伊藤永之介, 일본)·이휘영(李輝英, 중국)·이태준·안수길·장혁주14) 등이 만보산사건을 제재로 작품을 발표했던 것이다. 이토의 소설은 사건 발생 이후 가장 먼저 발표된 작품15)

---

10) 이상 숫자는 『리튼 보고서』에 따름. 조선 내 화교의 피해 상황은 일본과 중국의 보고서가 각각 다르다. 일본 측 보고서에 따르면 사망 91명, 중상 102명, 조선인 사망자 다수로 되어 있고, 중국 보고서에는 사망 142명, 부상 546명, 실종 91명 등 숫자가 가장 많은 것으로 되어 있다. 박영석, 『만보산사건』, 아세아문화사, 1978, 100~101면에서 재인용.

11) 박영석, 위의 책.

12) 민두기, 앞의 글.

13) 손승회, 「만보산사건과 중국공산당」, 『동양사학연구』 83집, 2003. 6.

14) 伊藤永之介, 「萬寶山」, 『改造』, 1931. 10. 여기서의 번역은 김연주(동국대 일문과 석사)의 도움을 받은 것임.
　　이태준, 「농군」, 『문장(증간호)』, 1937. 9. 여기서는 『이태준문학전집② 돌다리』(깊은샘, 1995)에 수록된 작품을 텍스트로 함.
　　안수길, 「벼」, 『만선일보』, 1941. 11. 16~12. 25. 여기서는 『안수길』(연변대학교 조선문학연구소, 보고사, 2006)에 수록된 작품을 텍스트로 함.
　　李輝英, 『萬寶山』, 上海湖風書局出版, 1933.
　　張赫宙, 『開墾』, 中央公論社1, 943. 일어로 쓰인 이 작품은 지금까지 한글로 번역되지 않았고, 최근 이 작품과 만보산사건의 관련을 살핀 논문이 발표되었다. (김학동, 「장혁주의 『개간』과 만보산사건」, 『인문학연구』 34권 2호, 충남대인문과학연구소, 2007.)
　　이밖에 김동인의 「붉은산」(『삼천리』, 1932. 4)을 만보산사건과 관련하여 분석한 논문(정혜영, 「1930년대 소설에 나타난 만주―「붉은산」과 만보산사건의 수용」, 『어문론총』 제34호, 경북어문학회, 2000. 8. 171~185면)도 있다.

인데다 작가가 일본인이라는 점에서 각별한 의미가 있고, 「농군」·「벼」
는 최근 새롭게 논의의 초점이 된 작품이다. 이휘영의 『만보산』과 장혁
주의 『개간』은 각각 중국인과 한국인이 쓴 장편이어서 이토의 소설과
좋은 대비가 될 것으로 예상되지만, 국내에 번역된 자료가 없어 부득이
논의에서 제외한다.

만보산사건의 진상에 접근하려면 만주 내에서의 중국인과 조선인의
갈등구조, 만주 조선 농민의 법적 지위, 중국의 조선인 구축(驅逐)정책,
조선 내 배화 폭동(排華暴動)의 실상과 일제의 개입 여부 등 여러 요인들
에 대한 면밀한 검토16)가 필요하다. 그러나 사건의 진상을 명백히 규명
하는 것은 필자의 역량과 관심권역을 벗어나는 일이다. 그러므로 이 글
에서는 세 편의 소설을 비교 분석하여 이 사건에 대한 일본과 한국의
시각차와 문학적 의미를 살피는 방법을 통해 우회적으로나마 사건의
진상에 근접해 보고자 한다.

2. 상황의 객관적 묘사와 사건의 의도적 은폐, 「만보산」

이토 에이노스케는 『문예전선』에 자본주의 제도의 냉혹함과 광산노
동자들의 착취의 현장을 고발한 「보이지 않는 광산(見えない鑛山)」·「산
의 일면(山の一頁)」 등의 작품을 발표하여 일본에서 "프롤레타리아 리얼
리즘의 정도를 걷는"17) 작가라는 평가를 받는다. 이밖에도 그는 「總督

---

15) 이 작품이 발표된 것은 『改造』 1931년 10월호를 통해서지만, 탈고한 날짜는 7월
    25일로 되어 있다. 이토, 앞의 글, 149면.
16) 손승회, 앞의 글, 116면.
17) 本多秋五, 『梟·鶯·馬』 해설, 角川文庫, 1955, 오황선, 앞의 글, 239면에서 재인
    용. 이하 이토 에이노스케 문학에 관한 일반적 사실은 오황선의 논문(「이토에이

府模範竹林」·「平地蕃人」 등 일제의 식민지지배 실상을 다룬 작품을 여럿 발표한다. 「만보산」은 사건이 발발한지 불과 20여 일만에 쓰인 일종의 '보고문학'[18]으로, 조선 농민의 궁핍한 생활상과 중국군경의 억압이 핍진하게 묘사되어 있다. 이 소설은 국내 연구가들에게 널리 알려져 있지 않으므로, 작품 내용을 시간 순서에 따라 간략히 요약하여 이해를 돕고자 한다.

조판세와 배정화 부부는 일본인 지주에게 집과 밭을 빼앗긴 뒤 만주로 쫓겨나 장춘 봉천의 태자하(太子河) 부근까지 내몰렸지만, 조선인이 모여 살면 '적화 선전(赤化宣傳)'의 우려가 있다는 중국관헌의 억지에 의해 다시 쫓겨난다. 배정화는 지붕도 없는 화물차에서 말 오줌에 젖은 볏짚에 아들 태수를 낳고, 간신히 만보산 부근 삼성보에 거처를 마련한다. 그곳에 먼저 도착해 있던 김광수 등은 토지 브로커를 통해 5백천지(1천지는 약 3백 평, 인용자)의 황무지를 1천지당 연간 벼 2석의 조건으로 10년 계약을 맺는다. 경상남도에서 면장을 했던 김광수는 주변사람들을 불러 모으고 지주와 순경들에게 북으로 쫓겨난 조선인도 몰려들어 황량했던 들판에 마을이 형성된다. 이들은 수로를 개척하여 벼농사를 지으려 하지만, 수전(水田)에 익숙하지 않은 만주농민의 격렬한 저항에 부닥친다. 만주의 조선 농민들에게 '악병(惡病)'이나 다름없는 말 탄 중국 군인들이 수로공사를 중지하라고 윽박지르자 조선인들은 장춘의 일본영사관에 도움을 요청한다. 다음날 일본경관 다섯 명이 도착하지만,

---

노스케의 「만보산」론」, 『일본학보』 38집, 1997)에 의거함.

18) 이토 스스로가 이 작품을 '보고문학'이라 분류하고 있다(오황선, 앞의 논문, 240면). 그러나 이 작품이 "어떤 사건의 진상을 진실하고 정확하며 신속하게 알리는 것을 목적"으로 하는 '보고문학'의 의도를 얼마나 충실히 재현하고 있는지는 의문이다. '보고문학'의 정의와 유형은 『문학비평용어사전·상』(한국문학평론가협회편, 국학자료원, 2006, 810~811면)을 참조할 것.

총을 든 중국 군민의 도발을 억제하기에는 역부족이고 조판세 등은 관청에 끌려갔다 간신히 풀려난다. 그동안 조판세의 아들 태수가 이질에 걸려 죽고, 조판세도 생사가 불명인 채 배정화 등 백 명에 가까운 여자들과 아이들은 총성이 울리는 들판으로 또다시 쫓겨난다.

이 소설에는 중국군경과 지주에게 부당하게 핍박당하는 조선 농민의 궁핍한 생활상이 자주 등장한다. 조판세를 비롯한 삼성보 일대의 조선 농민은 봄부터 계속 보리죽만 먹다가 그것마저 떨어져 최근에는 옥수수[包米]로 간신히 끼니를 이으며 수로개간에 매달린다. 그러나 중국관리는 농기구도 현에서 지정한 것만 사용해야 한다며 협박하고 조판세에게 집을 빌려준 지주는 그 때문에 공안국에 구속되었다 풀려났다며 당장 집을 비우라고 윽박지른다. 심지어 만보산 시장에서는 조선인에게 식량도 팔지 않고,[19] 조선 농민이 방죽공사를 벌이면 그 자리에서 사살하라는 관의 명령이 있었다는 흉흉한 소문도 떠돈다.

> 대부분의 사람은 황무지를 빌려 논(水田)으로 만들고, 수확을 하면 순경이나 장병의 총에 쫓겨났다. 장개석 정부가 만주와 몽골에서 조선 농민을 몰아내라는 지령을 내렸다는 것은 사실인 듯했다. 조선 농민 추방은 요즘에 시작된 것이 아니었다. 이권회수[20]의 선동으로 더 심해졌다.―조선 농민의 배후에는 ××(일본)이 있다. 중국으로 귀화한 조선 농민 명의로 ×××(일본인)이 전지를 매입했다. 만주 몽고의 백수십만명 조선 농민을 앞세워 ××(일본)은 서서히 거대한 토지를 제 수중에 넣으

---

19) 이태준의 「만주기행」에도 이런 사정을 증언하는 대목이 나온다. "백성들은 조선 사람들한테 양식두 안 팔죠. 우물도 못쓰게 하죠."(이태준, 『무서록』, 박문서관, 1941, 310면)

20) 여기서 말하는 '이권회수(利權回收)'는 일본이 중국에 강요하여 맺은 불평등 조약으로 일본이 강탈해 간 중국의 권리를 회수하는 것으로 조선 농민과는 직접 관련이 없다(김창호, 「동아시아 '타자' 형상 비교 연구―만보산사건을 수용한 한중일 소설을 중심으로」, 『중국현대문학』 제31호, 2004, 397면 참조).

려는 것이다. 하지만 ××(일본)은 ××(선농)이 어떤 ××(박해)를 받아도 모르는 척하고 있다. 중국군인이 ××(선농)을 때리거나 발로 차거나 하면 ××(일본)은 그들이 가장 무서워하는 ××××××××(공산주의자를 추방)할 수 있다. 그래서 중국도 ××(일본)이 기뻐하도록 공산주의 체포의 명의로 ××(선농)을 황야에 내몰고 유치장에 처넣었다.

— 伊藤, 「萬宝山」, 139~140면, 이상 복자 복원은 인용자

만주 조선 농민에 대한 중국 국민당정부의 탄압은 학교폐쇄, 강제귀화, 과중한 소작료 및 세금부과, 관헌의 폭행[21] 등 다각적인 방면에서 집요하게 이루어졌다. 중국 국민당정부가 조선 농민을 지나칠 정도로 가혹하게 탄압한 배경에는 일본의 조선인 이민정책과 만주선농의 무례한 행동에 대한 보복적 의도가 있다. 국민당정부가 작성한 만보산사건 보고서에 따르면 "중국인과 조선인 사이의 소송건수는 매년 평균 1500건 이상"에 이르는데 "일본정부가 조선인을 특별 비호하여 날로 흉폭해지고 중국인을 원수로 여겨 죽이는 참극이 자주 발생"[22]한다는 것이다. 이런 관점에서 보면 만주선농이 일방적 피해자가 아니라 가해자일 수도 있다는 논리도 전혀 터무니없는 주장만은 아닌 것 같다.[23] 그러나 국민당정부가 만주선농을 '일제의 주구'로 간주하여 차별과 구축(驅逐) 정책을 실시함으로써 대다수 선량한 조선인이 피해를 입은 사실도 간

---

21) 朝鮮總督府警務局, 『在滿鮮人卜支那官憲, 附滿洲二於ケル排日運動』, 손승회, 앞의 글, 120면에서 재인용.

22) 中國國民黨中央宣傳執行委員會, 『萬寶山事件及朝鮮排華慘案』, 南京, 1931, 10면, 손승회, 앞의 글, 127면에서 재인용.

23) 만주의 일부 조선인은 "아편밀매업자, 술장사·갈보장사의 전위부대, 만주 와 있는 양복 입은 선계(鮮系)는 전부 좋지 못한 질의 뿌로커들 같다, 무기력·무의지. 매일 빼주·마작·도박 속에 묻혀서 허덕이는 무리들, 일본어 몇 마디 배워 안다고 만인(滿人)한테 가슴을 내밀고 덜렁시는 무리들"(이운곡, 「鮮系」, 『조광』, 1939. 7, 64~65면)과 같이 매우 부정적으로 인식되고 있었다.

과할 수 없다. 다시 말해, 만주에서 중국인과 조선인의 갈등은 서로의 정치적 처지와 문화적 관습의 차이에서 비롯된 것이므로 가해자와 피해자를 간단히 구분하기 어려운 상황이다. 인용문을 보면, 이토는 만주선농이 처했던 애매한 정치적 신분과 고난을 어느 정도 이해하고 있었던 것으로 보인다. "조선 농민의 배후에는 ××(일본)이 있다"는 진술은 국민당정부의 인식을 표현한 것으로, 만주지역 중국인들의 배일운동 또한 이러한 맥락에서 이해할 수 있다. 그러나 중국인에게조차 '일제의 주구'로 오해받아 내쫓길 상황에 이른 조선 농민은 일제와 중국국민당 군벌 및 지주 등 권력자들에게 삼중사중으로 둘러싸여 고통을 겪는 최대의 피해자이다. 만주선농들이 처한 이와 같은 복잡한 정치적 상황을 고려하지 않고 선농(鮮農)도 만주인들에게 피해를 입힌 가해자라고 보는 태도24)는 적절하지 않다.

「만보산」에서 조선 농민이 일본지주나 사채업자에게 집과 밭을 빼앗겨 만주로 쫓겨났다거나, 중국인이 조선 농민을 가혹하게 수탈하는 이유가 그들 뒤에 일본이 있기 때문이라고 지적하는 서술자의 태도는 대체로 객관적이라 할 수 있다. 이와 함께 이 소설에서 조선 농민이 보리죽과 옥수수로 연명하는 모습이라든가 '강가의 아귀(河原に遊んでるた我鬼)'들이 죽은 아이(태수)의 옷을 벗겨가는 참혹한 상황 묘사, 그리고 총성이 울리는 들판으로 또다시 쫓겨나는 결말 부분 등은 대단히 핍진하

---

24) 김철은 만주선농의 의미를 "항일투쟁에 나서지 않는 한, 한편으로는 제국주의의 피해자이면서 한편으로는 그 제국의 힘을 뒤에 업고 타자의 삶을 위협해 들어가는 존재"(「몰락하는 신생 - '만주'의 꿈과 「농군」의 오독」, 『해방전후사의 재인식』, 책세상, 2006, 497면)라고 규정함으로써 어느 한편에 치우지지 않는 태도를 보이는 것 같으나 문맥상으로 볼 때 후자에 무게가 실려 있음을 쉽게 간과할 수 있다. 그는 시종일관 만주선농이 '가해자'일 수도 있다는 점을 강조하고 있는데 그 논리와 주장이 일본의 그것과 다른 점이 별로 발견되지 않는다.

고 생생하다. 그러나 만보산사건을 제재로 다루는 이토의 관점은 이제까지의 연구 논문 등에서 밝혀진 '사실'과 상당한 거리가 있다. 그것은 조선 농민이 일본영사관에 도움을 요청했는가, 그리고 사건 당일 영사관경찰이 현지에 출동하여 총격을 가했는가 등 사건의 핵심적 사안과 직접 관련된다. 박영석에 따르면 일본 경찰은 6월 12일부터 조선 농민을 보호하기 위해 현지에 주둔[25]하고 있었고, 7월 2일 중국 농민이 수로공사를 방해하자 사격을 가했지만 다행히도 쌍방에 큰 피해는 없었던 것[26]으로 되어 있다. 그런데 이토의 「만보산」에는 조선 농민들이 일본영사관에 도움을 청하자 "한 대의 짐마차에 모포와 천막, 통조림을 가득 싣고 다섯 명"이 도착하였으나 사건이 확대되자 간신히 응전만 할 뿐 장춘의 영사관경찰은 끝내 오지 않은 것으로 서술된다. 그러니까 「만보산」에서 총격을 가한 주체는 일본 경찰이 아니라 중국군대 혹은 민간인이고,[27] 조선 농민의 긴급한 요청에도 불구하고 일본 경찰이 병

---

25) 민두기는 "중국 경찰이 6월 2일 현장에 도착해보니 일본의 영사관경찰이 이미 나와 한국농민을 보호하고 있었다. 중국의 경찰은 6월 3일 경찰병력을 파견, 만보산 일대에서 중일 경찰병력이 대치하는 국면이 전개"(153면)되었다고 기술하고 있다. 이는 단순한 날짜의 차이뿐만 아니라, 사건이 발생하기 한 달 혹은 보름 전부터 중국과 일본의 경찰이 대립해 있었다는 중요한 사실을 증거한다. 「농군」과 「벼」에는 이런 내용이 전혀 나타나지 않고 이토의 「만보산」에는 경관 5명이 파견된 것으로 서술되어 있다.

26) 박영석, 앞의 책, 96면. 한편, 민두기는 "7월 1일 중일 양쪽의 경관대가 발포"(143면), "2~400여 명의 중국 농민이 모여 수로를 파괴하였고 일본 경찰이 農具·槍 등을 소유한 중국 농민에게 발포"(153면)한 것으로 기술하고 있으며, 중국의 인터넷사이트 '百度百科(http://baike.baidu.com/view/37707.htm)'에는 "중국 농민이 자발적으로 작업을 하자 일본 경찰이 공공연히 총을 쏴 여러 명의 중국 농민이 죽고 수십 명이 부상을 당했으며 10여 명이 체포(中國農民正待繼續平渠，日警公然開槍，打死中國農民數人，傷數十人，被捕受刑者10余)"된 것으로 기술하고 있다.

27) "총성은 이번에는 백성들의 뒤쪽에서 났다. 불규칙하게 쏘아대는 것으로 보아 그것은 관청에서 무기를 공급받고 있는 중국인 백성인 듯했다."(이토, 「만보산」,

력을 증원하지 않아 쫓겨난 것으로 서술된다. 일본 영사관경찰의 개입
이 자체적 결정에 따른 것인가 아니면 조선 농민의 요구에 의한 것인
가, 그리고 최초의 발포자가 일본 경찰인가 아니면 중국인인가 하는 점
은 만보산사건의 진상을 정확히 이해하는 핵심적인 사안이다. 그러나
이 문제는 만보산사건에 대한 일본과 중국, 그리고 '리튼보고서' 등 1차
자료의 면밀한 비교 검토를 통해서만 밝혀질 수 있는 것이어서 2차 자
료에 의존할 수밖에 없는 필자로서는 정확한 판단이 불가능하다. 그럼
에도 불구하고, 지금까지 우리나라에서 발표된 논문의 내용과 비교할
때 이토의 소설에는 일본의 행동이 소극적이거나 미온적인 것으로 그
려져 있음을 확인할 수 있다.28)

　　만보산사건이 일제의 조직적 음모에 의해 이루어진 것이라는 점에
대해서는 중국국민당과 공산당이 견해를 같이한다. 국민당은 만보산사
건의 원인을 일제의 침략정책에서 찾는 데 반해 공산당은 국민당군벌
의 만주선인 구축정책29)을 주요한 원인으로 꼽는다. 말하자면 국민당
은 사건의 책임을 일본에 돌림으로써 외교 교섭의 주도권을 장악하는
한편 정치적 책임을 모면하려는 의도를 가지고 있었던 것이다. 이에 반
해 중국공산당은 만보산사건의 직접적 책임자를 중국 지주자본가 계급

146면).

28) 이토와 안수길의 소설에는 조선 농민의 요청에도 불구하고 일본 병력이 도착하
지 않은 것으로 되어 있고, 이태준의 소설에는 아예 일본 경찰에 대한 언급이 보
이지 않는다. 세 편의 소설 모두 중국군민이 먼저 총격을 가했다는 점은 공통되
나, 「벼」에는 "사람은 하나도 상하지 않았다"고 하여 조선인이 다치거나 죽은 것
으로 묘사한 「만보산」·「농군」과 달리 사실에 입각한 서술을 하고 있다. 이태준
은 「만주기행」에서 "나중에는 토민들이 관청으로 가 야단을 쳐 결국은 중국군대
가 나와 총을 막 쏘게 됐"(310면)다고 서술하고 있다. 이들 작품이 하나같이 중국
측에서 발포하고 일본 측은 전혀 대응하지 않은 것처럼 서술하고 있는 것은 당
시의 식민지 상황 및 검열과 무관하지 않은 것으로 보인다.

29) 손승회, 앞의 글, 128면.

으로 지목한다.30) 이런 관점에서 볼 때, 이토가 소설에서 일본영사관의 직접개입이나 선제 발포를 언급하지 않은 것은 절묘하게도 중국공산당의 시각과 일치한다. 이토가 일본의 프롤레타리아 문학운동가라는 사실을 고려할 때 이것은 그다지 놀라운 일이 아닐지 모른다. 중요한 것은, 중국공산당 역시 만보산사건을 일제의 계획적·조직적 음모에 의한 것으로 인정한 데 반해 이토의 소설 어느 곳에도 이러한 내용은 보이지 않는다는 사실이다. 요컨대, 그는 이 사건을 중국군벌의 조선인 구축정책의 일환으로 묘사함으로써 일본의 조직적 개입설을 은폐하고 있는 것이다.31)

이토 에이노스케의 「만보산」은 이 사건이 발발한 지 불과 한 달도 안 되어 쓰인 작품이면서 조선 농민이 만주로 쫓겨난 원인과 만주에서의 궁핍한 생활, 만주 지주와 군경의 혹독한 착취 등을 사실적으로 재현하고 있어 당시 만주선농이 처한 상황을 이해하는 데 많은 도움을 준다. 그러나 만보산사건과 관련하여 중국국녕의 횡포를 집중적으로 부각하는 한편 일본 영사관경찰의 개입과 총격 사실을 축소 내지는 은폐하는 등 제국주의적 시각을 그대로 드러내고 있다.

---

30) 손승회, 앞의 글, 133면.

31) 王向遠은 이토에이노스케의 소설이 객관성과 공정성을 잃고 사건을 왜곡되게 묘사한다고 지적한다. 일본에서는 이토를 '무산계급작가' 혹은 '농민문학가'라고 부르고 있지만, 작품 속에 무산계급에 대한 의식이나 표현이 보이지 않으며, 사건 당시 일본 측은 조선 농민을 일본국민으로 취급하였고 중국 무산계급이나 농민에 대한 동정이나 이해는 전혀 없이 일본국가주의의 입장만을 강조하고 있다 (『'筆部隊'和侵華戰爭 : 對日本侵華文學的硏究与批判』, 昆侖出版, 2005. 6, 33~39면 참조)는 것이다.

3. 만주선농의 수로개간 수난사, 「농군」

이태준의 「농군」은 발표 당시부터 매우 이례적인 작품으로 주목받아
왔다. 임화는 이 작품을 가리켜 "태준이 처녀작을 쓸 때부터 가지고 나
왔던 어느 세계가 이 작품에 와서 한아의 정점에 도달하였다는 감"[32]
을 주는 것으로 고평하였고, 1990년 이후 쓰인 허다한 이태준 소설 관
련 논문에서 「농군」은 뛰어난 '민족문학의 성과'로 인정받고 있다. 그
러나 최근에는 「농군」이 "당대의 '국책(國策)'에 적극적으로 부응한 소
설이며, 소설 자체로 보아도 지극히 무성의하고 불성실한 작품",[33]
"'본토인'의 민족주의에 기반한 '주관적 동일화'를 크게 넘어서지 못"[34]
한 작품, "일본의 만주대륙침략의 일환으로서 성립되었던 개척문학의
한 분파"[35]란 비판을 받기도 한다. 이런 비판의 밑바탕에는 만주와 조
선인의 관계를 자민족 중심주의의 관점에서 파악해왔던 일반적 연구관
행에 대한 반성적 사고가 깔려 있다. 식민지 시기의 문학을 연구하면서
'친일 / 항일', 또는 '일본＝악 / 조선＝선'과 같은 도식적인 관점으로 접
근하는 태도는 하루빨리 지양되어야 한다. 하지만 민족주의[36]와 관련

---

32) 임화, 「현대소설의 귀추―창작 32인집을 중심으로」, 『문학의 논리』, 학예사,
　　1940, 428면.
33) 김철, 앞의 글, 481면.
34) 한수영, 「친일문학 논의와 '재만 조선인문학'의 특수성」, 『재일본 및 재만주 친
　　일문학의 논리』, 역락, 2004, 133면.
35) 정혜영, 「1930년대 소설에 나타난 만주」, 『어문논총』 제34호, 경북어문학회,
　　2000. 8, 184면.
36) nationalism의 번역어인 '민족주의'는 때로'국가주의'·'국민주의'로도 번역되며
　　그 의미도 약간씩 다르다. 서구의 '크레올 내셔널리즘creole nationalism'에 따르면
　　"민족주의는 민족이 없는 곳에서 민족을 발명"하지만, 우리 민족의 경우 그와 반
　　대로 "민족이 자의식에 눈" 뜬 경우라 할 수 있다. 또한 민족주의가 제국주의·
　　나치즘으로 왜곡된 경험을 지닌 서구에서 민족주의에 대한 자성과 비판 담론이
　　생산된 것은 충분히 이해하지만, 우리의 경우는 역사적 조건과 경험이 다르므로

된 모든 논의를 제국주의 논리를 확대 재생산하는 담론으로만 해석하는 태도 역시 재고되어야 한다. 만주에서 발생한 만주인과 조선인 사이의 잦은 분쟁과 충돌의 배경에는 단순치 않은 역사적 문맥이 있고, 그 분쟁을 해결하는 과정에서는 무엇보다 당사자의 주도권이 존중되어야37) 마땅하다. 만보산사건을 다룬 세 편의 소설은 각각 상이한 관점에서 씌어졌고, 그에 따라 강조 혹은 은폐되는 부분도 다르다. 그 부분을 자세히 살펴 지금까지 드러난 사실과 다른 부분을 지적하면 각자의 세계관과 문학관이 드러날 것이며, 나아가 만보산사건의 실체도 보다 분명히 밝혀질 것으로 생각한다.

이태준은 「농군」38)의 모두에 "이 소설의 배경 만주는 그전 장작림 정권 시대임을 말해 둔다"라는 말을 굳이 덧붙이고 있다. '장작림 정권 시대'는 1928년 종식되었으므로 이 소설을 1931년에 발생한 만보산사

그들의 논리를 일방적으로 따를 것이 아니다.
37) 서경식 지음, 임성모·이규수 옮김, 『난민과 국민 사이』, 돌베개, 2006, 148면.
38) 「농군」이 발표(1939년 7월)되던 바로 그 달 『조광』에는 「만주문제특집」 기사가 실렸다. 이 특집 기사는 「만주와 조선」(이선근), 「금융기관의 현세」(신기석), 「鮮界」(이운곡), 「만주생활단상」(이태우), 「무엇이 그리워 만주를 다니는가」(공탁), 「남북만주편답기」(함대훈) 등 모두 여섯 편이다. 이 가운데 공탁·이선근은 '만주산업주식회사'의 사장·상무이고, 이태우는 신경 조선협화 문화부 직원으로 당시 만주에 거주하고 있었다. 『조광』 기자였던 함대훈은 특집 기사를 쓰기 위해 약 7일간 만주 기행을 했는데, 이태준의 「만주기행」과 대체로 비슷한 여정을 밟았다. 경성－평양－봉천－신경을 거쳐 이태준은 장자워푸를 찾아 농민들의 삶을 돌아본 반면, 함대훈은 하얼빈으로 가 상공인의 성공사례를 둘러본 것이 다르다. 여기서 생각해 볼 것은 왜 이 두 잡지가 동시에 '만주'와 관련된 소설이나 특집을 기획했는가 하는 점이다. 이것이 단순한 우연인지 혹은 모종의 압력이나 의도에 의한 것인지 알 수는 없지만, 1939년 일본에서 '대륙개척문예간화회'가 결성되고 곧바로 '대륙개척국책 펜부대'가 만주로 출발한 것과의 관련을 생각해 볼 수도 있다. 그렇다면, 민충환이 이 작품을 두고 "창작 의도와는 무관하게 일제의 정치적 야욕에 부응 또는 협조한 친일적 결과를 초래"(『이태준연구』, 깊은샘, 1988, 154면)했다고 지적한 이래 비슷한 지적이 반복되는 것도 전혀 근거 없는 주장이 아님을 알게 된다.

건과 직접적으로 관련지으려는 태도는 억지에 지나지 않는다. 그러나 이태준은 이 소설을 쓰기 전에 만주를 여행하고 「만주기행」이란 수필을 발표한 바 있다. 이 기행문은 봉천, 신경을 거쳐 장자워푸[姜家窩堡]를 방문하는 여정을 밟고 있거니와, 봉천과 신경에 머물며 이국적 정취를 감상하는 부분과 장자워푸의 자연환경, 농민과의 대화, 주민들의 생활상 등을 보고 들은 것을 기록하는 부분이 거의 비슷한 분량을 차지한다. 「만주기행」은 말 그대로 기행문이고 「농군」은 소설이어서 한 사람이 쓴 글이라 하여도 두 글의 내용과 형식에는 다소의 차이가 있을 수밖에 없다. 작가가 소설에서 굳이 작품의 시대적 배경을 한정한 까닭은 소설의 내용이 특정 사건(사실)과 직접적으로 관련되는 선입견을 차단하려는 서사적 전략으로 보아야 할 터이다. 하지만 「만주기행」이 "「농군」의 밑그림 같은 것이면서 「농군」의 창작과정과 작가의식을 한눈에 보여주는 자료"[39]라는 김철의 지적은 타당하므로 두 글을 면밀히 비교 검토할 필요가 있다.[40]

「만주기행」에서 이태준이 장자워푸에 도착하여 농민을 만나는 부분의 소제목은 '배는 부른 마을'로 되어 있다. 이 문구를 토대로 김철은 「만주기행」이 "만주 개척의 성공 사례를 보고"하는 작품이라 단정짓고 있으나, 이는 문맥을 전혀 고려하지 않은 단순한 해석에서 빚어진 오해이다. 이 문구에서 '~은'은 여기에 연결된 선행요소가 문장에 드러나 있거나 숨어 있는 대상과 대조되는 것을 강조하는 기능을 하는 문법소이다. 따라서 '배는 부른 마을'의 문맥적 의미는 '배(식생활)는 부르지만 그 밖의 것(정신, 문화 등)은 그렇지 않은 마을'이란 뜻으로 해석하는 것이

---

39) 김철, 앞의 글, 498면.
40) 이 부분에 대한 보다 자세한 논의는 장영우, 「「농군」과 만보산사건」, 『현대소설연구』 제31호, 2006. 9, 166~168면 참조.

일반적이다. 장자워푸의 조선 농민들이 삶이 결코 풍족하지 않다는 점은 다음 인용문을 통해 충분히 짐작할 수 있다.

> 밥상을 보니 정신이 좀 난다. 이밥이다. 현미밥처럼 누르다. 국은 시래기, 새우가 어쩌다 한 마리씩 나온다. 배추김치가 놓였는데 고추보다는 고추씨가 더 찬란하다. 그리고 유기쟁첩에 통고추가 놓였다. 허옇게 뜬 것, 시커멓게 언 것들을 말렸다가 밥솥에 찐듯한데 저것들을 어떻게 먹나 하고 주인이 먼저 먹기를 기다렸더니 먼저 그것을 간장에 꾹 찍어 먹는 것이다. 나도 하나 씩—씩 거리고 먹어 보았다. 이 거 이 원료 그대로인 세 가지의 반찬만으로도 나는 재작년 장감(腸感) 이후로는 처음 달게 먹어보는 구미(口味)였다.
>
> — 이태준, 「만주기행」, 306~307면, 강조, 인용자

밥은 쌀밥이지만 찬은 국과 김치, 통고추와 간장밖에 없는 밥상을 풍성하다고 생각할 사람은 없을 터이다. 물론 이들의 밥상은 동시대 조선의 소작농이나 도시빈민의 그것에 비하면 호사스러운 것일 수 있다. 그러나 몇 년 간의 고생 끝에 쌀밥이나마 배부르게 먹게 된 이들의 삶을 두고 "그런대로 평화롭고 넉넉한 일상"이라고 보는 태도는 지나치게 평면적이고 안이한 것으로 보인다. 또한 이 수필의 마지막 장 소제목이 '산불고 수불려(山不高 水不麗)'인 것도 의미심장하다. 이 문구는 결국 만주가 "산고수려 하다해서 고려란 이름까지 생긴 내 고향 금수강산"이 아니거나 그보다 못하다는 뜻으로 읽을 수 있다. 요컨대, 이태준은 당대의 문장가답게 만주가 결코 낙토가 아니라는 점을 누구나 금방 눈치챌 수 있는 평이한 어법과 수사학으로 고발하고 있는 것이다. 일제가 선전하는 것처럼 만주가 낙토이고, 그곳에 먼저 이주한 농민들이 먹고 살만하게 되었다면 너나 할 것 없이 '채표'(彩票, 일종의 복권)[41]를 사서

"그거나 빠지면 우리도 다시 한 번 고향산천에 가 살아볼가요! 그렇지 못하면 밤낮 이 꼴이다가 호인들 밭머리에 묻히고 말죠."라고 자조하지는 않을 터이다.

「농군」에 대한 비판은 대체로 소설 내용이 실제 사건과 다르다는 점으로 모아진다. 다시 말해 실제 만보산사건에서는 일본 경찰이 총을 쐈으나 사상자가 없었는데 소설에서는 중국인이 발포하여 사상자가 발생한 것처럼 묘사되었다든지, 지나치게 조선 농민의 수난과 개척의지를 강조한 나머지 현실이 희생되었다는 것이다. 특히 김철은 「농군」의 시대적 배경을 장작림정권시대라고 한정한 것이 작품 해석에 결정적이며, 만보산사건 역시 작품이해에 기초적이고도 필수적인 사항이라 강조한다. 하지만 앞서 말한 것처럼 「농군」은 만보산사건에서 직접 제재를 취한 것이 아니다. 따라서 이 작품 내용이 만보산사건의 실상과 다르다는 일부의 비판은 작가의 의도를 잘못 파악한 데서 비롯한 오류이다. 그렇지만 "현실을 희생하면서까지 개간의 성공을 그려야 했던 이유"[42]가 궁금하다거나, "중·일 사이에 끼인 조선 농민의 곤혹스러운 처지가 상세하게 그려지지 못하고, 그 대신 '개척'과 '수난'이라는 추상적 가치가 전경화"[43]되었다는 지적, 그리고 직접 「농군」을 문제 삼은 것은 아니지만 1930년대 후반 농민문학이 '개척문학'으로 변질[44]되면서 만주개척

---

41) "만주에 있어서 이 채표라는 것은 裕民彩票라 하여 일개월에 일회식 발행하는데 한 장에 일원 당첨만되면 일만원의 벼락부자가 되는 것이다. 만원의 頭彩 이외에 삼채, 사채, 오채… 등이 있어 이 땅『쌜러리멘』의 유일한 射倖거리가 되어 있다. 馬車夫 洋車夫의 누덕이 피복 속에도 이 만원의 꿈이 드러있는 것을 모르고는 만주 고유의『로멘티시즘』을 알 수 없다."(이태우, 「만주생활단상」, 『조광』, 1939, 7, 71면)
42) 정혜영, 앞의 글, 184면.
43) 한수영, 앞의 글, 132면.
44) 와타나베 나오키, 「식민지 조선의 프롤레타리아 농민문학과 '만주'」, 『근대의 문화지리 : 동아시아 속의 만주 / 만슈』, 동국대학교 한국문학연구소 제26차 국제학

의 '영웅'이 자주 등장하는 것 등에 대한 문제제기는 부분적으로 타당한 것으로 생각한다. 왜냐하면 「농군」은 윤창권 일가가 만주로 이주하여 수로를 내기까지의 과정을 집중적으로 다룬 수난의 기록이기 때문이다. 이 과정에서 1920년대 카프문학에서 보았던 지주/소작인의 극렬한 대립과 갈등은 사라지고 조선 농민이 우여곡절 끝에 마침내 수로건설에 성공한 부분만 강조되어 있는 게 사실이다. 하지만 「농군」에는 윤창권 일가가 만주로 가게 된 사정이나 장자워푸란 동네가 생긴 사연이 명료하게 설명되어 있다. 그리고 윤창권 일가가 만주에서 첫 겨울을 나기 위해 무엇을 준비해 어떻게 생활하는지도 구체적으로 서술된다. 뿐만 아니라 수로개관과 관련하여 중국토민과 조선인 사이에 어떤 갈등과 막후공작이 벌어졌는지 소상하게 밝히고 있다. 이를테면, 관청에 진정을 해도 별 소용이 없다는 걸 알게 된 중국토민이 군부(軍部)의 유력한 사람에게 뇌물을 먹였고, 조선 농민들도 개간권 허가 운동을 할 때 이미 "공안국장에게 돈 오백 원, 현지사 부인에게 삼백원을 들여 순금목걸이"를 바쳐 더 이상 돈을 마련할 수 없는 사정이 자세하게 서술된다. 요컨대, 이 소설에는 「만보산」이나 「벼」 못지않게 장자워푸 조선 농민들이 겪어야 했던 최악의 생존조건과 중국인과의 갈등이 생생하게 서술·묘사되어 있다.

「농군」이 일본과 중국 사이에 끼인 조선 농민의 처지를 제대로 그리지 못했다는 지적은 온당하지 못하다. 그와 같은 비판이 성립하려면, 그러한 정황이 상세하게 묘사되고 일본의 음흉한 의도를 고발한 작품이 있어야 하는데 필자가 과문한 탓인지 그런 내용의 소설이 있다는 말은 듣지 못했다. 1930년대 말의 혹독한 검열상황을 고려할 때 「농군」

술대회 발제문, 2007. 2, 156면.

에서 일본의 존재를 거론하지 않았다고 비판하는 것이 얼마나 시대착
오적인가는 더 이상 설명이 필요하지 않다. 「만보산」이나 「벼」와 달리
이 작품에 일본영사관이나 경찰에 대한 언급이 전혀 없는 것은 논의의
대상이 될 만하다. 이 문제는 만보산사건에서 일본 경찰이 먼저 발포한
것을 소설에서는 중국관민이 총을 쏜 것으로 서술한 점과 함께 고려해
야 할 사안이다. 조선에서는 말할 것도 없고 일본에서조차 일본 경찰이
먼저 발포한 사실을 있는 그대로 서술했을 때 그 작품이 정상적으로 발
표될 것으로 생각할 사람은 없을 터이다. 이토의 「만보산」에는 일본 경
찰 다섯 명이 나와 있었지만 아무런 대응도 하지 않은 것으로 그려져
있는데, 이는 사실과 부합하는 서술 같지만 실제로는 만보산사건에서
일본은 전혀 공격적 태도를 취하지 않았다는 알리바이로 읽을 수도 있
다. 작품에 일본을 등장시키려면 긍정적·호의적 이미지로 분식(粉飾)할
수밖에 없었던 것이 당시 사정이라면 일본과 관련된 이야기는 뺀 것이
오히려 더 효과적이고 고급한 서사전략이라 보는 게 타당하다. 「농군」
의 장자워푸 주민들은 개척의 영웅이 아니다. 그들은 만주라고 하는 오
지에 거의 쫓겨온 사람들이고, 어떻게든 생존하기 위해 가장 자신 있는
논농사에 모든 것을 걸었을 뿐이다. 「농군」의 황채심이 동네사람들을
모아 놓고 한 연설45)은 그들의 절박한 상황을 웅변한다.

이 소설은 윤창권 일가를 주인공으로 내세워 장자워푸 사람들이 수
로 개간에 성공하기까지 겪어야 했던 온갖 고난을 사실적으로 묘사하

---

45) "여러분, 여러분네 알다시피 저까짓 땅에 서속이나 심자구 우리가 한상에 이십
    원씩 낸 건 아뇨. 잡곡이나 거둬 가지군 그식이 장식요. 우리가 만리타관 갖구
    온 거라군 봇도랑에 죄다 집어 넣소. 것두 우리만 살구 남을 해치는 일이면 우
    리가 천벌을 받아 마땅하오. 그렇지만 물만 들어와 보, 여기 토민들도 다 몽리가
    되는 게 아뇨? 우린 별 수 없소. 작정한 대로 나갈 수밖엔……."(이태준, 「농군」,
    156면).

고 있다. 그 때문에 서사가 다소 단순해졌지만 그만큼 주제의식이 선명
하고 속도감 있는 서술로 강한 뚝심이 느껴진다. 하필이면 이 작품이
1939년 일본에서 '대륙문예개척간화회'가 결성된 시점에 씌어졌고, 곧
바로 일어로 번역되어 『조선소설대표집』[46]에 수록된 것에 대해 어떤
혐의를 둘 수 있으나, 이태준의 삶과 문학세계 전체를 통해 볼 때 그러
한 의혹은 지나친 억측에 지나지 않는 것으로 판단한다.

4. 생존과 정착의 서사, 「벼」

　안수길의 「벼」는 만주 이주 농민의 수전 개척과 학교 설립이라는 두
개의 사건을 중심으로 서사가 전개된다. 소설은 "만주건국 이년전 여름
이었다"라는 문장으로 시작되는데, 이것은 작품 속 현실이 만보산사건
이전(즉, 1930년)이라는 사실을 강력히 암시한다. 이 소설에서 다루어지
고 있는 중심 서사는 이주민 첫 세대가 만주에 정착하는 과정에서 중국
인과 벌이는 물리적 충돌과 그 이후 학교건립문제로 중국국민당 정부
와의 대립이 한층 격화되는 양상 등 두 가지이다. 만주에 이주한 조선
인들은 중국인과의 대립과 갈등을 겪으면서도 벼농사에 성공하여 먹고
살만해지자 자식들의 미래를 위해 학교를 세우려 한다. 작품에 등장하
는 중국인이나 일본인은 대체로 조선 농민에게 호의적인 인물로 묘사
되고 있으나, 소현장(邵縣長)은 원칙적이고 깐깐한 배일주의자로 그려져

---

46) 申建 飜譯, 『朝鮮小說代表集』, 敎材社, 1940. 여기에 수록된 작품은 다음과 같다.
　「소년행」(김남천)·「묘목」(이기영)·「豚」(이효석)·「창랑정기」(유진오)·「동화」
　(채만식)·「최노인전초록」(박태원)·「群鷄」(안회남)·「들장미」(김동리)·「역설」
　(최명익)·「붉은산」(김동인)·「보이지 않는 여인」(이광수)·「날개」(이상)·「농군」
　(이태준)(정혜영, 앞의 글, 182면에서 재인용)

주목된다. 이와 함께 「벼」는 박첨지의 염사(艶事)가 위성사건을 이루고 있어 「만보산」·「농군」의 단순 서사와 달리 사람살이의 따뜻한 정감이 느껴진다. 이런 점에서 중편분량으로 쓰인 「벼」는 여기서 다루는 세 편의 소설 가운데 만주선농들의 삶의 실상을 가장 풍성하고 본질적으로 묘파한 작품이라 볼 수 있다.

「벼」는 '전장(前章)'과 '후장(後章)'으로 구성되어 있는데, 전체 분량의 3분의 2를 차지하는 '전장'은 만주 이주 초기의 수전 개척을 다루고, '후장'에서는 소현장 부임 이후 본격적으로 시작되는 중국의 압박이 핵 사건으로 다루어진다. '전장'의 내용은 십 년 전 박첨지 일가가 고향을 떠나 매봉둔[鷹峯屯]에서 수전을 일구기까지의 사건을 그리고 있는데, 여기서 중국인 한계운(韓啓運) 현장과 지주 방치원(方致源)은 조선 농민에게 매우 우호적인 인물로 묘사된다. 이를테면 한계운은 박첨지의 사돈이자 매봉둔 개간의 선구자인 홍덕호를 양아들로 여길 만큼 총애하며, 방치원은 황무지를 삼년간 무상대여하고 그 뒤에는 논농사를 짓는데 필요한 조선 농민을 불러들이는 노자와 햇곡식이 날 때까지의 식량을 빌려주되 삼 년 안에 갚고 한전(旱田) 소작료도 3 대 7로 하는 등 작인에게 유리한 조건을 제시한다. 박치원이 이처럼 후한 조건을 제시할 수 있었던 것은 당시(1920년경) 중국정부의 국력증강책 방향과 부합했기 때문이다. 인구는 적고 개간할 지역이 엄청난 만주에서의 수전개간은 곧바로 국력증강으로 연결된다고 생각한 중국정부는 조선 농민을 적극 환영하였고 먼저 이주해 온 사람들을 통하여 조선 농민을 초청하기까지 하였던 것이다. 그렇다고 중국 원주민과의 마찰이 전혀 없었던 것은 아니어서 박첨지 일행은 도착한 지 나흘만에 원주민의 습격을 받아 아들 익수가 숨지는 사태가 벌어진다.[47] 이런 우여곡절 끝에 수전을 개간한 매봉둔 조선 농민들은 이듬해 첫 수확으로 거둔 벼 이백 석을 팔아

방치원의 빚 일부를 갚는다. 삼년이 지난 뒤 그동안 무상으로 개간하고 지어먹던 논을 모두 방치원에게 반납했지만 얼마간의 논과 밑천이 마련된 데다 또다시 삼년간 사륙제로 계약을 맺어 황무지를 구입하고, 다시 삼년이 지난 뒤 이번에는 육년간 오오제로 재계약을 맺는 등 처음 들어온 지 칠년만에 매봉둔은 오십여 호의 농가가 들어선 포실한 마을로 성장한다. 이렇게 마을이 형성되는 동안 벌어진 사건은 익수의 죽음과 박첨지가 또다시 향옥이와 염문을 뿌리는 정도에 불과하다. 따라서 이 소설의 전반부는 수로개간문제로 육체적 충돌은 말할 것도 없고 총격 사태까지 빚어진 만보산사건의 실상을 다룬 「만보산」·「농군」과는 달리 평온한 서사로 전개된다.

그러나 장개석 정부가 동북삼성(東北三省)을 지배하면서 상황은 만주 선농들에게 대단히 불리하게 변한다. 우선 새로 부임한 소현장은 배일(排日)사상으로 무장한 진보적 정치인이지만, 바로 그 점이 역설적으로 조선 농민을 배척하는 원인으로 작용한다. 그의 지론에 따르면, 조선인이 많이 모여 사는 곳에는 그들을 보호하기 위한 일본영사관이 들어서고, 그것은 일본의 정치세력의 진출을 뜻한다. 소현장이 부임 후 제일 먼저 무능력하거나 뇌물 먹은 관리를 처벌하고 이어서 관할구역 내의 일본인에 대해 탐문한 것은 당연한 일이라 할 수 있다. 이 과정에서 나까모도란 일본인과 매봉둔 조선인마을의 존재가 드러났고, 그는 "조선 사람은 천성이 간사하여 이익을 위하여 필요한 편에 잘 드러붙으나 그 것이 불리하면 배은망덕하고 은혜 베푼 사람에게 춤뱉기가 일수"이므

---

47) 익수가 숨을 거두기 전에 고향의 매봉이 보인다고 하는 대목은 김동인의 「붉은 산」(1933)에서 '삵(익호)'이 조국의 붉은 산과 흰 옷이 보고 싶다고 하는 장면과 대단히 혹사하다. 뿐만 아니라 '익수'와 '익호'의 이름도 유사하여 이와 유사한 사건이 실제로 있었던 것이 아닌가 하는 추측도 할 수 있다.

로 처음부터 입국시키지 않는 것이 최상이나, 이미 와 있는 조선인은 강제수단을 써서라도 몰아내 화근을 없애야 한다고 생각하여 학교건축 중지명령을 내린다. 이와 같은 소현장의 태도는 국민당정부의 조선인 구축정책을 성실히 수행하는 관리의 모습을 상징적으로 보여준다. 실제로 국민당정부는 1928년 12월 길림성 쌍양현(雙陽縣)과 안동현(安東縣)에서 조선인 240여 명을 내쫓고 그들의 농경지를 몰수했을 뿐만 아니라 학교를 폐쇄48)하는 등 노골적으로 조선인을 박해했던 것이다. 국민당정부가 조선인 구축정책을 강하게 밀어붙인 이유는 조선인을 '일본의 주구(走狗)'로 인식했기 때문이다. 다시 말해 국민당정부는 식민지 조선의 현실을 인정하면서 만주진출 야욕을 가진 일본을 직접 구축하는 데 어려움을 겪자 조선 농민을 일본의 대리인으로 몰아 내쫓는 것으로 중국원주민의 불만을 달래려 했던 것이다.

이제 먹고살만해진 매봉둔 주민들에게 학교설립과 2세 교육은 더 이상 늦출 수 없는 현안으로 대두된다. 그리하여 고향에서 중등학교 교원으로 있는 박첨지의 아들 찬수를 초청한 것인데, 그는 십년 동안 동경서 발행하는 강의록으로 자습한 뒤 동경에 건너가 주경야독으로 W대학 야간고등사법부를 졸업한다. 귀국한 뒤 그는 K부(府) 공립상업학교에서 영어를 가르치다가 학생들의 동맹휴학에 개입해 6개월 옥고를 치르고 나와 사립학교에 적을 두고 있다 만주에 오게 된 것이다. 찬수에

---

48) 손승회, 앞의 글, 119면. 안수길의 「벼」에 따르면 "만국십칠년(소화삼년) 장개석의 북벌이 성공하여 동년 시월십일부터 동삼성에도 청천백일기가 나부긴지 불과 반년이 남짓한 해"에 지방에 정예분자가 파견되었는데, 그때 소현장이 발탁되어 부임한 것으로 되어 있다. '만국십칠년(소화삼년)'은 서기 1928년이므로 소현장의 부임과 학교건립반대는 중국국민당의 조선인 구축정책의 일환이므로, 이러한 상황설정은 국민당의 그릇된 정책에 대한 작가의 비판적 의도가 개입된 것이라고 볼 근거가 된다.

게 만주로 오라는 아버지의 편지가 "질식할 상태에 한가닥의 신선한 공기"와 같은 것으로 받아들여진 것도 그런 사정과 관련된다. 그러나 매봉둔에 도착한 찬수는 자신의 생각이 얼마나 낭만적이고 관념적인 것이었나를 절실히 깨닫는다. 그는 지난 십년 동안 매봉둔 주민들이 고생한 얘기를 듣고 직접 확인하면서 그들의 기대에 부응하지 못할까 걱정하다가 우연한 기회에 송화양행의 나까모도(中田)를 만난다. 나까모도는 "만주말을 잘하는 것을 물론이려니와 항상 만주복을 입고 있어서 현성사람들한테서는 친중파로서 존경과 이해"를 받지만 그가 무슨 이유와 목적으로 만주에 거주하는지는 알려지지 않는다. 작품의 서술자는 그가 일제의 첩자가 아니라고 단정하는 듯하다.

> 그는 기독교도는 아니었으나 그가 신앙하는 아지못할 종교가 있어 다만 그것을 아동들에게 선전하는 것으로 만족해하였다. 일종 세계동포애와 같은 교리다. 그는 그것을 추상적으로 이야기한 일이 없고 아동을 통하여 그의 주의와 신념을 실행에 옮기는 것으로 일생의 업을 삼았다.
>
> —안수길, 「벼」, 299면

서술자의 설명에 따르면, 그는 기독교적 신앙에 바탕한 사해동포주의자인 것으로 그려진다. 그는 '송화양행'이란 상점뿐만 아니라 고아원·유치원·소학교까지 경영하는 등 아이들 교육에 많은 관심을 기울인다. 이를 수상히 여긴 소현장은 마침 송화양행에 도적이 든 것을 핑계로 가택수색을 하지만 아무런 혐의도 찾아내지 못한다. 그 과정에서 매봉둔 조선인마을의 실체와 학교건립계획을 인지하고 금지명령을 내린 것인데, 이 사실을 찬수에게 전해들은 나까모도는 그 모든 것이 중국정권의 배일정책에서 비롯된 것이므로 길림의 영사관에 보고하겠다고 말하면서 처음 뜻을 굽히지 말고 학교문을 열라고 격려한다. 하지만 이 일로 홍덕호는 현공서에 불려가 반주검이 되도록 맞고 돌아오고, 매봉둔 주민들은 "닷다곳자로 내일 안으로 매봉둔을 떠나 조선으로 도루 나가라"는 통보를 받는다. 졸지에 날벼락을 맞은 매봉둔 조선인들은 나까모도와 방치원 등에게 도움을 요청하지만, 방치원 역시 이 일로 곤욕을 치뤘다며 뒤로 물러나고 길림으로 간 나까모도와는 연락이 닿지 않는다. 십년간의 간난신고 끝에 이뤄놓은 삶의 터전에서 쫓겨날 지경에 이른 매봉둔 조선인들에게 찬수는 "나까모도를 중간에 넣어 길림 영사관에 매봉둔사건을 진정하여 문제를 정치적으로 해결짓는 것이 순서"라고 설명한다. 찬수는 매봉둔에 이백여 호가 모여 살면서도 영사관과의 교섭이 전혀 없었던 것은 지도자가 없었기 때문이라 생각하고, 길림 영사관과 연락이 되기만 하면 매봉둔 문제가 모두 풀릴 것이라 낙관한다. 면사무소 급사에서 동경유학생을 거쳐 영어교사까지 되었던 찬수는 학생들의 동맹휴학사건으로 영어생활을 한 뒤 "일시적 실수라고 할까 이러한 과거에 대한 완전한 결별"을 한 뒤 현실주의자 혹은 친일자로 변절한 것으로 보인다. 이런 점에서 찬수는 식민지 종주국에 정치적·정신적으로 철저히 예속된 식민지 지식인의 전형적인 모습을 보여준다. 매봉둔에 도착하여 자신의 무능력에 절망하고 있던 찬수에게 나까모도가 "위대한 인격"으로 여겨진 것도 그가 일본인이라는 사실과 무관하지 않다. 그러나 중국육군이 학교에 불을 지르고 조선 농민이 거의 맨주먹으로 원주민 부락으로 향할 때까지 나까모도는 나타나지 않는다. 나까모도는 식민치하에서 쓰인 허다한 소설에서 거의 유일하다시피하게 긍정적으로 묘사된 일본인이다. 신소설에는 일본인을 비롯한 외국인을 대체로 호의적인 관점에서 묘사했으나, 국권이 완전히 박탈당한 뒤 우리 소설에서 일본인은 여간해서는 등장하지 않았다. 더군다나 나까모도처럼 조선인의 절대적인 신뢰와 존경을 받는 일본인은 비슷한 사례를 찾기 힘들다.

이 작품은 1920년을 전후한 시기부터 1930년까지 약 십 년간 매봉둔 조선인부락의 수전개관과 학교건립의 서사를 다루고 있다. 벼농사와 학교의 건립 서사는 조선 농민들이 이민 초기의 절박했던 생존 문제가 해결되자 그곳에 뿌리박고 정착하려는 결심을 상징적으로 드러낸다. 이 과정에서 이민 초기 중국정부와 지주의 호의적인 태도가 갑자기 조선인 구축정책으로 바뀌게 된 사정이 소현장을 통해 구체적으로 설명되는데, 이것은 다른 작품에서 찾아보기 힘든 객관적 서술 태도라 볼 수 있다. 이런 객관적 태도가 '이주자—내부—농민'의 시선으로 씌어졌기 때문이라는 견해49)도 있으나, '이주자'는 근본적으로 '원주민'과 이해가 상반될 수밖에 없으므로 '이주자—내부' 시선 역시 '원주민'의 생각을 드러내는 데 한계가 있을 수밖에 없다. 오히려 소현장의 등장과 함께 중국의 태도가 급변하는 것을 강조함으로써 조선인 구축정책의 부당성을 강조하고자 한 것은 아닌가 생각해볼 수도 있다. 다시 말해 중국 국민당정부의 조선인 구축정책의 부당성을 과장하는 방법으로 일제의 대륙침략야욕을 은폐하는 서사전략을 구사하고 있는 것이 아닌가 한다. 이 작품에 등장하는 인물들은 특별히 과장되거나 희화화되지 않은 채 사실적인 모습으로 그려지고 있으나, 유독 나까모도란 일본인만 신비스러운 인물로 묘사됨으로써 이제까지 유지되어 왔던 객관적 태도가 흔들린다. 뿐만 아니라 이 마을의 유일한 지식인인 찬수가 매봉둔의 운명이 일본영사관에 달려 있다고 판단하는 것은 일본에 대한 과도한 신뢰와 희망을 암시하여 친일 시비를 야기하는 원인이 된다.

---

49) 한수영, 앞의 글 참조.

「벼」는 만보산사건이 발발하기 이전의 만주 조선인이 처해 있던 상황을 사실적이면서 객관적인 태도로 그리고 있어 타작품과 좋은 대조를 이룬다. 그러나 소현장으로 대표되는 중국 국민당정부의 조선인 구축정책을 강조하는 과정에서 조선인이 일본영사관에 크게 의존하는 듯한 것으로 묘사하되 나까모도와 일본영사관이 현장에 나타나지 않는 것으로 종결지음으로써 일본의 개입을 은폐하려는 듯한 인상을 준다. 이런 여러 정황을 고려할 때 「벼」가 일제의 의도에 부합한 작품이라는 지적은 부분적으로 타당해 보인다.

5. 결론

1931년 발생한 만보산사건은 벼농사를 짓기 위해 수로를 개간하려는 조선 농민과 이를 저지하려는 만주토착민 사이에 벌어진 단순하고 일상적인 물리적 충돌이 아니다. 이 사건이 조선에서의 화교폭행사건으로 비화한 데에는 이를 만주침략의 빌미로 삼으려는 일제의 야욕이 숨겨져 있는 것이다. 이 사건은 한·중·일 작가들을 자극하여 여러 편의 소설이 창작되었는데, 이 글에서는 이토 에이노스케의 「만보산」과 이태준의 「농군」 및 안수길의 「벼」 등 세 작품을 대상으로 하였다. 「농군」과 「벼」는 소설 서두에 작품의 시대적 배경을 만보산사건 이전으로 설정하여 직접적 관련성을 부정하고 있으나 제재를 그에서 취했다는 점은 누구나 쉽게 알 수 있다. 「만보산」은 사건이 발발한 지 불과 한 달도 안 되어 쓰인 작품이면서 조선 농민이 만주로 쫓겨난 원인과 만주에서의 궁핍한 생활, 만주 지주와 군경의 혹독한 착취 등을 사실적으로 재현하고 있어 당시 만주선농이 처한 상황을 이해하는 데 많은 도움을 준다. 그러나 만보산사건 현장에서 중국군민이 먼저 발포하는 것으로 묘사하는 등 사건을 의도적으로 축소 내지는 은폐하고 있다. 「농군」은 장자워푸의 조선 농민들이 수로개간에 성공하기까지 겪어야 했던 온갖 고난을 사실적으로 묘사한 작품이다. 작가의 관심이 수로개간의 수난에 집중되어 서사가 다소 단순해졌지만 주제의식은 가장 분명하다. 이 작품이 쓰인 시점과 일어로 번역되어 『조선소설대표집』에 수록된 것 때문에 이런저런 의혹이 제기되기도 하지만, 이태준의 삶과 문학세계 전체를 통해 볼 때 그러한 시각은 교정될 수 있을 것이다. 「벼」는 1920~1930년 사이 만주 조선인이 처해 있던 상황을 비교적 객관적으로 묘사하고 있다. 그러나 중국 국민당정부의 조선인 구축정책을 과장되게 서술하고 조선인이 일본영사관에 크게 의존하는 듯한 모습을 그리면서 정작 일본의 개입에 대해서는 침묵하고 있다.

「만보산」·「농군」·「벼」 등 세 작품을 통해 재현된 만보산사건의 실상은 대동소이하다. 그들은 만보산사건이 중국토착민과 조선 이주민 사이의 갈등 및 중국 국민당정부의 조선인 구축정책에서 비롯되었다고 보고 있으나, 연구논문 등을 통해 밝혀진 일제의 만주침략 야욕은 한마디 언급도 없다. 이 점은 세 작품이 쓰인 시대적 상황과 작가의 신분 등 외적 조건과 밀접한 관련을 맺는다. 「만보산」의 작가가 일본인이고 「농군」·「벼」의 작가는 일제의 검열을 의식하지 않을 수 없는 처지였다는 정황을 고려하고 소설을 분석해야 한다. 이런 점에서 중국에서 발표된 『만보산』과 장혁주가 쓴 『개간』은 좋은 비교 대상이 될 것으로 생각한다. 그러나 이들 작품은 중국어와 일본어로 쓰인 채 지금까지 번역 소개되지 않아 접근이 쉽지 않다. 조만간 이들 작품에 대한 집중적인 분석과 타작품과의 비교 연구가 이루어지기를 기대한다.

참고문헌

강만길 외, 『한국사14 : 식민지시기의 사회경제2』, 한길사, 1976.
김　철, 「몰락하는 신생―'만주'의 꿈과 「농군」의 오독」, 『해방전후사의 재인식』, 책
　　　세상, 2006.
박영석, 『만보산사건』, 아세아문화사, 1978.
서경식 지음, 임성모·이규수 옮김, 『난민과 국민 사이』, 돌베개, 2006.
손승회, 「만보산사건과 중국공산당」, 『동양사학연구』 83집, 2003. 6.
안수길, 「벼」, 『만선일보』, 1941. 11. 16~12. 25.
와타나베 나오키(渡邊直紀), 「식민지 조선의 프롤레타리아 농민문학과 '만주'」, 『근대
　　　의 문화지리 : 동아시아 속의 만주／만슈』, 동국대학교 한국문학연구소 제26
　　　차 국제학술대회 발제문, 2007. 2.
王向遠, 『'筆部隊'和侵華戰爭 : 對日本侵華文學的研究与批判』, 昆侖出版, 2005. 6.
伊藤永之介, 「萬寶山」, 『改造』, 1931. 10.
이태우, 「만주생활단상」, 『조광』, 1939, 7.
이태준, 「농군」, 『문장(증간호)』, 1937. 9.
이태준, 『무서록』, 박문서관, 1941.
이태준, 『이태준문학전집② 돌다리』, 깊은샘, 1995.
李輝英, 『萬寶山』, 上海湖風書局出版, 1933.
임　화, 「현대소설의 귀추―창작 32인집을 중심으로」, 『문학의 논리』, 학예사, 1940.
장영우, 「「농군」과 만보산사건」, 『현대소설연구』 제31호, 2006. 9.
정혜영, 「1930년대 소설에 나타난 만주―「붉은산」과 만보산사건의 수용」, 『어문론총』
　　　제34호, 경북어문학회, 2000. 8.
中西伊之助, 「萬寶山事件と鮮農」, 『中央公論』, 1931. 8.
中西伊之助, 「滿洲に漂迫ふ朝鮮人」, 『改造』, 1931. 8.
中西伊之助, 「慘憺する, 在滿朝鮮同胞」, 『改造』, 1931. 12.
한수영, 「친일문학 논의와 '재만 조선인문학'의 특수성」, 『재일본 및 재만주 친일문
　　　학의 논리』, 역락, 2004.
『안수길』(연변대학교 조선문학연구소, 보고사, 2006)에 수록된 작품을 텍스트로 함.

이 책에 실린 논문이 처음 발표된 곳

김재용, 「일제 말 한국인의 만주 인식」, 『일제말기 문인들의 만주체험』, 역락, 2007.

장영우, 「「농군」과 만보산사건」, 『현대소설연구』 제31호, 2006.

이현정, 「잃어버린 민족을 만주에서 상상하다-이태준의 「농군」에서의 조선인들의 외침」, Reimagining the Nation in Manchuria : The Representation of Peasant Collectivity in Chinese and Korean Discourses on the Wanbaoshan Incident(1931), Ph.D. dissertation, University of Chicago, 2009.

이상경, 「이태준의 「농군」과 장혁주의 『개간』을 통해서 본 일제 말기 작품의 독법과 검열」, 『현대소설연구』, 2010.

김학동, 「張赫宙의 『開墾』과 萬寶山사건」, 『인문학연구』, 충남대학교 인문과학연구소, 2007.

김재용, 「'내선일체'의 연장으로서의 '만주국' 인식-장혁주의 『행복한 백성』을 중심으로」, 『한국근대문학연구』, 2005.

김호웅, 「만보산사건을 다룬 동아시아 3국 소설 비교-안수길의 중편소설 「벼」를 중심으로」, 제5회 식민주의와 문학 학술회의 자료집 『만주국'과 동아시아 문학』, 2009.

장영우, 「만보산사건과 한·일 소설의 대응-「萬宝山」·「農軍」·「벼」를 중심으로」, 『한국문예창작』, 2007.

필자 소개

　　김재용　원광대학교, 한국근대문학 전공
　　김학동　충남대학교, 일본근대문학 전공
　　김호웅　연변대학교, 중국조선족문학 전공
　　이상경　한국과학기술원, 한국근대문학 전공
　　이현정　서울시립대학교, 중국근대문학 전공
　　장영우　동국대학교, 한국근대문학 전공

식민주의와 문화 총서 13

만보산사건과 한국근대문학

초판 인쇄 2010년 8월 24일
초판 발행 2010년 8월 31일

편　자 김재용
펴낸이 이대현
편　집 권분옥
펴낸곳 도서출판 역락
　　　　　서울 서초구 반포4동 577-25 문창빌딩 2층
　　　　　전화 02-3409-2058(영업부), 2060(편집부)
　　　　　팩시밀리 02-3409-2059
　　　　　이메일 youkrack@hanmail.net
　　　　　등록 1999년 4월 19일 제303-2002-000014호

ISBN 978-89-5556-850-9 93800
정　가 15,000원

* 잘못된 책은 교환해 드립니다.